ころ、
笑った。
女様と遊ぶのは
約だぜ」
可愛い女の子に
素直に笑ってもらいたい。
男が命を賭ける理由としては十分だ。
付呪術師
ゲルハルト
高位騎士
ジョセル
異世界刀匠の
魔剣製作
ぐらし
3

ゲルハルトは刀を抜いて
切っ先を樽へと向ける。
ビシィ、と板が割れる音がした。
樽の中から水が吹き出す。
「さすがは五文字、
さすがは『覇王の瞳』、
恐ろしい威力よのぅ」
装飾師
パトリック

異世界刀匠の魔剣製作ぐらし

3

著―荻原数馬　画―カリマリカ

Isekai tousho no maken seisaku gurashi

口絵・本文イラスト
カリマリカ

装丁
AFTERGLOW

Contents

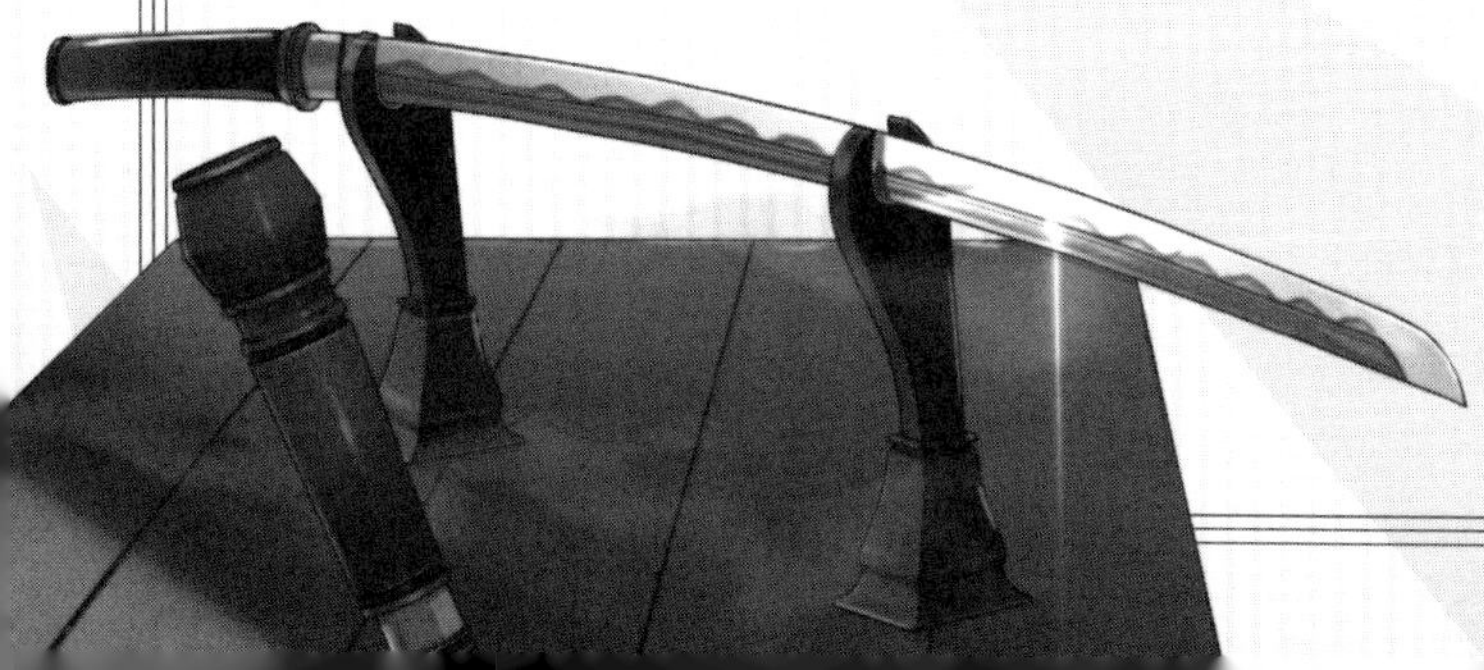

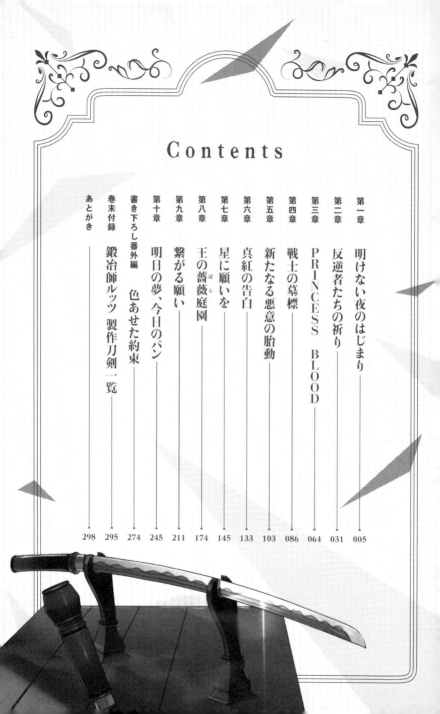

第一章　明けない夜のはじまり

貴族は基本的に領地経営などの政務を午前中に終わらせ、午後は入浴、昼寝、乗馬、家臣たちとの談笑などでゆっくりと過ごしていた。

その為《ため》、ゲルハルトがマクシミリアンに呼び出されるのは大抵が午後になってからである。日が傾きかけた頃にゲルハルトは主君の私室を訪れていた。

「お召しにより参上いたしました」

新規お抱え職人としてのお目見えの儀式から一週間後、久々の呼び出しである。

……要するにまた面倒事か。

ゲルハルトは半ば諦《あきら》めの境地であった。

「リスティル様がな、またうちに遊びに来たいとの事だ」

そう言ってマクシミリアンは開封済の書簡を振って見せた。

「和平交渉を上手《うま》くまとめた礼を言いたいそうだ。それなら私が王都に居る時に言ってくだされば良かったのにな」

「職人たちにも合わせて礼を言いたいのでしょう。義理堅い事です」

姫様が一番礼を言いたい相手はクラウディアだろうなと思ったが、ゲルハルトは何も言わない事にした。マクシミリアンはクラウディアの才覚を認めはしたものの、王族の自由恋愛に関する発言に対してはいまだ否定的だ。

「最近は街道の治安も悪化しているとのことですが、大丈夫でしょうか？」

「それなんだがなあ……」

マクシミリアンは渋い顔をして言った。

「腕利きの騎士を十名ほど連れてくるそうだ。心配どころか過剰戦力だな」

「ならば安心ですな」

「良くないぞ。姫様の滞在中、そいつらの世話もしなけりゃならんのだ」

「ああ……」

ただの騎士とはいえ、王族に仕えているような連中だ。無駄にプライドが高い所もあるだろう。揉《も》め事《ごと》が起きないよう気を使う必要があった。

和平交渉の際に検分役として来た騎士も王都勤めであり高圧的な男であった。その態度に思わずゲルハルトが殴り付けてしまったのだが、それは幸い騒ぎにはならなかった。王を守るはずの騎士が職人に殴られて気絶したなどと言えば、恥を宣伝して回るようなものである。その話を聞いたマクシミリアンは肝を冷やすと同時に、よくやってくれたという気分でもあった。

ふたりとも王家直属の騎士にあまり良い印象はない。

「それに、王家の紋が入った馬車を襲うような馬鹿はいないだろう」

「それもそうですな」

犯罪者を逮捕、処断する権利は基本的に各領地ごとのものである。たとえばツァンダー伯爵領で罪を犯しても他の領地に逃げ込めばお咎《とが》めなしだ。

家同士の関係が良好であれば犯罪者の引き渡しなども行われるだろうが、仲が悪ければ泣き寝入りするしかない。貴族が家の結び付きを重要視する理由のひとつがこれであった。

しかし王族に手を出した場合はその限りではない。権限は国中に及び、草の根分けてでも探し出される。

見つけられなければその土地の領主の責任問題だ。普段は自治権を侵されるとして他領の兵を入れたりはしないが、こうしたケースに限っては形振《なりふ》り構わず協力を要請した。

また、犯人たちも捕まればただでは済まない。思い付く限りのありとあらゆる拷問を受け、生きたまま肉塊と化し、殺してくれと懇願するようになる。家族も捕らえられて王都の広場で火炙《ひあぶ》りにされる。王族に手を出すとはそれほどまでに重い罪なのだ。

王族を人質に取って身代金を要求するなど、不可能を通り越して自殺願望に近い。野盗の頭領が王族誘拐を提案して、その場で手下たちに殴り殺されたという話もあるくらいだ。

「王女様とお近づきになれる良い機会と思いなされ」

「それなのだがな、リスティル様に気に入られて何か得する事があるか？　王宮で大した力がある訳でもないだろう」

「奇貨居《お》くべし、の故事もあります。大した期待はせず当たれば幸運というくらいの気持ちでいましょう」

「そうだな。王女様の接待くらい、和平交渉に駆り出されるよりはずっとマシか」

「閣下の運命は常に前へ、前へと向かっております。素晴らしい刀を得て、エルデンバーガー侯爵と親しく付き合い、国王陛下にも頼りにされるようになりました。武具生産奨励政策も軌道に乗り領地は大きく発展しようとしています」

「こうして並べると、短い間に色々あったものだな」

「まだこれからです。ツァンダー伯爵家がもっと大きくなれば十二貴族として国政を動かす事とて夢ではありませぬ。閣下は伯爵家始まって以来の名君と称《たた》えられる事でしょう」

少々褒めすぎてわざとらしかったか、とゲルハルトはこの辺で口を閉じた。

マクシミリアンとしてもお世辞とわかっていても悪い気はしていないようだ。まるっきり嘘《うそ》という訳ではない、それなりに夢のある話だ。

「その為にも使えるカードは多い方が良いという事だな」

「はい」

気分が少しだけ軽くなったマクシミリアンは書簡を広げて視線を左右に動かした。

「滞在期間は三日ほどを予定しているそうだ。その間、どうおもてなしすればよいかな」

「一日目は食事会などをするとして、後は接待役をクラウディアに丸投げしましょう」

「あの女にか」

王女殿下の接待に平民の女を付けるというのはどうなのだろう、とマクシミリアンは首を捻《ひね》った。

「クラウディアに街の工房などを案内させれば二日くらいあっと言う間に過ぎましょう。お土産に小刀でも持たせればさらに印象は良くなります」

「護衛は？」

「ジョセルを向かわせます。それとリスティル様お付きの騎士も二、三人出させれば問題はありますまい」

「お主は行かぬのか」

マクシミリアンは怪訝《けげん》な顔で聞いた。

「この歳《とし》になると若い娘の元気さについていけないもので。ま、はっきり言えば面倒ですな」

「……わかるぞ。どうして子供というのはあれほど元気なのか」

と言って、ふたりで笑い合った。


到着予定の日になっても王女リスティルは現れなかった。遠くから馬車での移動である、一日や二日遅れる事もあるだろう。

「それはそれで早馬を出して知らせるくらいは出来んのか……」

まだ若い、とマクシミリアンは苦々しく呟《つぶや》いた。

三日が過ぎ、四日目に入った。さすがにこれはおかしい。こちらから迎えを寄越《よこ》すべきだろうかと側近たちと話し合っていると、来客があったと伝えられた。

それは五人の男女であり、リスティルの世話役であった。リスティル本人はいない。

謁見の間に通された誰もが顔に疲労と絶望の色を浮かべていた。

マクシミリアンの背に氷の槍《やり》を突き刺されたような悪寒が走った。今までの面倒事など比べ物にならない、とんでもない危機が迫っているのではないか。

年嵩《としかさ》の執事らしき男を残して、他の者たちは別室で休ませた。

「リスティル様に何があった？」

聞くと、ジュゼッペと名乗る初老の執事は口も腐るような思いで言葉を発した。

「街道にて、野盗に襲われました……」

ざわ、と側近たちが狼狽《うろた》えだした。マクシミリアンも許されるならば耳を塞《ふさ》いで逃げ出したかった。しかしこれは朝を迎えれば消え去る類いの悪夢ではない。息苦しくなってきた、胸が締め付けられるように痛い、それでも聞かねばならなかった。

「騎士が十人付いていると聞いた、まさか直前で経費削減などと言い出したのではあるまいな⁉」

「十人、確かにおりました！」

ジュゼッペは泣き叫ぶように言った。

「全滅しました。敵は三十名ほど……ッ」

それだけ言うとジュゼッペはがっくりと項垂《うなだ》れてしまった。気絶した訳ではないだろうが、もう一言たりとも発する気力がないようだ。

姫様を守れなかった、彼も処分は免れないだろう。非戦闘員だからというのは関係ない。おめおめと生き延びている事そのものが問題なのだ。

王都勤務の腕利きの騎士十名が全滅。王族の馬車と知って襲う、三十名の野盗。どうしてこうなった。あまりにも唐突で予想も出来なかった。まるで地の底から悪夢が湧いて出たかのようだ。

リスティルはツァンダー伯爵領へ向かう途中で襲われた。当然、これはマクシミリアンの責任問題である。王女の身に何かあればどうなるか。良くて領地削減、悪くて貴族位の剥奪《はくだつ》。斬首される可能性だってある。

つい最近まで十二貴族入りだと浮かれていたのが馬鹿みたいだ。

「ゲルハルトを呼べ。それと……、クラウディアも」

マクシミリアンは絞り出すような声で命じた。

使えるものは何でも使う、そうでなくては生き残れない。


柔らかな日の光が冬の終わりを告げるお昼時。ルッツ工房に来客があった。

「最近、酒場にいるとよく話しかけられるんだよ。それはカタナって奴《やつ》かい、って」

ツァンダー伯爵家お抱え冒険者、勇者リカルドであった。

彼は二十代前半でありルッツやクラウディアとは同世代だ。何度か話すうちにすっかり気が合い、たまにこうしてタダ飯をたかりに来る。

「で、俺は言ってやったのさ。こいつを抜けばあんたは残酷な死を迎えることになるぜ、って」

腹を抱えて笑いだす友人夫婦。痛い、あまりにも痛々しい台詞《せりふ》だ。リカルドはどんな顔で言ったのだろうか。

「いやあリカルドさん、格好良い、格好良いなあ！　あっははは！」

「何が酷《ひど》いって、何も間違っていないところだな」

リカルドの愛刀『椿《つばき》』は見る者を自死に追い込む妖刀である。酒場で抜けばたちまち地獄絵図と化すだろう。

こんな特級呪物はさっさと捨てるなり破壊するなりすればよいのだが、リカルドはこの力に何度も助けられており、手放す事が出来なかった。

ルッツたちの笑いが治まるのを待ってから、リカルドは肩をすくめて言った。

「最近はにわか冒険者が増えてきてな、毎日トラブルが絶えないんだ。喧嘩《けんか》どころか刃傷沙汰《にんじょうざた》まで起こしやがる。ダンジョンよりも酒場で死ぬ奴の方が多いくらいだ」

何故《なぜ》だろうかと首を傾《かし》げるリカルドに、思い当たる事があると言ってクラウディアが語りだした。

「戦争が終わったからじゃないかな。国境際に配置されていた五千名のうち、千人だけ残して他は解散させられたそうだよ」

先日の連合国との和平会談にて、ヴァルシャイト王国からは聖剣が贈られ、返礼として連合国からは国境際の領土の一部を割譲する事で戦争は終結した。その際、聖剣『天照《あまてらす》』を力を合わせて作り上げたのがルッツ、ゲルハルト、パトリックという、ツァンダー伯爵領の三職人であった。

「四千人が職を失ったわけだな。故郷に帰って平和に暮らしてめでたしめでたし、とはいかないか」

ルッツが唸《うな》るように言った。

「帰った後のトラブルが結構多いみたいだねえ。数年振りに帰ってみたら一家離散していた、他人が住んでいた、嫁も畑も知らない男が耕していた。などなど、居場所がなくなっているとかね」

戦争に行った夫や息子を待ち続けるには数年は長すぎた。残された者たちはそれぞれ生きていかねばならないのだ。

生死も定かではない夫を待ち続けるよりも、妻が新しい働き手を迎え入れたところで誰が責められるだろうか。ようやく新しい生活基盤を整えたところで帰って来られても迷惑でしかない、そんな家庭がいくつもあった。

「きついなあ、大きくなった息子が知らない男をパパと呼んでいる場面に遭遇するとか」

「やめてくれルッツ、他人事《ひとごと》ながら悲しくなってきた。いやほんとマジでやめてくれ」

リカルドにそんな経験がある訳ではないが、男の人生には常に付きまとう危険に思えた。

どうしようもない馬鹿だな、と苦笑いしながらクラウディアは話を続けた。

「四千人のうち、故郷に温かく迎え入れられたのが千人と仮定しよう。国中に三千人の、人殺しの経験がある無職が解き放たれた訳だねえ。ああ、この数に大した意味はないよ。大体このくらいだろうなあ、と適当に出した数字さ」

「国中に三千か。多いのか少ないのかよくわからんな」

三千人と言えば相当な数だが、広い国土に散らばったなら大した数ではないのかもしれないと、ルッツはぼんやりと考えていた。

そんなルッツに向けてクラウディアは首を横に振って見せた。

「武装した男が五人から十人もいれば盗賊団の出来上がりだよ」

ルッツと暮らすようになる前は行商人として各地を回っていたクラウディアである。野盗の厄介さは身に染みていた。

「なるほど、三百の盗賊団が国中に現れたと考えると恐ろしいな」

「だろう？」

クラウディアはぬるくなったビールを呷《あお》り、少しだけ苛立《いらだ》った様子で言った。

「これからは街道で旅人や商人が襲われる事件が多発するだろうさ。当然、物流は滞る。物が売れなくなる。農民も漁師も狩人《かりゅうど》も困る。お得意様の木こりの皆さんもね」

一応は伯爵家に仕える者としてこんな事を言って良いのだろうかという疑問が頭をよぎったが、ここで吐き出しておかねば止まらない気がして続行した。伯爵の前で口を滑らせるよりは遥《はる》かにマシだろう。

「連合国が内輪揉《うちわも》めでボロボロだぜ、やったぜ、なんてはしゃいでいる場合じゃないんだよ。まずは自国の足下を見ないとさ。自分の所の兵に補給線を切られるとか馬鹿じゃないか。盗賊被害が酷くなると、交易するだの刀を伯爵領の名物にするだのって話も全部パアになるってわかっているのかねえ⁉」

興奮するクラウディアに、まだ納得出来ない様子でリカルドが聞いた。

「考えすぎじゃないのか。盗賊の被害が増えたなんて話は聞いていないぞ。食うに困ったから賊になる、なんて極端な考えの持ち主ばかりじゃないだろう」

「今は、今はね。こういうのは時間が経《た》ってからじわじわ増えるんだよ。職がない、色々手を尽くしたがダメだった、本格的に飢えてきたどうしよう。そんなある日、かつての戦友と街でばったり出会ってこう言われた。いい仕事があるんだ、と」

ストーリー仕立てで語るクラウディア。少々大袈裟《おおげさ》だが、あり得ないとも言えなかった。

「なんだいリカルドさん、治安が悪化するという話にさっきから否定的だねえ」

「そのうち俺に討伐依頼が来るのかって思うとさ、あんま信じたくないっていうか……」

「あ、うん。お疲れ様……」

落ち込むリカルドを放っておいて、今度はルッツが聞いた。

「条件は連合国も一緒だよな。いや、王位簒奪《さんだつ》騒ぎでこっちよりも酷い事になっているか？」

「それなんだがねえ……」

クラウディアはただの噂話《うわさばなし》で信憑性《しんぴょうせい》は半々だ、と断ってから口を開いた。

「向こうでは帰還兵を手厚く迎え入れたそうだよ。一時金を与え、家と畑と食事を与え、荒廃した土地の復興に当たらせているそうだ」

「へえ、人道的だな」

「問題はそんなお金がどこにあったのかという話だねえ。戦災復興も結構だが、初期費用も相当なものだと思うのだけど……」

そこが気になって信憑性がいまいちなのだとクラウディアは言った。

「実際にやっているとしたら良い事じゃないか。うちの国でもやればいい」

なんとしても治安の悪化を避けたいリカルドだが、クラウディアは皮肉な笑みを浮かべて答えた。

「このままじゃいけないって皆わかっているのさ。だけどそんな金はない、出したくもない。だから誰もが正義ヅラして叫んでいる。自分以外の誰かがやれ、ってね」

「……酷い話だ。兵士たちは国を守る為、必死に戦ったのだろうに。戦え、死ねと命じた貴族が知らんぷりというのもな」

誰が望んで盗賊になどなるものか。そんな彼らに引導を渡す日が来るのかと、リカルドは暗い気持ちになった。賊と戦うのは構わないが、せめて納得できる戦いでありたい。

ドンドン、と一階から激しくノックする音が聞こえた。

「ルッツどの、クラウディアさん、おられるか。伯爵がお呼びだ、すぐに来てくれ！」

高位騎士ジョセルの声だ。急に何事だろうかとルッツは首を捻りながら階段を降りた。

帰還兵の問題は深刻だが、自分たちに直接関係のある事ではない。この時はまだ、誰もがそう思っていた。

二時間後。謁見の間に集まるゲルハルトとクラウディア、ルッツ、マクシミリアンと王女の執事ジュゼッペ、この五人で会議が始まった。

「それで、奴らの要求は何だ？」

ゲルハルトがジュゼッペをじろりと睨《にら》んで言った。

「え？」

ジュゼッペはまだ混乱しているようで、自分に話しかけられたのだと気付くのに時間がかかった。

「え、ではないだろう。要求を伝えるためにお主らは解放されたのではないのか？」

騎士たちが皆殺しにされ、姫様がさらわれた。これで使用人たちが自力で脱出したとは思えない。何か目的があって解放されたと考えるのが妥当だろう。

「要求と言ってよいのか、あまりにも馬鹿げた話で……」

「いいからさっさと言わぬか！」

マクシミリアンが机をばんばんと叩《たた》いた。ジュゼッペは緊張と絶望で真っ青な顔をしており、今にも嘔吐《おうと》してしまいそうだった。

「国王陛下に会わせろ、直談判《じかだんぱん》がしたいと……」

なんだそりゃ、と皆の頭に疑問符が浮かぶ。

いずれにせよ賊の要求に応じて王を危険にさらすなど出来るはずがない。金品を要求される方がよほどマシだ。金を渡して王女を取り返してからじっくり犯人を追いかければよかった。

「奴らとの接触方法は？」

「襲撃された現場にて、狼煙《のろし》をあげろと言っておりました」

「ふむ、いずれにせよ要求に応じられない以上は殲滅《せんめつ》するしかあるまい。数百名の兵を出して囲むか、少数で忍び込んで姫様をお救いするかだ」

三十人の賊に対して兵を数百人用意するのは大袈裟ではない。敵は腕利きの騎士十人を始末したほどの強敵である。そんな奴らが待ち構えるアジトへ攻め込み、ひとりも逃さないとなればそれくらいは必要であった。万が一にも失敗の許されない戦いである。

「待ってください！　兵で囲んだ場合、姫様はどうなるので……!?」

ジュゼッペの悲鳴にも似た質問に、ゲルハルトは首を横に振った。

「降伏勧告に応じてくれれば、あるいは……」

自分で言っていながら信じられなかった。王族に手を出した時点で無惨な死は確定しているのだ、誰が降伏などするものか。

「ゲルハルト、私からも頼む。リスティル様を無事に救い出してくれ」

「閣下……」

マクシミリアンにそう言われてしまえば、引き下がるしかないゲルハルトであった。リスティルの身に何かあればツァンダー伯爵家は破滅である。出来る出来ないではなく、やるしかないのだ。

「じゃあ少数精鋭で行きますか」

クラウディアがあまりにもあっさりと言うので、こいつは本当に話を聞いていたのかとマクシミリアンたちは不安になった。

「大丈夫、正気ですよ。こっちにはひとりで囮《おとり》をこなせる人材がいるじゃないですか」

兵で囲めば敵は自暴自棄になって姫様に危害を加えるかもしれない。だがひとりだけなら適当に処理しようとするだろう。そのまま泥沼のような戦いに引きずり込んでやればいい。

「彼が敵を引き付けている間に別動隊が侵入して姫様を救いだす。単純ですがそれだけに効果的です」

「なるほど、だが囮役の負担が大きい事だけが不安だな」

マクシミリアンは眉《まゆ》をひそめて言った。

「精兵三十名を相手に救出作戦をやろうというのです。多少の無理無謀は必要でしょう。無論、成功したら報奨は弾まねばなりませんが」

クラウディアは指三本を立てて見せた。

「三十枚か……？」

「三百枚です」

「冒険者にか」

「勇者に、です」

マクシミリアンは頭を抱え込んだ。つい先日、城塞《じょうさい》都市の拡張計画を立てたばかりである。また金が飛んで行って必要な工事が先延ばしになるのだ。

やりたい事、やらねばならない事はいくらでもある。その全てに金という問題が絡み、どこから手をつければよいのかわからなくなる。それが政治だ。

それでも、伯爵領そのものがなくなる事に比べれば些細《ささい》な問題であろう。

「……わかった、金はこちらでなんとかしよう」

またあれこれと、したくもない言い訳をしなければならないのか。

銅貨一枚は血の一滴。金の苦労を知るクラウディアは敬意を表して小さく頷《うなず》いた。

ゲルハルトが部屋を見回してから言った。

「議論する時間も惜しい、少数で行こう。参加者はリカルド、わしとジョセル……、くらいか？」

心許《こころもと》ないな、と思っていると今まで黙っていたルッツが手を上げた。

「俺も行きましょう」

「……やれるか？」

ゲルハルトは眼《め》を細めながら聞いた。ルッツは騎士ではない、冒険者でもない、鍛冶屋《かじや》である。歩き方や筋肉のつき方からして武芸の心得があるとは思っていたが、具体的にどれほどの強さなのかはわからなかった。

「まあ、伯爵領の不良騎士どもよりは使い物になるんじゃないですかね」

「犬よりマシか、十分だ」

そのやり取りを見て、クラウディアが聞いていないぞという顔で口を挟んだ。

「待て待て、ルッツくんが行く必要はないだろう。君は鍛冶屋だ、戦う為にこの場にいる訳じゃない」

「一応、騎士の称号をもらっているからなあ」

「そんな事を言い出したらパトリックさんだってそうじゃないか。あのぺろぺろ魔人も連れていく気かい？」

「いや、それは……」

クラウディアは大きく息を吐《つ》いて、悲しげな声で言った。

「私があれこれ作戦を立てたのは、君を危険にさらすためじゃないよ」

「その作戦の成功率を少しでも上げたいのさ」

「どうして君がそこまでしなきゃならないんだ」

「男の子だからな」

仕方ないよな、と肩をすくめて笑うルッツ。クラウディアはルッツの頬を両手で包むように触れた。

「男がロマンを語る時、待っている女が同じものを見ていられるとは思わないで欲しいな」

「……すまない、苦労をかける」

「たとえ手足がもげても生きて帰ってきておくれよ。一生私がお世話してあげよう」

「ああ。死なずに帰る、それだけは約束しよう」

ルッツは力強く頷いた。

こうして四人目が確定した。戦力が増えるのはありがたいのだが、ゲルハルトはなんとも複雑な表情を浮かべていた。

「わしらの時と扱いが違いすぎない？」

「戦争屋が勝手に死ぬのはどうでもいいです」

「わしも本業は付呪《ふじゆ》術師《じゆつし》なんだが……」

「知ったこっちゃありません」

と、冷たく言い放った。あくまでもルッツ第一のクラウディアであった。

話が決まれば行動は早かった。勇者リカルドと高位騎士ジョセルを呼び出し、すぐに馬車に乗り込んだ。メンバーはゲルハルト、ルッツ、ジョセルとリカルド。そしてクラウディアとジュゼッペも乗っていた。

「襲われたのはこの辺です」

揺れる馬車の中でジュゼッペが広げた地図の上を指差す。

「王女殿下を連れて歩くのは目立ちすぎる。アジトはそう遠くない所にあるのではないかな」

「付近の山に洞窟《どうくつ》でもあるのでしょうか？」

ゲルハルトの意見に御者席のジョセルが手綱を握ったまま答えた。

「とにかく襲撃された現場に行こう。三十名が行き来した痕跡《こんせき》などそうそう隠せるものではない。辿《たど》っていけばアジトを見つけるのも難しくはないだろう」

ゲルハルトの提案に皆が頷いた。リカルドだけは渋々といった様子であったが。

「現場に着いたらクラウディアさんと執事どのはさっき通りかかった村まで引き返して待っていてくれ。馬車を壊される訳にもいかないしな」

「……ルッツくんは貸すだけですからね、返してくださいよ」

「わかったわかった、無茶はさせんよ」

クラウディアの眼光に少し引いてしまうゲルハルトであった。彼女に戦闘能力はないが、金銭を使った嫌がらせという点ではこの場にいる誰よりも優秀であり、悪辣《あくらつ》でもあった。とても敵に回してよい相手ではない。

「そういう訳だルッツどの、死なんでおくれよ。わしがクラウディアさんに殺されてしまう」

「敵にもお願いしておきましょうか、手加減してくださいって」

などと言って皆で笑い合った。

ジュゼッペだけが奇妙な顔をしていた。これから王女の救出作戦に、賊との殺し合いに行くのに何を笑っているのかと。

彼ひとりの感性だけがまともであった。戦場でまともである事が正しいかどうかは別として。


薄暗い洞窟のなか、青年は松明《たいまつ》を設置しながら歩いていた。

数メートル間隔で松明を置き、灯《あか》りが消えたらまた新しく取り替える。誰に命じられた訳でもない、ただ暗い所に居るのが嫌だった。

脇にいくつも抱えた松明を抜いて火を移して設置する。ごつごつとした不気味な岩肌が露《あら》わになった。それでも、闇の中よりはずっと良い。

「お先真っ暗な事には変わらんぜ、エイル」

背後から大柄な男が声をかけてきた。

「いいじゃないですかドロスさん。暗い所でじっとしていると、惨めな気分になってくるんですよ」

エイルと呼ばれた青年が反論するが大柄な男、ドロスは自嘲《じちょう》気味に笑っただけであった。

「惨め、いいじゃねえか。まったくもってその通りの事実だろ。まあ、望んでこうなった訳じゃあないけどな」

彼らは戦争が終わり解放された兵士たち、帰還兵であった。報奨金とは名ばかりの小銭を持たされて故郷に戻ったが、そこでも結局馴染《なじ》めずに戻って集まってしまった。そんな連中だ。

国の命令で集められ、国を守る為に戦った。

敵の血を浴び、戦友の臓物を浴び、必死に戦い抜いた。

血迷った戦友を後ろから斬った事も一度や二度ではない。何故自分はおかしくならなかったのか、それは既におかしくなっていたからだ。

ある日突然、名前も知らない貴族が笑顔で言った。戦争は終わった、と。

意味がわからなかった。敵は数キロ先に存在したままではないか。

話し合いが終わったらしい。よくわからないが土地が手に入ったらしい。自分たちは、用済みだそうだ。

銀貨十数枚を握らされて追い出された。故郷の両親は温かく迎え入れてくれたが、数日もすると笑みを浮かべたままこう言った。

『いつ出て行くんだ？』

畑は弟夫婦が継ぐ事になっているらしい。結婚を約束した幼馴染《おさななじみ》はエイルが徴兵されて一ヶ月後に他の男と所帯を持った。故郷に居場所などなかった。

人殺しの顔をしている、父からそう言われた。

変わったという自覚はなかったがひょっとしたらそうなのかもしれない。たとえそうであったとしても、それは国を守る為、皆を守る為に戦ってそうなったのだ。

何故、異常者を見るような眼をされなければならないのだろう。

皆を守りたかったのだ。そう言うと、ひどく迷惑そうな顔をされた。頼んでいないそうだ。

……どうして戦争を終わらせてしまったのだ。

あそこは地獄だった。しかし居場所はあった。人殺しの顔をした戦友たちがいた。敵も同じ顔をしていた。殺意と憎悪をぶつけられる事はあっても、異物扱いされる事はなかった。

戦争が好きな訳じゃない。あそこが自分の居るべき場所だったのだ。

足は自然と国境へ向かっていた。もう戦争をやっている訳がない。でも、ひょっとしたら。希望というよりも妄想に近い思いを抱きながら夢遊病者のように歩き続けた。

途中で山賊に襲われたが、たった三人斬り殺しただけで逃げてしまった。敵前逃亡で処分されたりしないのかと心配になったくらいだ。

国境付近には自分と同じように新しい生活を見つけられなかった者がうろうろしていた。隊長がいた、頼れる先輩であるドロスもいた。いつでも戦争を始められるのに、戦場がなかった。

彼らは口々に言う。国に捨てられた、裏切られたと。

かつて彼らの隊長であったキルコードは迷い子たちの声に応えた。

行き場のない兵士たちを集め、帰還兵の待遇改善を求めて国王に直談判する、そんな計画を立てたのだ。ようやく居場所が出来た。そう思う一方で上手くいくはずがないともわかっていた。

それでもいい。死ぬべき場所が少し変わっただけだ。

第三王女がツァンダー伯爵領を訪れると聞き、誘拐作戦を実行した。武装した騎士が十人もいたが、戦場で鍛えられたキルコード隊の敵ではなかった。

……俺たちはまだ戦場にいるんだ。

騎士たちが弱かった訳ではない、意識の差が明暗を分けたのだ。キルコード隊は敵を斬り殺す事に躊躇《ためら》いがない、そうしなければ殺されると身に染みているからだ。

こうして王女をさらい、木を組んで作った不格好だが頑丈な檻《おり》に押し込めた。

何もかもが驚くほどに上手くいっている。ひょっとしたら国王を引きずり出して要求を飲ませる事が出来るかもしれない。生き延びる事が出来るかもしれない。

生への希望が胸に灯《とも》ると同時に、死ぬ事が恐ろしくなってきた。そんな不安を消したくて、エイルはこうして松明を点《つ》けて回っていた。

……俺たちは暗闇のなかを這《は》いずり回る虫けらじゃない。名誉を守る為に戦う兵士だ。

忙《せわ》しなく動き回るエイルを見て、ドロスは苦笑を浮かべただけでもう何も言わなかった。

……ドロスさんは怖くないのですか。後悔していませんか。

そう聞きたかったのだが、止《や》めた。心の奥底に踏み込むのは兵士としてマナー違反だと思ったからだ。

「隊長は本気で王と交渉しようとしているのでしょうか？」

「そりゃ本気も本気、大マジよ」

ドロスは楽しむように答えた。エイルが不思議そうな顔をしている、それがまた楽しくて仕方ないようだ。

「隊長は王女サマへの手出しを禁じているよな。すまし顔の王女サマに下賤《げせん》の種を仕込んでやるぜ、みたいな考えはないみたいだ」

「はあ……」

下品な物言いにエイルは眉をひそめるが、そんな事はお構いなしにドロスは話を続けた。

「ついでに侍女たちまで何もせずに解放しやがった。要するにあいつは身綺麗《みぎれい》でいたいんだろうな」

「王と名誉の話をしようというのに、お前の関係者を陵辱したぞというのでは格好がつきませんか」

「そういう事だな。俺たちは王を脅迫したい訳じゃない、奪われたものを取り返したいだけなんだ。俺は戦士だと胸を張って言うのか、婦女暴行犯ですと名乗るのかでは全然違うよな。王女を誘拐した時点で理解はされんだろうが、自分自身が納得出来るかどうかってのは大事だぜ」

「そうですね。……少しばかり、残念でもありますが」

エイルの冗談に、ドロスは大口を開けて豪快に笑いだした。

「がはは、それもまた人間だ。男の美学の本質って奴は、やせ我慢だよ」

ドロスは急に表情を引き締めて言葉を続けた。

「……死ぬ瞬間にきっとこう思うだろうさ。みっともない真似《まね》をしなくて良かった、ってな」

それだけ言って、ドロスは手をヒラヒラと振りながら去って行った。

もう少し話していたいような名残もあったが、追いかけるのも無粋だろう。エイルは次に簡易牢《ろう》がある所に向かった。

「松明をお取り替えします」

橙色《だいだいいろ》の光のなかに浮かび上がる、黒髪の少女の姿。幼いながらもその顔立ちには気品があった。ドレスが少し埃《ほこり》にまみれているがそれは彼女の美しさを損なうものではなかった。むしろ掃《は》き溜《だ》めのなかでこそ美しさが際立った。こんな可憐《かれん》な少女を自分たちの自暴自棄に巻き込んでしまった。罪悪感が湧き、胸がちくりと痛む。

第三王女、リスティルは無表情であった。丸く大きな瞳《ひとみ》だけが動いてエイルを見据えた。

「エイルさん、と言いましたね」

「え？　あ、はい」

王女がいち兵士に過ぎない自分の名を覚えている事に驚いてしまった。

「悩んでいるのですか」

「え……？」

リスティルは淡々と話し続けた。黒く艶《つや》のある瞳に心の中まで見透かされているようでエイルは恐ろしくなってきた。

「目的の為に手段を問わないとはよく言われますが、時として手段が目的を否定する事もあります」

「どういう、事ですか……？」

エイルは喉《のど》がカラカラに渇いて痛いほどであった。無視してさっさと立ち去ればいいのに、足が釘付《くぎづ》けされたように動かなかった。

「どのような崇高な理念を掲げていようと、暴力的な手段を取ればそれは否定されてしまうのです。あいつらは悪い奴だ、だから言っている事も間違っている、聞く必要はない、と」

「黙れ、お前も俺たちを見捨てた側の人間だろうが！」

エイルはつい激昂《げきこう》して怒鳴りつけてしまった。

上手くいくはずのない事をやっているという自覚、可憐な少女を巻き込んでしまったという罪悪感。リスティルの言葉に感情の暴発という形でしか応えられなかった。

惨めだ、こんな話がしたい訳ではなかった。

リスティルは悲しげに眼を伏せて黙ってしまった。

……失望されたのだろうか？

エイルは謝りたかったが、何も言葉が出てこなかった。

「そこで何をしている」

低く威厳のある声に振り向くと、そこには長身痩躯《そうく》で細く鋭い眼をした男がいた。

隊長のキルコードだ。

「あの、松明の交換を……」

「そうか」

キルコードは事情をなんとなく察したのか、じろりとリスティルを睨《にら》んだ。

「うちの若い者に妙な事を吹き込まないでいただきたい」

リスティルは何も言わず、感情のない視線を返すのみであった。

「隊長、王家か伯爵家からの返事は来ましたか？」

「まだだ。そろそろ動きがあってもいい頃だが……」

キルコードは尖《とが》った顎《あご》を指先で撫《な》でた。彼が考え事をする時の癖であった。

「あるいは、あの使用人どもは逃げたかもな」

王女を守れず使用人だけが逃げ出して生きている。捕まれば当然、処刑の対象だ。ならば連合国か帝国にでも逃げ込んだというのも十分にあり得る話だ。

「その場合、王女様はどうなりますか……？」

エイルは人形のように身じろぎしないリスティルを一瞥《いちべつ》して聞いた。

「わかっていて聞くな」

キルコードは冷たく言い放つと、また見回りに戻ってしまった。

「……すまない」

エイルは誰に対してか、何に対してかもわからぬ謝罪の言葉を口にした。

この先どうなるかはわからないが、王家の使いが来るなら早くして欲しかった。

第二章　反逆者たちの祈り

第三王女《リステイル》たちが襲撃されたという現場に行くと、そこには馬車の残骸《ざんがい》と騎士たちの死体が放置されていた。

「……変わった制服だな」

ルッツが眼《め》を細めて言った。

騎士たちは皆、全裸であった。どうやら殺された後で近隣住民に服や鎧《よろい》を持ち去られたらしい。

馬車は車輪がなく、中も荒らされていた。馬の死骸もなくなっているが食肉として持っていかれたようだ。ここで解体したような血の痕があった。

「おのれ愚民ども、騎士を辱《はずか》しめおって！」

ジョセルは飛び回るハエを手で払いながら叫んだ。王女を守る為《ため》に必死に戦った誇り高き騎士たちから装備を剥《は》ぎ取り放置するなど、とうてい許される事ではなかった。手厚く葬ってしかるべきではないのか。

「行くぞ、ジョセル」

ゲルハルトが素っ気なく声をかけた。彼はただの死体に興味はないようだ。

「姫様の身に何かあれば、それこそ彼らに申し訳が立つまい」

ぐう、と唸《うな》ってからジョセルは戦友らに向かって十字を切った。

「許してくれ、諸君らの身体《からだ》は必ず埋葬する。司祭を呼んで葬式も出す。しばし待っていろ！」

熱く吠《ほ》えるジョセルであった。賊との戦いを前に気合いは十分だ。

一方でクラウディアはいつもの笑みを顔から消して、酷《ひど》く不安げであった。

「ルッツくん、この前リカルドさんが家に来たとき、帰還兵について話しただろう？」

「あったな、そんな事」

「賊は多分、彼らだ。この時期に王に直談判《じかだんぱん》したいだなんて言い出す奴《やつ》は他にいないよ」

「……だから、俺が行くのに反対したのか」

クラウディアがすっとルッツの胸に飛び込み、腕を背に回して引き寄せた。ルッツの手がクラウディアの柔らかな髪を優しく撫でる。

ルッツがそれなりに刀を扱える事は知っている。ゲルハルトやリカルドといった手練《てだ》れも一緒だ。それでも安心とは程遠い。戦い慣れた兵士が相手では何があってもおかしくはないのだ。

「生き残る事を第一に考える。だから、安心して待っていてくれ」

ルッツは優しく語りかけ、クラウディアは小さく頷《うなず》いた。

クラウディアとジュゼッペは馬車に乗り込み、村へと引き返した。そこでルッツたちの帰りを待つつもりである。

ゲルハルトが先頭で歩き出した。ジョセル、リカルド、ルッツがそれに続く。

「放っておいたらあの場でおっ始めかねないな、お前らは」

リカルドが下卑た笑いを浮かべて言った。

「さすがにあの場じゃロマンに欠ける」

花と蝶《ちょう》に囲まれるならまだしも、周囲にあるのは死体とハエだ。違いない、とリカルドはまた笑った。

「ところでゲルハルトさん、奴らのアジトがわかるんですか？」

あまりにも迷いなく進むので、不思議に思いルッツが聞いた。

「何を言っている、奴らの痕跡《こんせき》がありすぎて矢印が出ているようなものだ。大所帯というのも考えものよのう」

「そうだぞルッツ、追跡は冒険者の基本だ。初心者コースから修行し直せ」

ゲルハルトが不敵に笑い、リカルドが続いて言った。

「修行し直すも何も、俺は冒険者じゃない」

ちらりとジョセルを見ると、彼は首を横に振った。痕跡などよくわからないようだ。三十名が行き来したとしても、それは数日前の事である。

ルッツは少し安心した。元冒険者と現役冒険者がおかしいだけである。

数十分ほど歩くと森を抜け、怪しげな洞窟《どうくつ》が見えてきた。入り口にちらちらと人影が見える。狼煙《のろし》が出ていないか見張る係だろうか。

「リカルド、行け」

ジョセルがぽんとリカルドの肩を叩《たた》いた。

「……この作戦、マジでやるんですか」

激戦をくぐり抜けてきた帰還兵たちを相手に、たったひとりで囮《おとり》になる。それだけ考えると正気の沙汰《さた》とは思えなかった。

「今さら文句を言うな。クラウディアさんが伯爵に金貨三百枚の報酬を約束させたからな、後で礼を言っておけよ」

「生きていたらそうします」

リカルドは愛刀『椿《つばき》』の鞘《さや》がベルトでしっかり固定されていることを確かめてから、洞窟の入り口へ歩き出した。

不審者の姿に洞窟からふたりの男が飛び出してきた。

「なんだてめえは。王家か、それとも伯爵家の使いか？」

このアジトは教えていないはずだ。男たちが不審の眼を向ける。

「地獄の使者さ」

リカルドは無造作に刀を抜いた。それを見て男たちは跳《と》び退《すさ》り剣を構えた。さすがに反応が早い。

しかし、この刀がどういう性質の物かまでは理解できなかったようだ。

「それが貴様らの答えか！」

男のひとりが叫んだ。王が大人しく要求に応えるとは思っていなかった、これも想定内の結果だ。残念だが。

「貴様も王女もミンチにして王都に送り返してやるぜ！」

男はリカルドの頭を叩き割ろうと剣を振りかぶった。

そして、柄《つか》を逆手に持って己の腹に突き立てた。

「え……？」

何故《なぜ》そんな事をしたのか自分でもよくわからない。どういう訳だか痛くもない。それどころか気持ち良い。

振り返って相棒を見ると、彼は剣を美味《うま》そうに咥《くわ》え込んでいた。

「れろ、れろれろぉ……」

相棒は白目を剥《む》いて舌だけを激しく動かしていた。後頭部から剣の先端が突き出ている。

男は甘い匂いの中で思考が鈍っていた。腹の傷からじんわりと広がる快楽の前に何もかもがどうでもよくなっていた。

相棒の奇妙な死も、己の命さえも、もうどうでもいい。

男たちは恍惚《こうこつ》とした表情のままその場に倒れた。

妖刀『椿』は相手に自害を強要し、痛みを快楽に変換する呪いの刀だ。この惨劇を少し離れた木々に隠れて見ていたゲルハルトが吐き捨てるように言った。

「えげつないな……」

そういう刀だとは聞いていたが、実際に現場を見るのは初めてだ。戦場に綺麗《きれい》も汚いもないだろうが、ここまでの尊厳破壊が許される道理があるのだろうか。

「教会に知られたら一発で火炙《ひあぶ》りですね」

ゲルハルトよりもさらに戦いにロマンを求めるタイプのジョセルも不愉快そうな顔をしていた。

「あいつが邪魔になったら教会にチクるか」

「ゲルハルトさん、その時は俺たちも道連れにされますよ」

ゲルハルトの冗談とも本気ともつかぬ物言いをルッツが窘《たしな》めた。

他人事《ひとごと》のように酷いのえげつないのと言っているが、刀を作ったのはルッツであり、魔術付与したのはゲルハルトである。何処《どこ》をどう考えても関係者であり共犯者だ。少なくとも、第三者からはそう見えるはずだ。

異変を察知して三人目の兵が出て来た。

剣を抜いてリカルドに向かって走るが、呪いの射程距離である半径五メートルに入ると己の頸動《けいどう》脈《みゃく》を斬ってそのまま倒れた。

敵の首から吹き出す血で足下を濡《ぬ》らしながらリカルドはぼんやりと考える。

……このまま俺ひとりで敵を全滅させられるんじゃないか？

風斬り音がした。反射的に仰《の》け反《ぞ》るリカルドの眼前五センチを鋭い矢が通りすぎた。妄想から覚めるのがほんの一瞬でも遅れれば彼の頭は串刺《くしざ》しになっていただろう。

二本、三本と繰り出される矢を刀で弾《はじ》きながらリカルドは森に逃げ込んだ。

相手を見ながら精神集中すれば呪いの射程を伸ばして自害させる事も出来るが、射手は遮蔽《しゃへい》物に身を隠しながら射《う》っているようだ。以前倒した隙だらけの野盗とは訳が違う。しかも射手は複数人いるらしい。

「夢くらい見させてくれよ、まったく！」

敵もリカルドを逃がしてはまずいと判断したか、洞窟の奥から続々と増援が現れた。その半数が短弓を持っていた。何が起こったのかはわからないが、出来る限り近付かない方が良いと判断したのだろう。

リカルドは木々を背にしながら逃げ出した。背後から無数の殺意が突き刺さる。ここは奴らのフィールドだ、戦いながらどこまで逃げきれるだろうか。

……俺は強い、俺と『椿』は最強だ。それはそれとして早く助けに来てくれよ！

つい先程までゲルハルトたちが身を隠していた場所に眼をやると、誰もいなかった。既に彼らも動き出したようだ。

複数の足音が近付いてくる。顔を出そうとすると即座に矢が飛来する。

こんな危機的状況なのにリカルドの口元には笑みが浮かんでいた。

……お前らは命を預けてもいいってほどの武器を持っているかい。俺にはある。

リカルドは『椿』の柄を握り直した。恐ろしいが、勇気はまだまだ尽きてはいない。胸の内からいくらでも湧いて来た。


敵がリカルドを追って出て行くのを少し離れた所から見届けて、ゲルハルトたちは洞窟へ侵入した。不審者を追ったのは十五人ほど、約半数だ。さすがに全員で囮に食いつくような真似《まね》はしてくれなかったが仕方ない。そこまで求めるのは贅沢《ぜいたく》に過ぎるだろう。

「おお……」

洞窟を少し進んでゲルハルトは眼を見開いた。

意外に広い。目の前に地底湖があった。そのまま飲めるわけではないだろうが、水が豊富にあるというのはアジトとして理想的だ。

「いいな、こういうの」

「いいですよね、秘密基地」

頷きあうゲルハルトとルッツを、ジョセルは冷めた眼で見ていた。

「こんなカビ臭い所に住めませんよ」

ジョセルの呆《あき》れたような物言いに、ゲルハルトはわかっていないなと首を振った。

「ロマンだよ、男のロマン」

「ロマンで飯が食えますか」

「こういう所で飯を食うことにロマンがあるのだ」

馬鹿話をしながら地底湖を迂回《うかい》し、壁際にいくつもある細道のひとつを覗《のぞ》き込んだ。突如、薄闇の中から剣が突き出される。ゲルハルトはこれをかわし、敵の腹を蹴《け》り飛ばした。

兵たちの寝床であったようだ。草を敷いただけの粗末なベッドで寝ていた兵も次々と起き出し剣を抜いた。

敵は五人。ゲルハルトは愛刀『一鉄《いってつ》』を抜いて正面から突撃した。誰何《すいか》はしない、そんなものは殺した後で考えればいい事だ。

左右をルッツとジョセルが固めた。ゲルハルトの邪魔にならない、それでいて敵に包囲はさせない、そんな位置取りであった。

ゲルハルトは一番近くの兵に向かって刀を振り下ろした。兵は剣を水平に構え一撃を受け止めた、つもりだった。

友が打ち、仲間が仕上げ、自らの手で魔術付与を施した名刀は兵の使い込まれた剣を斬り裂いた。剣を折ったのではない、斬ったのだ。刃《やいば》は兵の頭部を割り、そのまま崩れ落ちた。

兵は手練れであった。何度も死線をくぐり抜けたのだろう。敵を殺す事に躊躇《ためら》いはなく、あるいは自分が死ぬ事すら受け入れていたかもしれない。

だが悲しい事に彼らの武器は大量生産の粗悪品であった。国家が彼らを正しく評価し、勇者に相応《ふさわ》しい武具を与えていればゲルハルトも苦戦していたかもしれない。

そうはならなかった。

ゲルハルトが兵を倒す間にジョセルが敵をふたり斬り伏せ、ルッツがひとりの喉《のど》を突いた。全て瞬く間の出来事である。

最初に蹴り飛ばされた男がなんとか起き上がろうとするが、その前にゲルハルトが彼の胸を踏みつけた。心臓を上手《うま》く踏みつけるコツでもあるのか、男は全身に血が巡らず力が入らなかった。

「姫様は何処だ？」

ゲルハルトが男の喉元に刀を突きつけ、冷酷な声を出した。

男はぱくぱくと口を開くが言葉にならない。ゲルハルトは仕方なく右足に込めた力を少しだけ緩めた。

「くそやろう」

言葉を発した直後に男の喉は横一文字に斬り裂かれた。ぱっくり開いた第二の口から盛大に血が溢《こぼ》れ出る。男は自らの血の海で溺《おぼ》れるように死んだ。

「……悪い事をしてしまったな」

ゲルハルトは後悔の念を込めて呟《つぶや》いた。殺した事についてではない。誇り高き戦士に仲間を売れなどと言うのではなかった。小細工などせずに殺してやるべきだった、と。

「おい、そこで何をしている⁉」

また新手の声だ。血の匂いを嗅《か》ぎ取って剣を構えている。

ルッツは即座に走り出した。刀を抜くと同時に下段から斬り上げる。ぎぃん、と薄闇の洞窟に火花が散った。

体勢を崩した男は背後から口を押さえられた。短めで分厚い刃が男の首を掻《か》き斬った。断末魔の声さえ封じられた男が倒れ、その後ろには浮かぬ顔のジョセルがいた。

「どうしたジョセル。見事な連携であったと思うが、何か不満か？」

ゲルハルトが聞くと、ジョセルは申し訳なさそうな顔で答えた。

「今のは少し、騎士らしくなかったかと……」

どちらかと言えば暗殺者のやり口であり、正々堂々には程遠い。

屋内戦闘に特化した剣である『ナイトキラー』が手に馴染《なじ》み、そうするのが一番効率的であると自然に動いた結果であった。

「生き残る為に全力を尽くす、何でもする。それが戦場での礼儀というものだぞ。誰が何と言おうと今の一撃は見事であった」

「そもそも敵さんは三十人近くいるんですから、ふたりがかりを責められる事はないでしょう」

ゲルハルトとルッツにフォローされた事でそれ以上は何も言わなかったが、心にわだかまりが残るジョセルであった。

いつまでも男のセンチメンタルに付き合ってはいられないと、ゲルハルトは次の部屋に進んだ。

また寝床のようなものがあったが、人影はない。囮を追った連中の部屋だろうか。

次も空の部屋だ。

倉庫があった。酒や食料が積まれている。金で購《あがな》ったものばかりではなさそうだ。

その次の部屋は松明《たいまつ》が少し多めに設置されていた。

慎重に奥へ進むと不格好だが頑丈そうな木の枠組みが見えた。木枠の先に小さな影があった。ゲルハルトは松明を手に取り、奥を照らした。

「姫様、お助けに参りました……」

低く声をかけると、座ったままの小さな影が顔をあげた。松明に照らされたその顔は確かに以前見た事がある、第三王女リスティルであった。

洞窟《どうくつ》の牢獄《ろうごく》生活で全体的に薄汚れていたが、それでも彼女の気品は失われていなかった。

「よく来てくださいました、ゲルハルト様」

少女はゲルハルトに対して頷《うなず》き、後ろのふたりにも微笑《ほほえ》みかけた。

ルッツはリスティルをさすがは王族だと感心すると同時に、少し不憫《ふびん》にも思っていた。こんな時は飛び上がって喜ぶか、安堵《あんど》で泣き叫ぶかするものではないだろうか。自分ならそうする。

泣きたい時に泣けない、笑いたい時に笑えない。常に気品ある振る舞いを要求される立場とはどれだけ辛《つら》いのか想像もつかなかった。

「姫様、少しお下がりください」

ゲルハルトが愛刀を抜き、木枠の牢に向かって斬り下ろした。さらに一閃《いっせん》、もう一閃。刀が鈍い光を放つ度に、格子がごとりと地に落ちる。

刀を納めた時には大の大人が楽に通れるほどの穴が出来上がっていた。

「……あんなに派手にやる必要があったんですかね」

「格好つけたかったんだろ」

ルッツの疑問にジョセルは、そういう子供っぽいところのある人だからというニュアンスで答えた。

本当にそれだけかとルッツは考え、思い当たる事があった。

ゲルハルトは姫様に、もう助かったのだから大丈夫だとアピールして、安心してもらう為にあんな派手な真似をしたのではないだろうか。

真相はわからない。本人に聞くのも野暮なような気がした。

「そういうところのある人だから、か」

ルッツは薄く笑って呟いた。

リスティルが牢から出ようとしたところで、ゲルハルトがピクリと身を震わせた。

「……姫様、やはりもう少しだけ牢の奥にいてくだされ」

「え？」

背後から近付く複数人の足音。それは血生臭い戦場に似合わぬ、実にゆったりとしたものだった。

当然だ、ここは彼らの家なのだから。

目付きの鋭い長身の男を先頭に、八人の男が後ろに続く。退路は完全に塞《ふさ》がれてしまった。

「せっかく捕らえた人質だ、持っていかれては困るな」

リーダーらしき長身の男が地の底から響くような声で言った。落《お》ち窪《くぼ》んだ眼、抉《えぐ》ったように痩《や》せこけた頬、物語に出てくる死神のイメージそのものだ。

敵のアジトで囲まれてなお、ツァンダー伯爵家の三人は怯《ひる》まなかった。

ここが男の魅せどころ、とルッツがにやりと笑った。

「悪いが、王女様と遊ぶのはこっちが先約だぜ」

可愛《かわい》い女の子に素直に笑ってもらいたい。男が命を賭《か》ける理由としては十分だ。


時は少しだけ遡《さかのぼ》る。

特に何をするという訳でもないが会議室に集まる男たち。これからの事を考えると不安が募り、皆が居るところでないと落ち着かないといった心理もあった。

会議室とは言っても、岩肌が剥《む》き出《だ》しの洞窟である。テーブルは適当な板で、椅子は酒樽《さかだる》や木箱だ。適当にだらだらとくつろいでいるところに、一番若い隊員であるエイルが入って来て言った。

「隊長、敵襲です！」

「数は？」

今までだらけていた隊員たちの表情が引き締まり、何人かが武器を掴《つか》んで立ち上がった。

「あ、いえ、たったひとりなんですが……」

なんだそりゃ、と拍子抜けしたように隊員たちが座り直した。

「問題は、隊員の十人以上が追いかけて行っちゃった事で……」

その報告に隊長のキルコードは眉間《みけん》にシワを寄せるが、古参兵であるドロスはけらけらと楽しげに笑い出した。

「若さというか体力というか、内から湧き出る衝動みたいな奴を持て余しているのさ。女も逃がしちまった訳だしなあ」

「皆、私の理念に賛同してここにいるはずだが？」

ギロリ、とキルコードに睨《にら》まれてドロスは肩をすくめて見せた。

「もちろんだ。皆それはわかっている。だから人里に降りて村娘をさらって来ようぜ、なんて言い出す奴はいないだろう?」

「……いたら斬っている」

「隊長の言いつけはちゃんと守っているさ。だからな、狩りごっこくらいは許してやれよ。もて余す若さって奴はどうしようもねえんだから、どこかで発散させないとなあ」

「それはいいのだが……」

何かが気になる、とキルコードは顎《あご》を指でなぞりながら考え込んだ。

「……陽動か?」

あり得る話だ。囮《おとり》がたったひとりであるのが不自然ではあるが、警戒するに越した事はない。

「王女の牢へ行くぞ、付いてこい」

「夜勤の連中は?」

隊員のひとりが聞いた。夜間警備をしていた者たちは今、ぐっすり泥のように寝ているはずだ。

「叩《たた》き起《お》こして牢の間へ連れて来い。敵が何人だろうが、どんな作戦を取ろうが、最終目標が王女である事は間違いない」

隊員のひとりが寝室へと走り、残る九人が牢へと歩き出した。

決して焦らず、周囲を見渡しながらである。自分たちのアジトで奇襲などされてはたまったものではない。

牢の間へ近づくと物音が聞こえた。松明に照らされた影が揺れている。

「先客だ、王女を取られたかもな」

ドロスが声を低くしてキルコードに話しかけた。

「構わん、これで奴らは袋のネズミだ。狩りに行った奴らもそのうち戻って来る」

キルコードは囮を死兵だと考えていた。最初から死ぬ事を前提に引き付けているのだと。妖刀『椿』の存在を知らないので常識的に考えてそうとしか思えなかった。

狩り組が戻って来ない、夜勤組に動きがないなどの誤算はあったが、圧倒的有利である事に変わりはなかった。

こうして彼らは牢の間へ足を踏み入れ、ルッツたちと対峙《たいじ》する事となった。


ゲルハルトは牢の前に立ち塞がった。自分で開けた穴を自分で塞ぐというのも間の抜けた話だが、当初の計画では王女を助けてこっそり逃げ出すつもりだったのだから仕方がない。

また、王女を人質に取られてしまえば打つ手はない。こちらの敗北だ。三人の中で一番の手練れであるゲルハルトがここに陣取るのは当然の流れであった。

「悪いが手助けは出来んぞ」

ゲルハルトが言うと、ルッツは不敵に笑って見せた。

「若いもんに手柄を譲ってくれると。今日はずいぶんとお優しいじゃないですか」

「ふん、抜かしよるわ」

一方でジョセルは馬鹿話に参加しようとはせず、呼吸を整えながら敵の隊長格を見据えていた。

これはこれで頼もしい。

ドロスは手斧《ちょうな》の峰で肩を叩きながらにやにやと笑っている。

「隊長、あの兄さんからご指名だとよ」

「ああ。ドロスはそっちの若いのを片付けろ。他の者は王女を確保しろ」

キルコードがレイピアを抜く、それが開戦の合図となった。

ジョセルは『ナイトキラー』の切っ先をキルコードに向けて叫んだ。

「ツァンダー伯爵家、高位騎士ジョセルだ。お相手願おうか！」

キルコードは名乗りに応じず、死んだ魚のような眼を向けるのみであった。

「胸を張って名乗るようなものは持ち合わせていない」

「貴様、騎士の誇りも失《な》くしたか⁉」

「誇りか、とっくに奪われたさ」

気だるそうな口調に似合わず、レイピアの先端からは凄《すさ》まじい殺気と憎悪が漏れ出していた。

一口にレイピアと言ってもその形状は様々である。針のように細いものから、棍棒《こんぼう》と呼んだ方が早いものまで。キルコードの持つレイピアは刃に厚みがあり、突きを主体としながら斬るも叩くも自在な代物であった。

突きならば屋内で邪魔にならず、刃を壁に当ててしまうような事もない。また、片手持ちで身体を半身にしている為に狙える部分も少ない。

ふいに剣尖《けんせん》がジョセルの眼前に迫った。なんとか身を捩《よじ》りこれをかわす。反撃しようにもその隙が見つからなかった。

起こり、つまりは予備動作が極端に少ない。線ではなく点の攻撃が最短距離を突っ走って来る。

レイピアの先端から眼を離せばその場で串刺《くしざ》しにされるだろう。

……守りに入れば、負ける！

ジョセルは『ナイトキラー』を振り下ろすが、キルコードはこれを最小限のバックステップでかわし、即座に反撃に移った。

完全に間合いが見切られていた。

雷光のような刺突が次々と襲いかかる。ジョセルは後退し『ナイトキラー』を振って必死に防いだ。取り回しの良い剣だからこそ可能な防御である。刃があと三センチ長ければとっくに殺されていただろう。

認めざるを得ない、奴は格上だ。純粋に腕の差で負けている。間合いの測り方も一流だ。相手は薄暗い洞窟での戦いに慣れているが、ジョセルはそうもいかない。

……何かひとつでもないのか、私が勝っているものは⁉

閃光が真《ま》っ直《す》ぐに飛んでくる。防ぐのに必死で考えている暇もなかった。

頬に焼きごてを当てられたような痛みが走った。レイピアの先端が触れたようだ。

疲労で動きが鈍ったか、それともキルコードがジョセルの動きに対応したのか。いずれにせよこのまま防戦に徹したとて、耐え続ける事は不可能だ。

痛みがほんの少しジョセルの思考をクリアにした。先程の師の戦いがちらと思い浮かんだ。ジョセルにはひとつだけ勝っているものがある。ジョセルは両の足をしっかりと地に付けた。もはや退路はない、逃げる必要もない。

喉笛《のどぶえ》を狙うレイピアの一撃を『ナイトキラー』で弾いた。しかしキルコードはすぐに体勢を立て直し、追撃の斬り下ろしを放った。ジョセルの腕の皮が薄く裂かれ、血が垂れ落ちる。

……だが、悪くない。

ジョセルは果敢に攻め立てた。相手の身体に刃は届かない。だが、レイピアにならば届く。

敵の攻撃を弾くことに専念した。出来る限り、力強く。薄闇の中に飛び散る火花、響く金属音。

出血で意識が濁り、痛みで意識が揺り戻される。体力は限界を迎え、立っているのがやっとという有り様であった。

これで終わりだ、とキルコードが強烈な一撃を放つ。ジョセルは左腕で咄嗟《とっさ》に顔を庇《かば》った。レイピアの切っ先が下がり、がら空きの心臓へ突き刺さる、はずだった。

鉄の胸当てくらい貫ける自信があった。共に戦場を駆け抜けた友は今、最悪の形でキルコードを裏切った。

レイピアは中央でぽっきりと折れた。心臓を貫かれ、血反吐《ちへど》を吐いて倒れるジョセルのイメージまではっきり見えたというのに、それらは全て幻影となって消えた。

何故だ。キルコードの思考に空白が生まれた。

ジョセルが武器破壊を狙っていたことくらいは気付いていた。だがキルコードの読みでは十分に耐えられるはずだった。

読みが外れた。愛剣と心が通わず、その状態を正確に知ることが出来なかったのだ。

「裏切ったのは、私の方か……」

自分は既に誇り高き戦士ではなくなっていた、それが敗因だ。

ジョセルの『ナイトキラー』が振り下ろされる。キルコードの右手がレイピアの柄《つか》を握ったまま地に落ちた。

キルコードは痛みに叫ぶ事もなく、ジョセルを口汚く罵《ののし》る事もなく、ただ悲しげに落ちた右手を見ていた。切断面から勢いよく血が吹き出るがキルコードは冷静に左手を脇に挟んで止血をした。

「すまなかった……」

落ちたレイピアに向けてそれだけを呟《つぶや》いた。お前を握る資格はもう無い、と。


ジョセルが敵の隊長と戦っていた頃、ルッツは副長らしき男と対峙していた。

その男、ドロスは手斧を持った腕をだらりと垂らしている。およそ構えと呼べるものではない。

対するルッツは刀と脇差しを差した、いわゆる二本差しのスタイルなのだが、刀は鞘《さや》に納めたままであった。

「いいのかい、そのままで」

ドロスは面白がるように聞いた。

「問題ない」

ルッツが短く答えた。

受け答えははっきりしている。自殺志願者という訳ではなさそうだ。

隙だらけどころか武器を抜いてすらいない。そんな男を相手にドロスは打ち込めずにいた。何故か妙な気迫を感じる。

このまま野郎と見つめ合っているのは趣味じゃないと、ドロスは手斧を握り直した。相手が何を考えていようと頭をカチ割ってしまえば結果は同じだ。

ドロスは地を蹴《け》り、距離を一気に詰めた。気合いと共に斧《おの》を真っ直ぐ振り下ろす。隊長とは対照的な力任せの戦い方だ。

戦場では何十人もこうして叩き斬ってきた。単純にして最も効果的な攻撃だ。

ルッツは爪先に力を込め、刀を抜くと同時にドロスの振り下ろしを受け流した。

「なにぃ⁉」

斧が火花を散らして斜めに滑り、ルッツの肩を少しだけ削った。

受け、即、斬。刀とは攻防一体の武器である。刀は受け流した勢いのまま頭上で弧を描き振り下ろされた。

刃はドロスの頭に正面から食い込んだ。彼が思い描いていた殺し方がそのまま己の身に返って来たのである。吹き出す鮮血が刀身を濡《ぬ》らす。勝った、とルッツは確信した。あるいはそれは慢心であったのかもしれない。

赤黒く染まる顔のなかで白いものが蠢《うごめ》いた。ドロスの眼がこちらをはっきりと見ている。まだ死んではいなかった。

ドロスの左手が刀身を掴んだ。指に刃が食い込み斬れ落ちそうになるがお構いなしであった。

……馬鹿な、何故動けるッ⁉

刃は頭蓋骨《ずがいこつ》を割った、だが脳にまでは届かなかった。そうだとしても動けるのも、反撃しようとするのも異常である。

力任せに刀身が振り払われた。ドロスの芋虫のように太い指が数本その場に落ちる。ドロスは凶悪な笑みを浮かべて手斧を振り上げた。

まずい、殺される。そうとわかっていながら威圧されて動けなかった。

……俺は死ぬのか。いや、死ねない！

クラウディアに何度も念押しされたではないか、死ぬなと。彼女の信頼を裏切る事、それだけは絶対にやってはならない。

「うおおお！」

己を鼓舞する咆哮《ほうこう》。ルッツは刀を手放して脇差しを抜き、そのまま真っ直ぐにドロスの首に向けて突き出した。

脇差しが皮を裂き、喉を貫く感触が右手に生々しく伝わってきた。

ドロスの悪鬼のような表情が少しだけ和らぎ、その場に崩れ落ちた。

飢えや貧困の中で死ぬのではなく、戦いの中で死ねた事が幸せだったのか。あるいは自分は幸せだと思い込もうとしていたのか。それはもう誰にもわからない。

ルッツは疲労と恐怖でぶるりと震えた。最後の一撃が間に合ったのは、ドロスの出血多量と頭部破壊による意識の低下によるものだ。万全であればルッツの頭は強烈な振り下ろしで叩き割られていた事だろう。最初の一撃が通じたのもドロスが刀との戦いに不馴《ふな》れであったという部分が大きい。

……実力では劣っていたのだろうか。

今まで野盗を斬った事は何度もあった。本物の戦士と戦い、殺したのは今日が初めてだ。

ルッツは刀を拾い、刀身に視線を走らせた。

刃こぼれしている。手斧の振り下ろしを受け流した時に削られたのだろうか。このせいで頭部を深く斬る事が出来なかったのだ。

……俺は馬鹿だ。

ルッツは大きく息を吐《つ》いた。自分専用の刀を後回しにした結果がこれだ。

生き残る為に何でもするというのが戦いの基本であったはずだ。自分は名刀をいくつも作ってきながら、名刀の持つ力を信じていなかったのではないか。

……帰ったら自分の刀を作ろう。戦場で命を預けられる刀を。

そう決意するルッツであった。

ふと足下を見ると、血溜《ちだ》まりに沈んだ手斧が見えた。

「もらっていくぜ、ドロスさん」

微《かす》かな温かさの残る血溜まりから手斧を拾い上げ、ベルトに挟んだ。

今日初めて本物の戦いというものを知った。刀鍛冶《かたなかじ》として一歩前に進めたような気がする。この戦いの事、ドロスの事は一生忘れないだろう。

「皆、すまん！　負けた！」

その声に振り向くと、敵の隊長であるキルコードが武器を持たずに直立していた。

よく見れば右手がない。どうやら向こうも決着が付いたようだ。ジョセルの憔悴《しょうすい》した顔を見れば、どちらが勝者なのかいまいちわかりづらかった。

王女奪還の為にゲルハルトと斬り結んでいた男たちがひとり、またひとりと剣を落とした。

隊長の敗北によってもう先がないことを悟ったのだ。

「諦《あきら》めてしまうんですか……」

構えは解いたものの剣を手放すことに躊躇《ちゅうちょ》していたエイルに、他の隊員が苦笑して答えた。

「終わったよ、俺たちの夢は」

夢の終わり。その言葉でエイルの手から力が抜けて、するりと剣が落ちた。からからと無機質な音がする。まるで今の、空っぽの自分だ。

「ジョセル、ルッツどの、武器を集めて生きている奴を一ヶ所にまとめてくれ」

ゲルハルトの指示通りに動き、安全を確保してから第三王女リスティルを牢《ろう》から出した。

木箱に座るリスティル。その脇をジョセルとルッツが固めた。みすぼらしいながらも、それはまるで玉座と近衛《このえ》兵のようであった。

その眼前に罪人として座らせられるのはキルコードとエイル、そして四人の隊員たち。副隊長はルッツに、隊員ふたりはゲルハルトに斬られていた。

「姫様、反逆者どもの処分はいかがいたしましょう」

ゲルハルトが聞いた。やはりこういう時の司会進行役は彼しかいない。

王族の殺害や誘拐を企《たくら》んだ者は王都に連行し、口にするのも悍《おぞ》ましい拷問を受けさせるのが決まりであるが、それをやるには人手が足りない。隊員をここで処刑して、隊長だけを連行するのが落としどころだろうか。

十三歳の少女に決めさせるのは酷な話である。出来れば一言、任せると言って欲しかった。

しかしリスティルは処断しろとも任せるとも言わず、少し考えてから口を開いた。

「話を聞かせていただけませんか？」

「……は？」

キルコードが顔をあげた。顔色が悪いというのを通り越してもはや土気色だ。一応、ジョセルが腕を縛って止血したものの、キルコードの命は長くないだろう。

「あなた方は何を訴えたかったのか、父に会って何を要求したかったのか。私に聞かせていただけませんか。何も知らぬまま終わりにしたくはないのです」

「それは……」

「私は無力です。ただ、父に話を通す事くらいは出来ます」

キルコードはリスティルに何も話してはいない。こんな小娘に話す事はないと最初から決めつけていた。彼女には人質としての価値しか求めていなかった。

どうせ何を言っても無駄だと諦めるのは容易《たやす》い事だ。しかし自分に付き合って死んでいった仲間の為に、今も苦しむ同胞の為に、ここで投げ出す事は出来なかった。

無駄でもいい、小娘にすがった恥さらしでもいい。戦いを始めた者は責任を取らねばならない。

少しだけ期待もしていた。誘拐されて、目の前で殺し合いが起こり、助け出された直後に誘拐犯たちに向かって話を聞かせろと言う。これが凡人に出来る事だろうか。

キルコードは帰還兵たちの窮状を語った。

命がけで国の為に戦い、そうして得た物は僅《わず》かな銀貨のみ。故郷に帰れば居場所はなく、戦争のトラウマに悩まされる者たちも大勢いた。

戦士たちが、戦争が終われば人殺しの集団として忌み嫌われる。それが悔しかった、許せなかった。正しい評価をして欲しかった。せめて人間らしく生きたかった。

息も絶え絶えに話し続けた。途中で部下が代わろうとしたが、それは拒否した。王族に訴えかける事が隊長としての最後の役目だと考えたのだ。

リスティルはキルコードの話を黙って聞いていた。そして話が終わると厳かに頷《うなず》いた。

「……わかりました。皆さんの窮状は必ず父に伝え、何らかの対策を取ることをお約束します」

「何らか、とは？」

王族に聞き返すような真似は無礼とわかっていたが、曖昧《あいまい》な話のまま終わらせる訳にはいかなかった。

「帰還兵を保護し、行き場のない人たちには家と畑を用意しましょう。生活が安定するまでの食料なども保証します」

この時点でリスティルは知らぬ事であるが、それは連合国が帰還兵たちに行っている政策によく似たものであった。

「ありがとう、ございます……」

首を少し動かすだけでも本当に辛いが、キルコードは頭を下げて礼を述べた。ただの口約束だ、確証などない。それでも王族から言質を引き出せた、自分に出来るのはここまでだ。

「しかし……」

と、リスティルは続けた。

わかっている。決して曖昧にしてはいけない事がもうひとつある。キルコードは静かに己の運命を受け入れた。

「貴方《あなた》たちには、死んでもらわねばなりません」

リスティルは黒い宝石のような双眸《そうぼう》に涙を浮かべ、しかしはっきりと宣言した。

「貴方たちは名も無き盗賊として死なねばならないのです」

リスティルは血を吐くような思いで言葉を綴《つづ》った。

ここで彼らを許してしまえば、何か要求を通したいときは王族を人質に取ればいいという前例が出来てしまう。それは国の権威と秩序を根本から揺るがす行為だ。

また、誘拐事件の犯人が帰還兵であると知られれば、他の帰還兵たちに対する風当たりはますます強くなるだろう。

キルコードたちは命だけでなく、名誉まで奪われる事になるのだ。仲間たちの明日を願って戦った事など誰にも知られず、卑劣な盗賊として処刑されねばならない。

異論はない。こうなる事は最初からわかっていた。

「ひとつ、お願いがございます……」

キルコードが掠《かす》れた声で言った。

「何でしょう」

「姫様のご恩情、まことにありがたき事なれど保証がありません。約束を守っていただけるという確証が」

王族の言葉が信用出来ないと、そう言ったのだ。帰還兵たちの保護という言葉も、洞窟《どうくつ》を出れば綺麗《きれい》さっぱり忘れているかもしれない。

むしろ王侯貴族とはそういうものだ。

「貴様……ッ！」

ジョセルが剣の柄に手を掛けた。王族誘拐というとんでもない悪事を働き、さらに温情までかけられたというのになんと無礼な物言いだろうか。もはや王族相手だからという問題ではない、人として許せなかった。

激昂《げきこう》するジョセルをリスティルが手で制した。彼女はどこまでも、この死に損ないの話に付き合うつもりのようだ。

「死に行く者が、私にどんな保証を求めるのですか」

「見届け人を残したいのです。一番年若い、エイルをこの場に居なかった事にしていただきたいのです……ッ」

突然の申し出にエイルは驚愕《きょうがく》するが、他の隊員たちは口々に、

「なるほど、それはいい」

「何も残せず死ぬのも悔しいからなあ」

「若いもんの命を形見と思えば、悪くない死に様だ」

などと言って賛同した。

キルコードは歯を食いしばって言葉を続けた。

「身勝手に、身勝手を重ねる要求であるとわかっております。ですが私の、十年の名誉と忠節を引き換えに、なにとぞ……！」

血溜まりの中にキラリと光るものを見つけた。それは折れたレイピアの先端であった。キルコードはレイピアを拾い上げ、己の腹に突き立てた。

「キルコード⁉」

あまりにも素早い、一瞬の出来事であった。

「なに、とぞ……」

「いいでしょう。盗賊がひとり逃げ出したところで、追いかけたりはいたしません」

「ありがたき……」

途中で血を吐いて言葉にならなかった。

「ゲルハルト、楽にして差し上げなさい」

「はっ」

完全に主君と臣下のような言葉づかいになっていたが、誰もそんな事は気にしなかった。それがこの場では当然のように思えたからだ。

ゲルハルトはキルコードの背後に立ち、愛刀『一鉄』を振り上げた。鉄でも岩でも切り裂くこの刀ならば、苦痛なく一撃で首を斬る事が出来るだろう。

キルコードの顔に微笑みが浮かんだ。それは死神と呼ばれた男には似つかわしくない、優しげなものであった。

……思い残す事は何もない。やるべき事は全てやった。いや違うな、後悔はある。仕えるべき主《あるじ》を間違えた。最後に未練を残させるとは罪なお嬢さんだ。

刀が振り下ろされ、キルコードの首が落ちた。

ジョセルはその首を丁寧に持ち、

「降伏勧告に行ってきます」

と言って出て行った。外でまだリカルドたちが戦っているのだ。

「次は俺の首を頼むぜ爺《じい》さん、すぱっとやってくれ」

隊員がこの場に似合わぬ明るい声で言った。エイルが身を乗り出し、悲痛な叫びをあげた。

「待ってくれ、俺も一緒に死なせてくれ！　俺だけを除《の》け者にしないでくれよ！」

「悪いな、地獄は定員オーバーだ」

「俺だってキルコード隊だ！」

「だからこそ、見届けてくれ」

エイルの願いは仲間たちに受け入れられなかった。寂しげに笑う仲間たちが次々と首をはねられるのを、ただ見ているしか出来なかった。

処刑が終わった。あの賑《にぎ》やかな仲間たちはもう何も言ってはくれない。

リスティルは感情のない顔をエイルに向けた。

「お行きなさい。貴方はここに居なかった、それが皆の望みなのですから」

「俺には悲しむ事も、死ぬ事も許されないのですか……」

「キルコードさんたちの願いをどう受け止めるかは貴方の勝手、私が関与することはありません。ただ……」

エイルは息を飲んでリスティルの言葉を待った。

「受け入れ準備が整った時、ただの帰還兵としてならば歓迎いたします」

「うぅ……」

言葉にならない声を漏らし、エイルは剣を拾って走り出した。

生きろという言葉は時として呪いとなる。泣きたくとも泣けなかった。エイルはこの場に居なかった人間である、名も知らぬ盗賊の死を悲しむ道理などないのだ。

「やれやれ、礼くらい言えんのかまったく……」

ゲルハルトが呆《あき》れたように言った。

「この場面でありがとうございますとは言えないでしょう。若者には人生に思い悩む時間が必要ですよ」

ルッツは肩から少し力を抜いて答えた。

「何を年よりくさい事を。ルッツどのとてまだ若いだろう」

「十代後半と二十代前半では結構な隔たりがあると思うんですがねえ」

「わしから見れば全部一緒だ。男の人生は七十過ぎてからだぞ」

「ゲルハルトさんが七十越えたら、男の人生は七十からだって言い出すんでしょう？」

などと言って笑い合った。その笑い方には少し固さが残っている。お互い、無理にでも場を明るくしようという気持ちがあった。

エイルと入れ替わるようにジョセルとリカルドが四人の男を伴って牢の間に入ってきた。

「他の連中は？」

ゲルハルトが聞き、ジョセルが答えた。

「十五人中、リカルドが倒したのが七人、降伏勧告に従わずその場で倒したのが三人、ひとりには逃げられました」

「上出来と言うべきかな」

エイルとは別に逃がしたひとりというのが気になったが、今はどうする事も出来ない。たった四人で乗り込んで勝利したのだ、これ以上を望むのは贅沢《ぜいたく》というものだろう。

「向かって来た三人も、死ぬ事が前提であったように見えました」

「ああ、そうだろうな」

捕虜となった四人を王女の前に座らせ、事情を話すと彼らは素直に喜んだ。

自分たちの戦いが無駄ではなかった、同胞たちが救われる。エイルだけでも生き延びてくれる。

本来なら拷問されねばならないところを、楽に殺してくれる。

名も無き賊として処理されるので一族郎党に危害が及ぶ事もない。自分を受け入れなかった親族たちであるが、さすがに火炙《ひあぶ》りにしたいほど憎んでいる訳ではない。

幸運。死の運命を突き付けられてなお、彼らはそれを幸運と呼んだ。

ゲルハルトが再び斬首の刀を振り上げる。

「仲間の事をお願いします」

彼らはそう言い残して死んでいった。

異様な光景であった。牢《ろう》の間に並ぶいくつもの首なし死体。転がった首はどれも安らかな、祈りを捧《ささ》げるような顔をしていた。

「姫様、処刑完了しました」

ゲルハルトが刀の血を拭《ぬぐ》いながら言った。

「全て、終わったのですね」

「はい」

その言葉を聞いて、リスティルは両手で顔を覆い肩を震わせた。

捕らえられた恐怖。彼らを追い詰めてしまったのは王家である事。そして、事情はどうであれ自分が彼らに死を命じたのだという事。

小さな両肩にそんなものが乗せられていた。今になってようやく泣く事が出来た。
男たちはかける言葉もなく、静かに泣き続ける少女をただ見守る事しか出来なかった。

第三章　PRINCESS　BLOOD

誘拐された第三王女を無傷で奪還した勇敢なる戦士たち。そう評したいところだが、見た目は敗残兵の群れでしかなかった。

薄暗い森の中を足下を気にしながら進む、疲労困憊《こんぱい》の男たちと王女殿下。

リカルドはひとりで囮《おとり》役をこなし、緊張しっぱなしで今にも意識を失いそうであった。

ジョセルは敵の隊長との戦いで全身が傷だらけであった。特に左頬の傷は深く、針と糸で縫い合わせたものの、当てた布にじわじわと血が広がっていた。

ゲルハルトは常に正面に立ち、多数の敵を相手にしてきた。また、十人近くの首をはねた事で手が痺《しび》れて上手《うま》く動かなかった。精神的な疲弊も大きい。

敵の副隊長と死闘を繰り広げたが、比較的軽傷であったルッツがリスティルを背負って歩いていく事になった。

リスティルは自分で歩くと言っていたのだが、しばらく牢に押し込められていた事と、惨劇の恐怖で足が震えて真《ま》っ直《す》ぐ歩けなかった。

「重くはありませんか？」

リスティルが遠慮がちに聞き、ルッツは出来る限り明るい声を出して答えた。

「炭や砂鉄を担ぐのに比べれば、姫様のお身体《からだ》は羽毛のようなものです」

「私、皆さんにお世話になりっぱなしですね……」

今日だけの事ではない。連合国との和平交渉で身売りさせられるところを助けられた事から始まった関係である。

「そうですね。こうなったらもう、なんとしても姫様には幸せになっていただかないと。それまでとことん付き合いますよ」

「まあ……」

「クラウディアも心配していました。是非とも元気なお顔を見せてあげてください」

リスティルは小さく頷《うなず》いた。政略結婚などしなくてもいいと励まされてから、リスティルはクラウディアに好意を抱いている。

しばらく無言で進み続けていたのだが、不意にリスティルがルッツの耳元で焦ったような声を出した。

「あの、ルッツさん、ちょっと下ろしてください」

「どうしました？　出来れば日が暮れる前に街道に出たいのですが……」

「それは、その、あっ……、あ……」

リスティルがぶるりと身を震わせた。ルッツの背に広がる生暖かい染み。小さな体を支えるルッツの手の隙間から水滴が垂れ落ちる。

「ごめんなさい。本当にごめんなさい……」

ルッツの位置からはわからないが、リスティルは羞恥《しゅうち》で顔を真っ赤にして俯《うつむ》いた。

「お気になさらず。戦場では皆、垂れ流しだそうですよ」

「比べてよいものでしょうか……？」

血を浴びた後だから多少の事は気にならなかった。それをわざわざ王女に言うのは悪趣味だと考え言わなかったが。

「まあまあ、お気になさらずに」

ゲルハルトたちも王女の異変に気付いていたが、気付かぬ振りをする情けがあった。

馬車の襲撃地点を避けるために少しだけ遠回りをした。あそこには殺された騎士の死体が放置されている。リスティルに見せたいものではない。

街道に出てようやくひと息つけた。皆がその場にへたり込む。

リカルドが腰袋から火種を取り出して焚《た》き火《び》を用意した。

「何でそんなもん持っているんだよ」

ルッツが聞くと、リカルドはよくぞ聞いてくれましたといった風に得意げに答えた。

「冒険者の基本だよ。き、ほ、ん」

「腹立つ顔しやがってこいつは……」

春先といえど夕方になれば少し冷え込んできた。皆が焚き火を囲んで手をかざす。特にリスティルは色々と乾かしたい物があった。

焚き火には人の心を落ち着かせる効果があるのか、炎に照らされた皆の顔には安堵《あんど》の色が浮かんでいた。

五分ほど休んだだけでルッツは立ち上がった。

「クラウディアたちを呼んで来ます、近くの村にいるはずですから。馬車をここまで持って来てもらいましょう」

「なんだよ、そんなに嫁さんに会いたいのか」

リカルドが茶化すように言うと、ルッツは当たり前だと言わんばかりに、

「そうだよ」

と、答えて走り出した。

ジョセルが左頬を引きつらせたまま言った。

「彼をからかおうとしても無駄だぞ。真顔で惚気《のろけ》られるだけだ」

「……そうみたいですね」

リカルドは呆れたように大きく息を吐《つ》いた。


ルッツが息を切らせて村に辿《たど》り着《つ》くと、目敏《めざと》く見つけたクラウディアが走り寄ってきた。

「ルッツくん！」

走る勢いのままルッツに飛び付き、腕をルッツの首に回した。衝撃で倒れそうになるがルッツはなんとか耐えた。ここで後ろに転んでは格好が悪い。

「良かった、無事だったんだねえ……」

「当然だ、俺は約束を守る男だよ」

「ふぅん。ところで肩に巻いてある布はなんだろうねえ？」

「ちょっと虫に刺されてな」

冗談で流そうとするが、クラウディアは潤んだ瞳《ひとみ》でじっと見つめてくる。腕に力が込められ抱き

寄せられたまま動けなかった。

「すまない、心配をかけた」

「まったくだよ……」

執事の男、ジュゼッペが足をもつれさせて走って来た。

「ルッツさん！　姫様は、リスティル様はご無事で⁉」

「ご無事ですよ。今は野郎どもと一緒に街道脇でキャンプファイアーやっています。馬車で迎えに行きましょう」

「おお、良かった……。本当に良かった……」

ジュゼッペはその場に座り込んでしまった。全身から力が抜けて、倒れなかったのが不思議なくらいだ。

「ええと、それとですね。王族の方々には多分、大事な事だと思うんですけど……」

ルッツは後頭部を掻《か》き、言葉を選びながら言った。

「姫様の、その、貞操って言うんですかね。そういうのも無事です。賊どもに何もされなかったようで」

「なんと……」

リスティルは十三歳だが、女性としての魅力があるかと言えば十分にある。

いつも女に飢えていて穴さえあれば木の股《また》でもいいという野盗どもの前では、幼いながらも高貴で美しい少女など野犬に投げ与えられた生肉同然ではなかったのか。出来る限り無事であって欲しい、そう願っていたジュゼッペにとっては何よりの朗報であった。

「帰還兵だから、かい？」

クラウディアがルッツにしがみついたまま聞いた。この格好で真面目な顔をされても少々困るルッツであった。

「そこら辺は馬車の中で話そう。急がないと姫様がおねむの時間になっちまう」

ルッツは馬車の扱いが下手くそなのでクラウディアが手綱を握った。

走りながら語られる帰還兵たちとの戦いと彼らの願い。そしてリスティルの王女としての振る舞い。話が終わると、クラウディアはひどく暗い顔をして呟《つぶや》いた。

「リスティル様は、これから茨《いばら》の道を歩む事になるねえ……」

ジュゼッペが身を乗り出して聞いた。

「待って、ちょっと待ってください！　奴《やつ》らをただの野盗として扱うという事は、姫様の貞操がご無事であった理由も説明出来ないという事では……!?」

「だから、貴方《あなた》に話しました。身近で仕える人に知っていて欲しくて。誤解を解いて回ろうなんて思わないでくださいよ。それは姫様のご意志に反する事です」

「そんな……」

ルッツの答えにジュゼッペは愕然《がくぜん》として項垂《うなだ》れた。

当然、リスティルはこれから野盗に陵辱された王女として後ろ指を差されながら生きていく事になる。まともな縁談など望むべくもない。それが十三歳の少女が選んだ道だ。王族だから、という一言で片付けるにはあまりにも酷であった。

焚き火の灯《あか》りが見えて来た。その中でリスティルの顔が浮かび上がると、ジュゼッペは馬車から飛び降りて主《あるじ》の側《そば》に駆け寄り土下座した。

「姫様！　御身をお守りできず、まことに申し訳ありません……ッ」

土に額を擦り付けるジュゼッペの肩に、そっと小さな手を置いてリスティルは微笑《ほほえ》みかけた。

「何を言うのです。貴方が伯爵に危機を伝えてくれたからこそ、私はここにいます」

「姫様……ッ」

「役目、大儀でありました」

ジュゼッペの顔は土と涙でぐしゃぐしゃであった。

それを見て何故《なぜ》かジョセルも涙ぐんでいた。主従の絆《きずな》といった話に弱いらしい。

「皆さん、馬車に乗ってください。村で一泊してから城塞《じょうさい》都市まで戻りましょう」

クラウディアの提案に皆が馬車に乗り込んだ。

狭い。お世辞にも居心地が良いとは言えないが、クラウディアの膝《ひざ》に乗るリスティルは安心した顔で寝息を立てていた。


王都にてひとつの不穏な噂《うわさ》が流れていた。ツァンダー伯爵領に向かった第三王女リスティルが野盗に誘拐されたのだという。情報伝達手段の乏しい時代である。断片的な情報しか入って来ず、なんとも判断に困るところであった。そんなものはデマであるという意見から、伯爵が裏切ったのだという話まで飛び出してきた。

無責任な噂と一蹴《いっしゅう》するにはあまりにも気になる内容であった。国王ラートバルト・ヴァルシャイトは伯爵領に使者を送って確認しようと考えていたが、準備をしているうちに当の本人が帰ってきた。やはり噂はただの噂であった、噂を流した者を突き止めて縛り首にしてやろうか。しかし、よくよく考えるとおかしな事ばかりであった。

まず、王都を出た時とは馬車が違う。王家の紋章も入っておらずデザインも古くさい。いかにも田舎貴族が必死に格好付けましたといった具合の馬車だ。

護衛として付けた騎士たちもいない。代わりにリスティルの側にいるのはマクシミリアン・ツァンダー伯爵と、和平交渉の時に見た職人たち、利発そうな女性と騎士と冒険者だ。まるで意味が分からない。

リスティルは出迎えて挨拶《あいさつ》をしようとする侍女や貴族を手で制し、王城の中を堂々と突き進む。大人しくて可愛《かわい》いお人形さんといった印象しかなかった彼女が、決意を秘めて力強く歩く姿に皆は首を傾《かし》げたものである。

「お父様に面会を」

謁見の間の前で取り次ぎ役にそう告げると、男は媚《こ》びるような笑みを浮かべて答えた。

「姫様も長旅でお疲れでしょう。まずは一晩、お休みになってからでは……」

「お黙りなさいッ！」

小さな身体のどこからそんな迫力が出せたのか。王女に一喝され取り次ぎ役は慌てて背筋を伸ばし、謁見の間に飛び込んだ。

「……少し、やり過ぎてしまったでしょうか」

リスティルが申し訳なさそうに言うが、クラウディアが首を横に振った。

「首を斬られるよりはずっとマシでしょう」

救助されたその日からずっと、クラウディアはリスティルの相談役のような事をしていた。元からリスティルはクラウディアに好意を抱いており、女性同士でなければ安心して話せない事もある。

クラウディアもまた、彼女の為《ため》に出来る限りの手助けをしようという気になっていた。

王族の怒りを買ってしまった事でよほど焦っていたのか、取り次ぎ役はすぐに戻ってきた。

「どうぞ、陛下のお許しが下りました。お付きの方々は入れませんが」

「私は構いませんね？」

マクシミリアンが聞くと、取り次ぎ役が何か言う前にリスティルが、

「中へ入りましょう」

と、さっさと許可を出してしまった。

謁見の間に入るとラートバルトは満面の笑みを浮かべて愛娘《まなむすめ》を迎えた。

「よくぞ戻ったリスティルよ。くだらぬ噂話が流れて心配していたぞ」

「事実です」

「は……？」

「残念ながら十名の騎士たちは戦死しました。最後まで勇敢に戦ったことを私が保証いたします、彼らの家名の存続をお許し下さい」

「いや、待て。ちょっと待てリスティル……」

淡々と事を進めようとする愛娘を、ラートバルトは戸惑いながら止めた。

「事実とはつまり、野盗に誘拐されたというのかお前は……？」

「はい。賊に幽閉されていたところをツァンダー伯爵家の皆様に助けて頂きました」

ラートバルトがリスティルの斜め後ろで案山子《かかし》のように突っ立っているマクシミリアンを睨《にら》み付けた。何を勝手な事を、そう責めているのだ。

「事は一刻を争うと判断しました。事後報告となってしまったことをお詫《わ》びいたします」

マクシミリアンはがちがちに緊張しながら答えた。王とは今まで何度か話をしたが、自分が責められる立場になったのは初めてである。

「むぅ……」

独断専行と言えばその通りだが、のんびりと王都に使者を出して返事を待っていられる状況でもなかった、それはわかる。ラートバルトは何とも言えず、とりあえず伯爵の処分を保留とした。

「リスティルよ、お前は自分が何を言っているのかわかっているのか。野盗に誘拐という事は、つまり……」

「彼らに弄《もてあそ》ばれたという事はありません。その方が高く売れると判断したのでしょうか」

これはクラウディアと話して決めた、それらしい理由付けであった。

傷物にすると価値が下がったとして取引自体が中止になる、つまりは見捨てられる可能性があるのだ。野盗が手出しをしない理由としては十分だろう。

「……それを、誰が信じるというのだ」

ラートバルトの顔は苦渋に満ちていた。

「何を平然としておる。お前の人生は閉ざされた、それを本当にわかっているのかッ!?」

「一度は捨てた幸せですので。今さら、些細《ささい》な事です」

こう言われてはラートバルトも何も言えなかった。リスティルは少し前に政略結婚の道具として七十歳の老人に嫁がされそうになっていたのだ。

いや、そうした運命を回避したからこそ幸せを求めて欲しかった。勝手と言えば勝手だが、紛れもない親心であった。

「私は王族としての務めを果たす為に、ここにいます」

リスティルは黒い宝石のような瞳で見据えて言った。そんな態度すらラートバルトの心を曇らせた。こんな辛《つら》い目に遭いながら泣き叫んではくれないのだろうか。自分の胸に飛び込んできてくれないのだろうか。十三歳の娘に、王族としての覚悟などして欲しくはなかった。

誘拐されたなどという話が全て戯《ざ》れ言《ごと》であればと願いもしたが、騎士十人が死亡している時点でそれはない、誤魔化す事も出来ないだろう。

そんな父の想《おも》いに気付いたか、リスティルは寂しげに笑いながら言った。

「お父様。私を愛してくださるのならばどうか、話を聞いてください」

「ああ、わかった……」

国中を回って見聞きした事ですが、と前置きしてリスティルは帰還兵たちの窮状を語った。さすがに誘拐犯から聞いたとは言えない。

「彼らに対する十分な保障が必要です。どうかご一考を」

リスティルの熱弁にラートバルトは無関心というより、どこか迷惑そうであった。面倒な話を持ち出しおって、という顔である。

「報奨金を与えて故郷に帰した、その後どうするかというのは当人らの勝手だろう。それこそ帰農しようが、落ちぶれようが」

「為政者が自己責任と語るならば、それは為政者がやるべき事をやった後でなければなりません。兵士たちを追い詰めたのは私たちなのです。彼らの十年に亘《わた》る戦いに、十分報いたと胸を張って言えますか⁉」

「そんな金がどこにある、民衆から特別税でも取るか。それこそ暴動でも起きかねんぞ！」

リスティルが無事に帰って来た喜びなど、どこかへ吹っ飛んでしまった。小娘がくだらない同情心で政治に口を出す、それがラートバルトを苛立《いらだ》たせた。

娘を怒鳴りつけてしまったことに罪悪感はあるが、間違った事は言っていないつもりだ。

「金の苦労を知らぬ者が、政治を語るな……ッ」

しかしリスティルも怯《ひる》まない。まるで見えない誰かに背を支えられているかのようだ。

「お父様は明日の食事に困るほどの、お金の苦労をした事がありますか？」

「何ぃ……？」

「私が話しているのは、そうした次元の話です。誇りを踏みにじられる戦士たちを直《じか》に見てきました。話もしました。彼らは救われなければなりません。兵の忠義を否定して、王家が成り立ちましょうか⁉」

ラートバルトは自分でも訳の分からぬ怒りに突き動かされ玉座から立ち上がった。リスティルに歩み寄り、その頬を思い切り張り飛ばした。小さな身体が横っ飛びに倒れ、マクシミリアンが慌てて駆け寄った。

……泣いて許しを請え、それで全て許してやる。

そんなラートバルトの思惑は外れ、リスティルは口を一文字に結んで起き上がった。気丈であった、温室育ちの少女に不釣り合いなほどに。

「どうか彼らに慈悲と寛容さをお示し下さい。王家に仕えて良かったと、そう言わせてくださいなにとぞ……ッ」

許しを求める言葉は、どこまでも帰還兵たちの為であった。

ラートバルトは己の矮小《わいしょう》さに打ちのめされて玉座に戻った。

「……何が欲しい、言ってみろ」

「帰還兵たちを住まわせるための土地と、資金を」

「蛮族どもの猿まねをするつもりか」

「良い策は積極的に取り入れるべきです」

「国境際の土地の一部をくれてやる。資金は金貨二千枚、それ以上は出せぬ」

割譲された土地はエルデンバーガー侯爵に管理を任せていたのだが、彼にとって重要なのは交易の為の場だけであり、荒れ果てた土地は持て余していた。一部を返却しろと言えばむしろ喜んで応じるだろう。

「ありがとうございます、お父様」

胸を張って礼を述べるリスティル。赤く腫《は》れた頬から目を逸《そ》らすようにラートバルトは俯《うつむ》き何も答えなかった。

リスティルは退室するがマクシミリアンは彼女に付いていくべきか、意気消沈する王に付いているべきかと迷っていた。そんなマクシミリアンに、ラートバルトが蚊の鳴くような声で言った。

「あの子の助けになってやってくれ」

こんな話がしたかった訳ではない。ただ無事に帰った娘を抱きしめて、おかえりと言いたかっただけなのに、どうしてこうなったのだろう。

あの娘を追い詰めてしまったのは誰だ、自分なのか。

健やかでいて欲しい、その気持ちにだけは嘘《うそ》はなかった。

「お任せ下さい、陛下」

マクシミリアンは力強く頷《うなず》いた。


青年がクワを振るっていた。

畑はどこも荒れ果てている、まともな土に戻すだけでもかなりの時間がかかるだろう。辺りを見回せば同じようにクワを振るう者や、廃材を片付ける者、簡易小屋を建てている者がいて誰もが忙しく動き回っていた。

王女リスティルの呼び掛けに応じて集まった帰還兵たちだ。総勢五百人ほど集まり、これからもっと増えていくだろう。

ここは村人たちが離散した廃村跡であった。家は燃え落ち、畑は踏み荒らされ、井戸には死体が投げ込まれていたので新しく水源を確保しなければならなかった。

やったのは自分たち王国軍だ。

青年は苦渋に満ちた表情を浮かべながらクワを握り直した。ここにあるのは罪の跡だ。自分たちだけが不幸であるような顔をして悪意を振《ふ》り撒《ま》いてきた、その結果がここにある。

片付けは大変だが、それでも村を一から作るよりはずっとマシだ。

手を止めると辛い事ばかりが思い浮かぶ。青年は一心不乱に土を耕し続けた。直そうとしているのは畑ではない、自分の人生だ。

徴兵された兵士たちは元々は農家の息子であったり、大工の出身であったりと様々な技能を持っていた。また、軍では宿泊地の設営などもやっていたので慣れない作業という程でもなかった。大鍋《おおなべ》で五百人分の食事を用意している者もいた。軍隊はひとつの共同体だ。村を作るというのもその延長のようなものかもしれない。

話し声が聞こえて青年が顔をあげる。手を止めて噂話をしている者たちがいた。彼らの視線を追うとそこには美しい黒髪の小さな女の子、第三王女リスティルがいた。

王女の隣には魅惑的な女性がいた。思わず顔を埋《うず》めたくなるような尻《しり》をしている。彼女らは黒焦げの家を指差しながら何か話し合っていた。少し後ろでふたりの男が退屈そうな顔をしている。冒険者と鍛冶屋《かじや》だ。片方の男に見覚えがあったが話しかける訳にはいかなかった。彼とは初対面のはずなのだから。

帰還兵たちの話し声がはっきりと聞こえた。

「王女様、可愛いねえ。あの身体を盗賊どもに好き放題されたって訳か」

「羨《うらや》ましいこった。俺の相手もしてくれねえかな」

考えるよりも先に手が動いていた。青年はクワを放り出して、下卑た笑いを浮かべる男の顔に拳《こぶし》を叩《たた》き込《こ》んだ。油断していた男は鼻血を撒き散らしながらその場に尻餅《しりもち》をついた。

何が起きたかわからないという顔が、すぐに怒りで真っ赤になった。

「てめえ、何しやがる！」

しかし青年は男の怒りを遥《はる》かに上回る憤怒を放出し、威圧して黙らせた。

俺たちはそんな事をしていない、姫様の身は汚されてなどいない。皆、最期まで誇り高くあろうとしたのだから。

言えるはずがない。彼らを擁護する事は、彼らの信頼を裏切る事になる。

「……下らねえ事言ってるんじゃねえよ。俺たちだけは姫様の味方をして差し上げなくちゃならんだろうが。俺たちを拾ってくれたお方をな」

そう言って青年はクワを拾い上げ、また作業に戻った。男たちが殴りかかって来れば頭を耕してやるつもりだったが、その必要はなかった。

「悪かったよ……」

そう呟《つぶや》いて、男たちも作業を再開した。

じわり、と土が滲《にじ》んだ。青年はクワを振りながら泣いていた。

……隊長、ドロスさん、皆。姫様は約束を守ってくれました。俺はこの地を守ります、この地で死にます。どうか見守っていてください。

青年はその後も率先して働き続けた。姫様を悪く言う者がいれば即座に殴りかかり、時には反撃されて袋叩きにされた。骨折し、高熱を出して寝込んだ事もある。

それでも彼は生涯、自分の生き方を変えようとはしなかった。

リスティルはアクセサリーの類《たぐ》いを一切着けていなかった。帰還兵たちを養うために全て売り払ってしまったのである。

王から与えられた金貨二千枚は大金だが、それで村の統治を行うとなれば心もとなかった。今は五百人だが、徐々に人が集まって千人に達するだろうという見込みである。食費だけでも相当なものだ。

家を直し、井戸を掘り、畑に種を撒いて作物を収穫する。生活基盤が整うまでは赤字続きである。

「今年一年、まともな収穫は期待しない方がいいでしょう」

と、相談役のような顔をしてクラウディアが語っていた。

金はいくらあっても足りない。お前は金の苦労をしていないと父に言われた事が今になって重くのしかかってきた。

有り余る服を売ってしまおうかと考えていたのだが、これもクラウディアに止められた。

「王女という権威まで手放してしまえば誰も言う事を聞かなくなります。開拓村に似合わぬ綺麗《きれい》なお姿のままでいてください」

十三歳の女の子が村娘の格好であれこれ指図しても従ってはくれないだろう。彼女に従うだけの理由、つまりは肩書きと権威が必要だ。

王家のやり方に反発してこの地にいるというのに、王家の権威に頼らねばならないという矛盾が若き王女を悩ませた。

それをクラウディアに話すと、

「使える物は何でも使いましょう。権威なんてただの道具です」

と、あっさり言われてしまった。

後から考えると王家を低く見るようなかなりとんでもない発言なのだが、リスティルにとっては救いの言葉でもあった。

リスティルは貴族社会で孤立していた。

貴族が白い手袋をつけるのは汚れ仕事をしないというアピールである。足が悪いわけでも悪路を進むわけでもないのに杖《つえ》をつくのは、荷物を持つ気がないというアピールである。

ドレスは常に新品を、アクセサリーは常に流行の最先端を。自分がいかに贅沢《ぜいたく》な生活をしているかと周囲に示すのが貴族の嗜《たしな》みである。贅沢である事を見せつけるために借金をする、それが貴族の美学であった。

そうした考えを第三王女が捨てた。貴族たちにしてみれば、自分たちを否定されているようで気分が悪かった。

直接手出しをする訳にはいかないが、貴族たちはリスティルを露骨に無視するようになった。野盗に汚された女と噂して嘲笑《あざわら》っていた。あのような者は王族として相応《ふさわ》しくないので排除すべし、というのが彼らの言う忠義であった。

父に突き放され、貴族たちから後ろ指を差された。最初から覚悟していた事だが、辛くないと言えば嘘になる。

リスティルのクラウディアへの好意と信頼は、半ば依存へと変化しつつあった。姉のように慕っている、という言葉は使いたくなかった。なぜなら実の姉の事を嫌っているからだ。

第一王女は帝国に嫁いでおり、その人柄をよく知らない。

第二王女は常に他人を見下し、そうした発言をしていないと自尊心を保てないような女だ。同じ腹から生まれてどうしてこうも違うのか。同じ血が流れているというだけで吐き気がする。リスティル排除の音頭を取っているのも実の姉だ。

かといって、クラウディアを母のように慕っていると表現するのも失礼な気がした。そこまで年が離れている訳ではない。

廃村に来てから数日後。既に廃村とは呼べないほど片付き、食糧の買い付けと輸送の手はずも整った頃にクラウディアが腰を屈《かが》めて視線を合わせ、残念そうに言った。

「リスティル様、私たちはそろそろ帰らねばなりません」

その日が来ることはわかっていた。それでも素直に受け入れられなかった。父に殴られても流さなかった涙が今、じわりと浮かんできた。

「クラウディア様、ずっと私と一緒にいてくださいませんか。ルッツ様と共に私に仕えていただけませんか？」

「それは出来ません。私には私の、リスティル様にはリスティル様の生きる場所がございます」

「私は、王都に帰りたくはありません……」

拒絶の言葉を聞きたくはないと俯くリスティル。クラウディアは七色に光るイヤリングを片方だけ外してリスティルに差し出した。

「これは……？」

「やはりお洒落《しゃれ》のひとつくらいは必要ですよ。離れても、私がリスティル様の味方であるという事を忘れないでください。困った時はいつでも駆け付けます」

クラウディアはぐすぐすと鼻を鳴らすリスティルの左耳にイヤリングを着けてやった。

「……お揃《そろ》い、ですね」

リスティルは泣きながら笑っていた。

「周囲が敵ばかりでお辛いでしょう。ですが味方も沢山います。帰還兵の皆も、執事さんたちも、そして私たちも、皆リスティル様の事が大好きなのです」

リスティルはクラウディアに抱きついた。クラウディアはリスティルの背を優しくぽんぽんと叩いてやった。しばらくしてから身を離し、リスティルは未熟ながらも為政者としての顔で聞いた。

「これから村をどう導いていくべきでしょうか」

「畑を馬鹿みたいに拡《ひろ》げていきましょう。ちょっとやりすぎたかな、くらいで丁度良いのです」

「作りすぎて腐らせたりはしないでしょうか……？」

「すぐ隣に内輪揉《うちわも》めが趣味みたいな連中がいますから、彼らに売り付けましょう」

正式に連合国との交易が始まれば食糧を作れば作るほど売れるという図式が出来上がる。この村には大きく発展するポテンシャルがあるとクラウディアは見ていた。

もう一度強く抱き合い、リスティルは力強く頷きふたりは別れた。

帰りの馬車の中でクラウディアはルッツに申し訳なさそうに言った。

「すまないルッツくん。せっかく君にもらったアクセサリーだが、片方あげてしまったよ」

愛する夫からのプレゼントである、せめて一言断るべきだったかと反省していた。ルッツは特に気にする様子もなく、微笑んで言った。

「君がそうしたいと思ったのだろう。いいさ、俺も正しい行いだったと思うよ」

優しい言葉をかけられ、なんとなく恥ずかしくなりクラウディアは幌《ほろ》の外へと顔を向けた。

「狡兎《こうと》死して、良狗《りょうく》は優しい人に飼われました、か。駄目だねえ、語呂《ごろ》が悪すぎる」

次に来たときはもっとずっと立派な町になっているだろう。そう確信しながら、クラウディアは遠ざかる村をじっと眺めていた。

第四章　戦士の墓標

王女誘拐事件も一区切りがつき、ルッツたちは伯爵領へと帰って来た。

ルッツはこの日、河原に行って斧《おの》を振るっていた。

賊、あえて賊と呼ぼう。振るっているのは賊のアジトで拾った斧である。副隊長ドロスが使っていた手斧《ちょうな》だ。ルッツは彼の喉《のど》を突いて殺し、この斧を手に入れた。

強敵であった。一歩間違えれば倒れていたのはルッツの方であっただろう。実力という点では完全に負けていた。こうして立っているのは武器の性能と相性で勝っていたからだ。

襲ってきた野盗を返り討ちにした事は何度もあるが、こちらから乗り込んで戦いを挑んだのも、本物の戦士と命のやり取りをしたのも初めての事だった。

彼は頭蓋骨《ずがいこつ》を削られても戦う意志を失わなかった。素手で刀を掴《つか》み指が落ちても怯《ひる》まなかった。今でも思い出す度に恐怖と尊敬の念が湧き上がってくる。

伯爵のお抱え鍛冶師となった、王女殿下の知己を得た。これからも面倒事に巻き込まれる場面はいくらでもあるだろう。自分は鍛冶屋だから関係ない、などという言い分は通用しない。そもそもトラブルという奴《やつ》は頼まなくても勝手に向こうから来る、厄介な客だ。

生き残るために自分専用の名刀が必要だ。今までなんやかんやと言い訳をして先延ばしにしていたが、もう目を逸《そ》らしてはいられなかった。

しかし、刀を打とうにもイメージが固まらない。戦士の斧を振るっていれば何かヒントを掴めるのではないかと思い連日こうして河原に来ているのだが、未《いま》だ開眼には至らなかった。

一時間も斧を振るっていると全身が汗まみれになっていた。上着を脱いで河に飛び込み、汗を流す。これぱかりは城塞《じようさい》都市の中では味わえぬ快感だ。

のんびりと草を食《は》んでいたロバちゃんを川辺に誘って洗ってやり、少し乾かしてから帰路に就く。良い運動にはなったが結局、新しい刀のイメージは掴めぬままでいた。

……どうしたもんかなあ。

期限が決められている訳ではないが、なんとなく焦りを感じるルッツであった。

家に戻るとすぐにクラウディアが食事を用意してくれた。

温かい野菜スープとパン。パンはおが屑《くず》などの混ぜ物をしていない、今朝焼いたばかりの白パンだ。こういった物を見ると自分がそれなりの地位に就いたのだと実感できる。

少し前までパンと言えばろくに篩《ふるい》にかけられていない大麦の、がちがちに硬くて微妙に臭い黒パンであった。

一緒に食事をしながらクラウディアが聞いた。

「新しい刀は作れそうかい？」

「正直なところさっぱりだ。アイデアが浮かばないっていうのは、芸術家に常に付きまとう悩みだよなあ」

悩みの為《ため》に食事に集中出来ず、スープに浸したパンがぐずぐずに崩れてしまった。硬い黒パンを食べていた頃の癖がまだ抜けていないようだ。

「戦士の手斧を振るっていれば何か掴めるんじゃあないかと思っていたが……」

「どうだった？」

「斧の扱いには慣れたよ」

ルッツは苦笑して見せた。その笑いにはやはり、疲労と焦りの色がある。

クラウディアとの雑談の中からヒントを拾った事は何度もあった。今回もそうならないかと期待していたのだが、そう何度も上手《うま》くは行かないようだ。

「自分が何を欲しがっているのか、具体的にイメージするのは難しいものだなあ。自分の事は自分が一番よく知っているなんていうのは嘘《うそ》だな。自分ほど訳のわからない奴はいない」

「いっその事、何も考えずに打ったらどうかね。『椿《つばき》』を打った時は妖刀を作ろうとしていた訳じゃないだろう？」

「綺麗な刀を作ろう、くらいにしか考えていなかったよ」

悩むくらいなら動くというのは大事な事かもしれないが、やはりルッツとしてはテーマがあった方が動きやすかった。手癖でなんとなく作るというのはそう何度もやりたい事ではない。

「いっその事、斧でも作ったらどうかね」

「え？」

「斧使いの兄ちゃんの気持ちが少しは分かるんじゃないかな」

冗談だよ、と言ってクラウディアは笑いながら食器を片付けた。

クラウディアとしては冗談のつもりだったのだろうが、ルッツはそれを真剣に検討し始めていた。

あの斧は鋳造の量産品ではない、鍛造だ。つまり鉄を打って鍛えた物である。しかし、お世辞にも腕の良い鍛冶屋《かじや》が作ったとは思えなかった。

……勇者に与えるに相応《ふさわ》しい斧とはどんなものだろうか。

考えているうちに興味が湧いてきた。

今まで斧を作った事は何度かあるがそれは行商人時代のクラウディアに頼まれた安物で、溶かした鉄を型に流した鋳造品だ。自分の持つ技術の全てをつぎ込んで最強の斧を作ったらどんなものが出来上がるだろうか。

名刀作製から離れてしまうが、それは少し遠回りになるだけで、決して無駄ではないと思う。

「クラウ、明日は河原に行かず鍛冶場に籠《こも》る事にするよ」

「そうかい？」

この流れで何故《なぜ》ルッツが明るい声を出しているのかわからず、首を傾《かし》げるクラウディアであった。

「そうだルッツくん、最近この辺りで不審な男がうろついているようだから君も気を付けてくれたまえよ」

「不審者、この職人街でか？」

盗みがしたければもっと裕福な地域に行くだろう。少額狙いというのも違う気がする。職人は気の荒い者が多いので襲ったところで反撃される可能性が高い。むしろ喧嘩《けんか》する機会を心待ちにしている危険人物ばかりである。

「わかった、気を付けよう。クラウも何かあったら大声を出して近くの工房にでも飛び込んでくれ」

「助けてくれるだろうねえ。私たちに恩を売りたい奴ばかりだろうから」

などと言ってクラウディアは笑っていた。

気になる話だが、今はどうする事も出来ず頭の片隅に追いやった。


鉄を熱し、叩《たた》き、折り返してまた叩く。鍛え方は刀と一緒だ。

皮鉄《かわがね》と芯鉄《しんがね》に分けて作り、鍛接する。これも一緒だ。

鍛えた鉄を打ち斧の形にするのに少しだけ手間取った。やはり刀とは勝手が違う。

苦戦しながらも何とか斧を作り上げ、研ぎ終えると首でも頭でも簡単に斬れそうな凶悪な姿が現れた。これを落として手や足に当たればそのまま切断されてしまうだろう。そう考えると胃の辺りがきゅっと縮んで痛くなった。

凶悪、グロテスク、それでいてどこか美しい。刃《やいば》を見つめていると、そこに映っているのが自分の顔か死神の骸骨《がいこつ》かわからなくなってきた。

試しに薪《まき》をひとつ割ってみたのだが、ほとんど力を入れていないのにスッと斧の自重で綺麗《きれい》に切断された。

……これは酷《ひど》い。

斧がいかに恐ろしい武器であるかを思い知らされた。ルッツの背にぞくりと冷たい感覚が走る。

もしもあの時、ドロスの手にあったのがこの斧であれば間違いなく自分は殺されていただろう。

頭の中で何度シミュレートしても、刀ごと腕を叩き斬られる場面しか思い浮かばない。

申し訳ないがドロスの斧は、ルッツが打った斧に比べれば鉄屑にしか見えなかった。

勇者に相応しい武器が与えられなかった。それが彼らを殺した。

無論、直接手を下したのは自分だという事を忘れてなどいないが、その前に彼らは世間や運命といった目に見えない巨大なものに痛め付けられ、足枷《あしかせ》を嵌《は》められていたのだ。

「これを貴方《あなた》がたの墓標と呼ぶのは、迷惑ですかね……？」

斧に問いかける。答えなど、返ってくるはずがなかった。


ルッツは新しく作り上げた斧に槍《やり》のような長い柄《え》を付けた。いわゆるポールアクスである。

ドロスの斧をよく調べ柄巻き革をほどいてみると、短く切り詰めたような跡があった。おそらく戦場では長い柄が付いていたのではないかと予想したのだ。

戦場で振るうならば強力であろうが放浪生活で持ち運ぶには不便であり、森や洞窟《どうくつ》内では使い辛《づら》いから切り詰めたのだろう。

……彼はどんな気持ちでポールアクスの柄を切り取り、手斧としたのだろうか？

わからない。全てはただの想像だ。

ルッツはまた河原に出てポールアクスを振り続けた。

重心の位置が独特で慣れるのに時間がかかった。自重、遠心力、斧の鋭さ。上手く使いこなせば一撃必殺の武器となるだろう。リーチが長いというのも戦場では大きな利点だ。

一日目はポールアクスに振り回されっぱなしであった。遠心力の付いた先端に引っ張られて転んでしまうような無様な真似《まね》もしてしまった。誰もいない所で修練して本当に良かったとしみじみ思う。二日目は暴れる斧をなんとか抑え込むことが出来たが、斧を上手く目標に当てる自信はなかった。

三日、四日と修練を続けていく。振り回していると体力の消耗が激しく、握力もなくなってくる。

だが少しずつ手に馴染《なじ》んできたという実感もあった。十分でへばっていたのが二十分、三十分と続くようになった。修練に熱中しすぎて手の皮が剥《は》がれマメが潰《つぶ》れ、職人なのだから手を大事にしろとクラウディアに怒られるような事もあった。

十日もするとようやくポールアクスが言う事を聞いてくれるようになった。使いこなしているとは言い難いが、ドロスたちが見ていた風景に少しだけ踏み込めたような気がした。

修練をしながら、そろそろ本業に戻った方がいいだろうかと考えていると薄汚れたローブを纏《まと》った男が張り付けたような笑みを浮かべて近付いて来た。

「どうも、精が出ますねえ」

街では見ない顔だ。男の雰囲気に危険なものを感じ取ったルッツはポールアクスを構えて叫んだ。

「それ以上近付くな、さもなくばぶち殺す！」

「おいおい、なんだよ物騒だな。俺はただ、武芸について語り合いたくて……」

「武芸談義の前に、マントの裾《すそ》に付いた血について説明してもらおうか」

男はしばし沈黙した後で、不自然な笑顔をぐにゃりと崩した。笑いはどこか他人を小馬鹿にしたようなものに変わっていた。

「いやあ、まいったまいった。意外に賢いじゃねえの鍛冶屋ちゃん」

ルッツは答えず周囲に目を配っていた。伏兵などはいないようだ。

話に乗ってこないルッツに対して、男はつまらなそうにフンと鼻を鳴らした。

「今思いついたが、俺は冒険者でこいつは魔物の血だと言ったらどうするつもりだった？」

「怪しい事に変わりはない。お帰りいただくよ」

「本当につまらねえ野郎だ」

男は嘲笑《あざわら》いながらマントを翻した。腰に差してある物は鞘《さや》、柄は糸を巻いた独特の物。抜いて現れるは刃紋の浮いた刀身。間違いなくそれは刀であった。

見覚えはない、ルッツの作ではないようだ。恐らくは伯爵領の鍛冶親方衆の作品だろう。決して安い物ではないはずだ。目の前のみすぼらしい男に購《あがな》えるだろうか。

否。ここでマントの血と刀が結び付いた。

「……行商人を殺して奪ったか」

「欲しければ殺して奪え、そう教えてくれたのは王家だぜ」

男は悪びれもせずに答えた。それどころか、奪う事をどこか楽しんでいるようでもあった。

「全て合点がいった。貴様はキルコード隊の生き残りか。いや、ひとりで逃げ出した男か」

「人聞きの悪い事を言うなよ。仇《かたき》を取るために必死に生き延びているんだ、それは死ぬより辛い事だぜ。人間、死んじまったら何も出来ねえんだ。あのクソ強い隊長たちですら死んだらもう過去だ」

「死して残した遺志がある。貴様がそれを汚しているんだ」

「それだよ、それ！　そいつが気に食わねえんだ！」

男は怒りを露《あら》わにして刀の切っ先をルッツに向けた。

「隊長を殺した張本人が隊長の遺志を都合の良いように解釈し、利用しやがる！　死者の想《おも》いすら奪い取る貴様らが許せねえ！」

びりびりと空気が震えるほどの殺気であった。歪《ゆが》んではいるが、この男もまたキルコード隊のひとりであったのだと実感した。

「返してもらうぜ、隊長の死を」

「あんな小娘に何が出来る、彼らの想いは姫様が汲《く》んでくださった！」

「姫様の覚悟も知らずに勝手な事を！」

もはや互いに語る舌を持たない。男は刀を振り上げ襲いかかり、ルッツは長いリーチを活《い》かして牽制《けんせい》した。

ルッツは斧《おの》を持ち、敵が刀を振るう。あの時とは逆の構図だ。

何度か刃を撃ち合わせた後、距離を置いて対峙《たいじ》し動かなくなった。互いに刃の先端を揺らしながら機を窺《うかが》っている。

実力が拮抗《きっこう》していると互いに『後《ご》の先《せん》』を狙って動けなくなる事がある。

後の先、つまりはカウンターだ。相手が斬り付け、動きの修正が利かない段階でそれに対応した技を繰り出す。近接戦闘において後の先を取れれば圧倒的に有利とされている。

無論、それは相手の動きに対応出来ればの話であり、格の違いすぎる相手に仕掛ければただの棒立ちと変わらず斬られる事になる。

いつまでも睨《にら》み合《あ》いという訳にはいかない、ルッツの方が得物が重いのだ。疲労が動きを鈍らせる可能性は十分にある。

敵の顔をじっと見る、そこで違和感を覚えた。

……こいつ、俺の顔を見ていないな。

ならば何処《どこ》か。斧の刃か。いや、もう少し下だ。

男の狙いがある程度予測できた。こいつはポールアクスの柄を切断しようと狙っているのだ。柄は木製である、刀の刃を上手く立てれば切断出来るかもしれない。そうなれば確実にルッツの負けだ。

ルッツは一歩足を引いた、誘いである。

男は大きく踏み込んで刀を振り下ろした。受ければ柄が切断され、受けなければ肩から袈裟《けさ》斬りにされる位置だ。

ルッツは柄を滑らせてやや短く持ち、刃と刃をぶつけた。火花が散り、刀が真っ二つに斬られた。

そんな馬鹿な。男の思考に生まれた一瞬の空白。

すぐに刀を捨ててルッツに掴《つか》みかかろうとした。彼は闘争心を失わぬ一流の戦士であった。しかし、一瞬の思考停止はあまりにも痛かった。

ルッツはポールアクスをくるりと回し、刃の反対側である石突を男の腹に叩き込んだ。

先端は鉄で補強され尖《とが》っている。石突は男の皮を裂き、肉を貫き、内臓にも少なからぬダメージを与えた。

血を吐いて身を屈《かが》める男の顎《あご》を、ルッツは引き抜いた石突で追撃とばかりに殴り付けた。

男は天を仰いだ。空は青いはずなのに、何故か赤黒く染まって見えた。

大の字に倒れ、起き上がろうにも指一本動かせなかった。傷の深さからして腹は死ぬほど痛いはずなのに、ドクドクと熱く脈打つような感覚があるだけだった。

「お前が、勝ったのは……、その武器のおかげだ。実力だと勘違いするな……」

「俺は鍛冶屋だよ。武芸よりも武器を褒められた方が嬉《うれ》しいね」

「嫌な野郎だ、クソッ……」

目の焦点が合わなくなってきた男の頭にルッツはポールアクスを振り下ろした。今度は刃こぼれをする事もなく、頭は中心からスイカのように割れた。

血と脳漿《のうしょう》が溢《こぼ》れる無惨な死体を、ルッツは冷たい眼《め》で見下ろしていた。

首だけ綺麗に落として供養しようという気にはなれなかった。

彼は己の欲望の為に行商人を惨殺している。今回はルッツであったというだけで、クラウディアが襲われなかったという保証などないのだ。そう思えば野盗の振る舞いをした者を許す気にはなれなかった。

たとえ彼には彼なりの正義や都合があったとしても、だ。

「名刀で人を斬る感覚が掴めた。それだけは礼を言う」

そう言い放ち斧に付いた血を男のマントで拭《ぬぐ》ってから、呑気《のんき》に草を齧《かじ》っているロバちゃんを呼び寄せた。

相変わらずの、のんびりとした顔がルッツの心を少しだけ和らげてくれた。

「人間って馬鹿だな、とでも思っているのかい？」

ルッツはロバちゃんの頭を優しく撫《な》でながら聞き、ロバちゃんは『ぶもぉ』と間の抜けた鳴き声で返した。

「それで、最高の刀は出来そうかい？」

鍛冶場《かじば》でぼんやりと座るルッツに、クラウディアはにやにやと笑いながら聞いた。悩んでいるのがわかっていながらそんな事を聞く。ルッツは苦笑を浮かべて答えた。

「なんとなくヒントのようなものは掴めた。ただそれは数ある部品のひとつであって、決定的とはいかなかったよ」

先日、ルッツは王女誘拐犯の生き残りと戦い勝利した。真剣勝負でしか学べないこともある、名刀で人を斬る感覚というのは貴重な体験であった。正確に言えば刀ではなく斧なのだが、ルッツが打ったお気に入りの武器という点では変わらない。

「今さらなまくら刀を持ち歩く気にもなれないし、しばらくはあいつが相棒さ」

ルッツは壁に掛けた斧に目をやった。先日の勝負の後、ポールアクスと呼べるほど長かった柄を外し、刀と同じ程度の長さに仕立て直した。これで刀と同じような構えで両手持ちが出来る。

「普段は刃には革のカバーでも付けて、背負って歩く事になるかな」

「不審者まるだしだねえ。騎士団に捕まったりしないかい」

「俺も名目上は騎士だよ。何処の誰が捕まえるっていうんだ」

伯爵家お抱え鍛冶師となった事で正式な肩書きではないが騎士扱いをされている。しかもルッツは王女救出の功労者のひとりでもあるのだ、武器を持ち歩いている程度で咎《とが》められないだろう。

「斧を腰に差していたらベルトが千切れて、別の意味で不審者になっちまいそうだ」

「抜き身で歩くのはまずいねえ」

などと言って笑っていると、ドアが無遠慮にノックされた。

「俺だ、リカルドだ。開けてくれ！」

伯爵家お抱え冒険者のリカルドだ。彼も王女救出メンバーのひとりであり、城塞《じょうさい》都市に戻ってからは一度も会っていなかった。

ルッツが戸の閂《かんぬき》を外すと、リカルドは滑り込むように中へ入ってきた。他人の家だというのに慣れたものである。

「よう、勇者どの。今日は何の用だ」

「お前のシケたツラを拝みに来た、っていうのは理由になるか？」

「用は済んだな、帰れ」

「待った待った、悪かったよ。暇だから遊びに来たんだ、一緒に飯でも食おうぜ」

もうそろそろ昼時である。彼はそれを狙って来たようだ。

「態度のデカいタカりだな……」

などとぼやきつつ、ルッツとクラウディアはリカルドを二階の居間へと案内した。リカルドが昼食を食べに来るのは初めてではなく、リカルド専用のスープ皿まで用意されているくらいだ。

「リカルドさん、最近は魔物退治なんかはしていないのかい」

温かい野菜スープと塩漬けニシンの切り身。柔らかなパンとビール。食卓を囲みながらクラウディアが聞いた。リカルドの図々《ずうずう》しい訪問を断らないのは、彼から冒険者ならではの噂話《うわさばなし》を仕入れる為でもあった。

「伯爵からお声はかからんなあ、それ自体は良い事なんだろうけど……」

話しながらパンに齧り付き、おっと声を上げた。

「なんだこれ、美味《うま》いな」

「王女殿下救出の褒美として金貨をたんまりもらっただろう？　白パンくらい、いくらでも買えるだろうに」

「買いに行くのがめんどい」

「まったく……」

ズボラな男は見慣れている。クラウディアは呆《あき》れるだけでそれ以上は何も言わなかった。

「それで、魔物が出て来なくなった理由とかあるのかい？」

「最近は迷宮探索に挑む冒険者が増えてな。魔物が外に溢《あふ》れ出す前に退治されちまうんだろう」

「それがこの前話していた、帰還兵の多くが冒険者に転職したって奴か」

ルッツが納得したように頷《うなず》くが、クラウディアはまだ何か考えているようであった。

「ふうん、ふんふん、なるほどねえ。色々と繋《つな》がりが見えてきたよ」

「今の話に何か気になる事でもあったか？」

「最近、宝石が値上がりしている事は知っているかい？」

いきなり関係のない話をされて、ルッツは不思議そうな顔で首を横に振った。リカルドも同様である。ふたりに経済の事など何もわからない。

「ルッツくんが刀の製法を公開した事で、同業者組合《ギルド》の鍛冶親方衆が一斉に刀を打つようになった。名刀と呼ぶにはまだまだ遠いが、それなりに見られる物にはなっているようだねえ」

先日戦った男も刀を使っていたが、ルッツの打った斧で切断されてしまった。見た目も性能もまだまだ及ばないというのは事実だろう。

「で、彼らは刀を少しでも見栄え良くする為に魔術付与をするようになった。ゲルハルトさんの所じゃなくて街の付呪術師《ふじゆじゆつし》に頼んだのだろうね。さっきも言ったけど刀の性能はそこそこだから、刻める文字は一字か二字かな」

「それで宝石が大量消費されているって訳か」

「宝石を入手する方法はふたつある。鉱山で掘るか、迷宮で探すかだね」

迷宮の宝箱はどういった仕組みになっているのか、一度開ければ宝箱ごと消えて、また何日かすれば中身入りで復活する。中身は大小様々な宝石であることが多かった。

「なるほど、それで迷宮が渋滞を起こしている訳だな……」

「ここまで話しておいて何だがね、どうしてリカルドさんがそれを知らないんだい」

クラウディアの質問に対し、リカルドは気まずそうに頭を掻《か》いた。

「酒場でそういう話は聞かなかったし……」

「儲《もう》け話は自然と耳に入るようなもんでもないでしょう。バーテンに金を払って噂話を聞くとか、同業者に話しかけて最近どうだと聞くとかしないと」

「そういうの苦手なんだよなあ」

冒険者は基本的に数人のパーティを組んで戦うものだが、リカルドは単独である。故に情報収集が得意な仲間に任せるといった事が出来ないでいた。単独行動の弊害というのは決して戦闘面だけに出てくるものではない。

もっとも、リカルドに言わせれば人付き合いの上手い奴が冒険者なんてクソ仕事をやるなという事になるのだが。

「まあ、そういう訳でリカルドさんも気が向いたら迷宮探索にでも行ったらどうかな」

「気が向いたらな」

適当に返事をしたが、人混みが苦手なリカルドはあまり興味を引かれなかった。

王女救出の際に一番危険な囮《おとり》役をこなしたという事で、伯爵からたっぷり褒美をもらっている。

しばらくはのんびり過ごそうと考えていた。

それからたった数日で彼の淡い夢は崩れ落ちた。マクシミリアン・ツァンダー伯爵の呼び出しという形で。

第五章　新たなる悪意の胎動

謁見の間にいるのはマクシミリアン、付呪術師《ふじゅじゅつし》ゲルハルト、高位騎士ジョセル。そして呼び出されたリカルドという顔ぶれであった。要するに面倒事が起きた時のメンバーである。

「迷宮の調査をしてもらいたい」

「調査、ですか……？」

ゲルハルトの言葉にリカルドは首を傾《かし》げた。

討伐ではなく、調査。今までにない依頼だ。どこのどいつをぶっ飛ばして来いと言われた方がよほどわかりやすく気楽である。

「最近、迷宮に挑む者が増えたということは知っているか？」

「値上がりする宝石目当てだとか」

ほう、とマクシミリアンが少し感心したような顔をした。

リカルドはクラウディアから聞いたというのは黙っている事にした。得意気な顔をしていれば、流石《さすが》は一流の冒険者だと向こうが勝手に解釈してくれるだろう。

「その迷宮だがな、入る数に比べて帰還者が妙に少ないそうだ。酷《ひど》い日は半分が帰って来ないらしい」

「武器を持った社会不適合者がいくら死のうがどうでもよろしいのでは？　むしろ治安を維持する

立場としてはさっさとくたばってくれた方がありがたいでしょう」

リカルドが特別なのか、それとも冒険者は皆そうなのか、同業者に対して驚くほど薄情《ドライ》であった。彼の言う社会不適合者の中に彼自身も含まれているという事を理解しているのか、いないのか。

四十年前まで同業者であったゲルハルトは議論は無駄だと咎めもせずに話を進めた。

「冒険者が旅先で死ぬのは自己責任だとしても、迷宮で何が起こっているのかは把握しておかねばならん。邪教の生け贄《いにえ》にされている、などという噂《うわさ》もある」

「……そこ、笑っていいところですか？」

「笑えるようにするのがお主の仕事だ」

話は終わりだ、とばかりに手を振って追い払われてしまった。

迷宮探索の経験がない訳ではないが、調査となるとひとりでは厳しい。しかし、伯爵の前で僕は友達がいませんとは言えなかった。

「どうしたもんかなあ……」

城の廊下を進むリカルドの足取りは鉛のように重かった。


「ゲルハルト様、一緒に迷宮探索に行きませんか」

「嫌だ」

伯爵との謁見から数日後の事である。

リカルドは伯爵に命じられた探索任務にゲルハルトを誘った。元冒険者であり伯爵領最強の剣士でもあるゲルハルトに同行してもらえれば心強いのだが、にべもなく断られてしまった。

拒否ではない、拒絶である。

「何でぇ⁉」

「何でもクソもあるか。六十過ぎのジジイを迷宮に連れていこうとするな」

「賊のアジトではご活躍であったとか……」

「一時間だけ本気を出すならばな。半日だの丸一日だの気を張っていられるか」

「ぬう……」

迷宮探索の過酷さを知っているリカルドとしては、あんなもん楽ですよとは言えなかった。一時的に暴れるのと、緊張感を張り詰めながら進むのとでは使用する体力の種類が違う。

「それとお主の妖刀はどこをどう考えても単騎特攻専用だろう。巻き込まれてはかなわん」

「五メートル以内に入らなければ大丈夫です！」

「うっかり入ったら死ぬだろうが。そういうのを大丈夫とは言わん」

リカルドの愛刀『椿《つばき》』は近くにいる者に自害を強いる妖刀である。仲間がいくら気を付けていてもリカルドが抜いてしまえばそれまでなのだ。そこまで全面的に命を預ける義理などない。

ゲルハルトは常に精神異常耐性のアクセサリーを着けている。呪いを数秒防ぐくらいは出来るだろう。リカルドの呪いが自分に向けられれば理由の如何《いかん》を問わず斬り捨てるつもりだ。

そんな関係では、どこをどう考えても楽しいピクニックにはなりそうになかった。

「それとな……」

「まだあるんですか⁉」

「わしは休暇中だ。何だか有耶無耶《うやむや》にされているが休暇中なのだ。伯爵に許しを得る場にお主もいただろうが」

「……ありましたね、そんな話」

「以上の理由でわしは行けぬ。それとジョセルを誘うのも止《や》めておけよ。付呪術の修行をさせてやると言いながら、中断してばかりだったからな。さすがにそろそろ申し訳なくなってきた」

屋内戦に強いジョセルがいれば心強かったのだが先手を取られてしまった。もっとも、誘ったところで『椿』の呪いに関する問題は何ひとつとして解決していないし、彼には騎士として本来の職務がある。

「冒険者としてひとつ当たり前の事を言うぞ。仲間が欲しければ酒場で探せ」

それだけ言って去って行くゲルハルトの背を、リカルドは恨めしそうに見送った。

……それが出来れば苦労はしない。

リカルドは知人とは普通に話せるが、知らない相手に話しかけるのが苦手なタイプの人見知りである。たとえ勇気を出して話しかけたとしても、

「俺の刀、ちょっと呪われているけど良いかな?」

などと説明しなければならないし、良い訳がない。

こうなれば頼れる相手はひとりしかいない。彼ならば『椿』の呪いに理解があり、それなりに耐性もある。武具も扱える。

問題は彼が冒険者ではないという事だが、なんとか説得するしかあるまい。

単に見回りをするだけならともかく、原因を探して場合によっては対処しなければならないとなると、やはり単独では心細い。

ルッツが斧《おの》の銘について相談すると、クラウディアは笑って指を二本立てた。既にふたつの案を用意していたらしい。

「『首塚《くびづか》』と『白百合《しらゆり》』どっちがいい？」

「何と言うか両極端だな。意味を聞かせてもらえるかい」

もちろん、とクラウディアは深く頷いた。

「まず、ルッツくんはあの斧を帰還兵の皆さんの供養というか墓標のつもりで作った、それは間違いないね？」

「その通りだ」

「戦士たちの墓であり、首を一撃でスパッと斬れるような斧。だから『首塚』」

「悪趣味なジョークだ。『白百合』の方は？」

「聖母に捧《ささ》げられた花であり、献花の定番だね。別名、マドンナリリー」

ルッツは壁に掛けた斧に視線をやった。どこをどう考えても人殺し以外の用途が思いつかない。

「で、どちらにするか決めたかな。他に良いアイデアがあればそれでもいいけど」

「『白百合』にしよう」

死者を悼む気持ちがあればこそ、名前だけでも綺麗《きれい》にしたかった。やはり『首塚』では不気味に過ぎる、斧の用途からしてそちらの方が似合うとしても。

「ちなみに『白百合』の花言葉は『純潔』と『威厳』だよ」

「どちらかと言えば帰還兵よりも姫様のイメージに近いな」

「女の子への贈り物にしては色気がなさすぎじゃあないかい？」

「あの兄ちゃんにプレゼントしてやってもいいかもな」

帰還兵の窮状を訴えたキルコード隊最後のひとり。彼らが必死に命乞《いのちご》いをして生かした若者が、皆の想《おも》いを背負える男に成長したならば渡してやるのも悪くない。その時、斧の名前が『首塚』では気まずくなりそうだ。やはり『白百合』にしよう。

早速斧に銘を入れようと立ち上《つ》がると、ドアを激しく叩《たた》く音がした。すっかり聞き慣れた叩き方だ。ルッツは軽くため息を吐き、相手が名乗る前に閂《かんぬき》を外してやった。

「どうした、飯の時間にはまだ早いぞ」

予想通り、そこにいたのは冒険者リカルドであった。

「俺がいつも昼飯を食う為《ため》に来ているみたいな言い方は止《や》めろ」

「ほう、自分の行動を省みて同じ台詞《せりふ》を吐いてみろ」

「うるせえな、ここの飯が美味《うま》いのが悪いんだろう。酒場のスープはなんか酸っぱくてゲロみたいなんだよ」

理不尽な怒り方をしながらリカルドはずかずかと中へ入って、適当な箱に腰を下ろした。

「ルッツ、俺と冒険しよう！」

「嫌だが……」

「すまない、言い方が悪かった。別に男同士で新しい扉を開こうとか、そういう事じゃないんだ」

「言い方が悪化しているぞ」

ルッツとクラウディアの視線が冷たい。しかしリカルドは止まらなかった。止まらない限り負けではない。

「俺と一緒に迷宮を探索しよう！」

「嫌だが……」

「いやいやいや、まずは話を聞いてくれ！」

リカルドは迷宮で異変が起きている事、伯爵に調査を依頼された事などを語った。半ば強制だが形の上では依頼である。

やはりゲルハルトと同じように拒絶されるだろうかと身構えていると意外な事にルッツは、

「ううむ……」

と、唸《うな》っていた。

悩んでいるという事は引き受ける余地があるという事だ。リカルドは自分で頼んでおきながら何《な》故《ぜ》だろうかと考える。こんな話、ルッツに得などないはずだ。なればこそリカルドは情に訴えるしかないと思っていたのだった。

赤の他人が気が付くようなルッツの変化をクラウディアが気が付かない訳もなく、ストレートに聞いた。

「何かやりたい事でもあるのかい？」

「斧……、じゃないな、『白百合』の扱いに慣れたい。もっとはっきり言えば命のやり取りがしたい」

「魔物を相手にそれをやろうと？」

「真剣勝負を重ねれば俺の求める名刀に近づける、ような、気がしないでもない、かな……？」

段々と声と自信が小さくなった。最強の名刀、その姿はルッツの中でまだ霧に包まれたままであった。

戦う事そのものが目的である。そうと知ったリカルドは迷宮の魅力をアピールし始めた。

「迷宮はいいぞ！　地獄にでも繋《つな》がっているのか、魔物はいくらでも湧いて来るからな。戦い放題、殺《や》り放題だ！」

調子に乗って言い過ぎたか、クラウディアにじろりと睨《にら》まれた。

「私としてはルッツくんに危ない目に遭って欲しくはないのだけどね。とはいえ、男が戦いに赴こうというのを女が止めるのもいかがなものか……」

クラウディアは長い髪を指先にくるくると巻き付けながら考えた。

「よし、こうしよう。調査するのは第三層まで」

クラウディアの提案にリカルドは眉《まゆ》をひそめた。

「そんな浅い所で異変の原因がわかるか？」

「手がかりくらいはあるはずだよ。今回の一件で行方不明になっているのは熟練の冒険者だけじゃなくて素人もだろう？　だったら奥深くまでは行っていないはずさ。浅い所に問題があるか、誘拐犯か何かが出て来るかだねえ」

その提案に、ルッツは決まりだといったふうに深く頷《うなず》いた。

「ピクニックになら付き合おう。それとも三層までならひとりで行けるか？」

リカルドは人付き合いは苦手だが腕は確かだ、ひとりで迷宮の五層まで行った事もある。ならばひとりの方がいいだろうか。仲間に遠慮する事なく『椿』の呪いを好きなタイミングで発動できる。

否、とリカルドは考え直した。未知の脅威を調査しようというのだ、警戒をしてしすぎるという事はないだろう。

なんとなく嫌な予感もする。冒険者としてこんな場合は自分のカンを信じる事にしていた。

「俺はピクニックも嫌いじゃない。男ふたりで、お弁当持って行こうぜ」

と言って、リカルドはにいっと笑った。

打《う》みの親であるからなのか、ルッツは『椿』の呪いに耐性があった。また、そうでなくては『椿』の手入れが出来ない。

完全耐性という訳ではない。刃《やいば》を研いでいる時は相変わらず背後に殺気を感じるし、女の細指が首にかけられているような息苦しさも覚えていた。全裸で血塗《ちまみ》れの幻影に面と向かって、俺がパパだよと名乗った事もない。

リカルドは『椿』を瞳《ひとみ》の綺麗な美女だと熱く語っていたが、見た目が良ければ悪霊でも分け隔てなく接する博愛主義者など彼くらいのものだ。

「出発は一週間ほど待ってくれ」

ルッツの提案に対し、今からでも行きたかったリカルドは不満げであった。

「ちょいと長すぎやしないか。女の身支度だってもう少しマシだぞ」

「斧に魔術付与をしてから行きたいのさ。調査の期限が決められている訳じゃないだろう?」

「期限はないが、酒場で飲んだくれているところをゲルハルトさんたちに見つかったら気まずい。ものすごく気まずい」

「家で飲め」

頭を抱えるリカルドを無視して、ルッツはクラウディアへ申し訳なさそうに言った。

「すまない、また金を使うことになる」

「命を守る為のお金を惜しんではいけないよ」

クラウディアの気遣いをありがたく受け取り、ルッツは深く頷いた。


ゲルハルトに新作の斧を渡すと、彼は大喜びで仕事を引き受けてくれた。

「これは良い、これは良い斧だなあ！」

次にキルコード隊の生き残りを倒した話をすると、彼は興味深く聞いていた。

「なるほど、墓標か！　それは良いなあ！」

「ゲルハルトさん、先程から語彙《ごい》力が……」

「魔術付与に言葉など必要あるか！」

すっかりテンションの上がりきったゲルハルトにルッツは呆《あき》れながらも頼もしさを感じていた。

芸術家が常識をかなぐり捨てた時、それは傑作が出来上がる予兆だ。彼自身にも覚えがある。

不審人物と化したゲルハルトに斧を預けて家に戻ると、クラウディアが羊皮紙を睨みながら考え事をしていた。

「どうしたんだ、クラウ？」

「ルッツくんが出掛けている間に商家を回って宝石の相場を調べてみたんだがね……」

クラウディアが羊皮紙をテーブルに放り出した。ルッツはそれを拾って読むが、何が書いてあるのかさっぱりわからなかった。

「宝石の価格が大して上がっていない。いや、上がるには上がっているが、その上がり方が緩やかなんだよねえ」

「つまり……、どういう事だ？」

「需要に対して供給が追い付いている。刀の魔術付与ブームが起きているというのに、それらを満たすだけの宝石が何処《どこ》かから提供されているという事だよ」

「冒険者たちが蜜蜂《みつばち》のごとくせっせと迷宮に潜った成果だ、とは考えていないようだな」

クラウディアは小さく頷いた。

「冒険者が増えたからといって、迷宮内の宝箱が増える訳ではないからねえ。市場への供給量が多少は増えるだろうけど、それまでさ」

「宝石が何処から湧いてくるのか、確かに変な話だな」

「この話が迷宮の異変と何か関係があるのか、それともまったく別問題なのか、それすらまだわからない。ルッツくんも気を付けてくれたまえよ」

「わかった、何かあったらすぐに引き返す」

「失踪《しっそう》事件の真相は冒険者同士で宝石を巡って殺し合っていただけ、なんてオチかもねえ……」

そう口にしながらも、自分の言葉を信じていない様子のクラウディアであった。


きっかり一週間後にルッツとリカルドは迷宮の入り口付近へとやって来た。周囲には何組かの冒険者がたむろしており、既に内部へ向かったのか焚《た》き火《び》の跡はさらに多かった。

「ここで店でも開いたら儲《もう》かるんじゃないか」

ルッツは冗談のつもりで言ったのだが、リカルドが真顔で前方を指差した。

「武具の修繕屋ならあるぞ」

見るとそこには砥石《といし》や金床、各種道具を並べて座っている男がいた。金属粉も散らばっており、いくつか仕事をこなした後のようだ。

「ルッツもやったらどうだ？」

「やめておこう、縄張り荒らしは趣味じゃない」

修繕屋にじろりと睨まれてしまった。客じゃないなら失《う》せろという事だろう、リカルドは不快げであったがルッツは同業者に軽く頭を下げて素直に立ち去った。

「ところでルッツ、灯《あか》りになる物は持って来ただろうな。迷宮によっては光苔《ひかりごけ》が生えている所もあるが、このクソダンジョンにサービス精神は期待するだけ無駄だぞ」

「クラウディアが鞄《かばん》にランタンを入れてくれたよ。油もたっぷりだ」

「本当にいい女だな、何か欠点とかないのか」

「男を見る目がない」

などと言ってふたりは笑い合った。

「忘れていたらあそこで買う羽目になっていたな」

リカルドが次に指差した先は松明屋《たいまつや》であった。薪《まき》の先端に油を染み込ませた布を巻いた物がいくつも樽《たる》の中に入っていた。

「松明一本、銀貨五枚か。とんでもないぼったくりだ、あいつは司祭か何かか？」

ルッツが眉をひそめて言った。

「街に引き返すよりはマシなんだろう。宝石のひとつも手に入れれば松明代なんて誤差の範囲内だ」

「下手なばくち打ちの発想だ。逆に言えば宝石をひとつくらい手に入れないと意地でも帰れないって考えるようになる」

これ以上は危険だと思ったら素直に帰る、冒険者の鉄則である。引き際を見失った者からあっさりと死んでいく。

「『椿』を抜くなとは言わんが一声かけろよ。一応、ゲルハルトさんから精神耐性効果のある腕輪を借りてきたが」

「貸してくれたのか。何か面倒な条件とか持ち出されたか？」

「いや、特に何も。気を付けて行って来いと心配までされたぞ」

「マジか。あのジジイ、俺とルッツで対応が違いすぎないか⁉」

「今から職人を目指すか？　ゲルハルトさんも仲間意識を持ってくれるぞ」

「冗談キツいぜ」

そうこうしているうちに迷宮の入り口までやって来た。見た目はただの洞窟《どうくつ》だが、中から漂って来る空気は明らかに異質だ。まるでこの世とあの世の境目のようだ。

ふたりの顔が馬鹿話をする愉快な兄ちゃんから、戦士のものへとスッと切り替わった。

ルッツは背負った斧《おの》を引き抜き、腰に吊《つ》り下《さ》げたランタンに灯りを入れた。リカルドも火をつけた松明を左手に持った。

「さあて、行くかい」

「鬼が出るか、蛇が出るか」

「全部ぶった斬れば一緒さ」

まるで十年来の相棒のような雰囲気で、ふたりは望んで地獄へ足を踏み入れた。

漆黒の闇に響く、石畳を踏みしめるふたつの足音。

日差しが入り込む事はなく、光苔のような物もない。頼れるのはその手に握った揺れる炎のみであった。

松明が照らし出すのは決して美しい光景などではない。黒ずんだ血の痕、カビの生えた壁、素早く横切るネズミの影。

臭いも酷いものである。カビ、獣臭、腐った血。それらがブレンドされた最悪のフレグランス。

ルッツは迷宮に一歩足を踏み入れた時点で吐きそうになった。入って二十分経《た》った今でも慣れそうになかった。

「ここが悪魔の尻穴《しりあな》だって言われても信じるね俺は」

ルッツは眉間《みけん》にシワを寄せて言った。悪臭が入り込み、口を開いた事を後悔しているようでもあった。

「リカルドはもう慣れたのか？」

「気合いで我慢しているんだよ」

何度来ても慣れる事はない、と語った。

「犯罪者やら山賊やらが逃げ込んで住み着いていると聞いたが、そいつら正気か？」

「気を付けろよ、襲って来るのは魔物だけじゃあないぜ」

「冒険者の身《み》ぐるみ剥《は》いで地上に戻ろうって魂胆か」

「あるいはお肉が目当てかもな」

リカルドの言葉は冗談に聞こえなかった。彼は今まで冒険者として何を見てきたのだろうか。気にならない訳ではないが、ルッツは男の過去を深く追及しようとは思わなかった。

ピタリ、とリカルドの足が止まる。右手で器用に右側に差した剣を抜いた。

一瞬遅れてルッツも迫る気配を感じ取り、『白百合』を両手で握った。

まっすぐに突き進んで来るのは一匹の犬であった。首から先は肉がない、皮がない。頭が骨だけのスカルデッドドッグだ。

奴《やつ》らは食事が出来るような身体《からだ》ではない。だが、いつも身を焦がすような飢えに突き動かされていた。襲われた者は鋭い歯と牙《きば》に引き裂かれ、その肉は顎《あご》の下からぼろぼろと溢《こぼ》れ落ちるだろう。

スカルデッドドッグが飛びかかる。リカルドは落ち着いていた。左手に松明、右手に剣という不安定な体勢でありながら体捌《たいさば》きのみで攻撃をかわし、犬の胴体を斬り裂いた。

声帯がない。スカルデッドドッグは声なき悲鳴をあげてその場に倒れた。死に抗《あらが》うようにピクピクと震えているが、助かる見込みはない。

もう一体のスカルデッドドッグが背後から襲って来た。壁を走るという変則的な動きであったが、ルッツはこれに対応した。どんな動きをしようと、向かう先は自分の肉だ。ランタンは腰に下げているので両手は自由に使える。

振り下ろした斧は剥《む》き出《だ》しの頭蓋骨《ずがいこつ》に叩《たた》き込まれた。同時に魔獣の身体が激しく燃え上がった。

何が起こったのかと目を丸くするリカルド。燃え続ける魔獣を捨て置き、ルッツはリカルドが倒した魔獣の身体に刃を突き立てた。死にきれぬ魔獣は炎の中で息絶えた。

炎が消えた時、後に残された物はごく普通の犬の骨であった。

「火葬のつもりか」

リカルドが呟《つぶや》くように言った。ルッツの斧が墓標をテーマに作られた物だとは聞いていた。

「俺は結構、犬好きでね」

簡易的だが弔いくらいはしてやりたい、という意味でルッツは言った。

この二匹は魔獣としてでなく、犬として死ねただろうか。そうであればいいが。

ルッツとリカルドは探索を再開した。冒険者が増えた影響か、宝箱は見つからず魔物と出会う事も少なかった。

「一層目はこんなもんさ」

リカルドは特に気にしていない様子で言った。

長い階段を下りると悪臭と悪寒はますます酷くなった。炎に照らされた景色は一層と何も変わらない。ずっと同じ景色の中を歩くというのも精神的に辛《つら》いものがあった。

自分が進んでいるのか戻っているのか、それすら曖昧《あいまい》になってきた。迷宮の中でおかしくなる冒険者がいるというのも頷《うなず》ける話だ。

「迷宮探索のコツは自分を見失わない事だぞ」

リカルドは力強く言った。

彼は熟練の冒険者なのだな、と今さらながら思い知らされた。地上にいる時は妖刀ガチ恋勢の変態でしかないのでギャップが大きい。

二層でも何度か魔物に襲われたが、それら全てを撃退した。

「筋がいいじゃないか。今日だけと言わず冒険者に転職しないか？」

「勘弁してくれ、冒険者の大変さを思い知ったところだ。疲れているのに深呼吸も出来ないんだぜ。いや、していいのだが確実に吐く」

なるべく口を開けないよう、ぎこちなく笑うふたりであった。

前方に人影。リカルドが松明を高く掲げると、それは人間のように見えた。ゆっくりとこちらに近づいて来る。

「敵か？」

と、ルッツが聞いた。

俯《うつむ》いて歩く冒険者らしき男は怪我《けが》をしているのか、胸にべったりと血がついていた。右手に長剣を引きずるようにして持っている。左手には何もない。松明を持たず、ルッツのようにランタンを腰に下げている訳でもない。

「迷子か亡霊か、どちらだと思う？」

リカルドは緊張した声で聞いた。迷宮を灯りも持たずに歩いているのだ、どう考えてもまともな相手ではない。

松明をその場に落として、リカルドは左腰に差した刀を少しだけ抜いた。悪臭が少しだけ甘い香りで中和される。

「やるか」

「おう」

ルッツは後方に走った。室内での五メートルというのはかなり長く感じる。

「おい兄ちゃん、用があるなら何か言え。これ以上寄って来たら問答無用でぶっ殺す！」

リカルドは柄《つか》に手を添えた居合斬りのような格好で聞いた。聞こえているのかいないのか、男は変わらぬペースで近づいて来る。

男がふいに顔を上げる。綺麗《きれい》な瞳《ひとみ》をしていた。

宝石のような、ではない。宝石そのものだ。両眼に無理やり宝石を突っ込まれ眼球を破壊されればこんな顔になるだろうか。

両眼からだらだらと血を流し続けて、苦痛に歪《ゆが》んだ表情を浮かべていた。

「うああ、あああああッ！」

男は亡者のような雄叫《おたけ》びをあげ、剣を構えて走って来た。見えていないはずなのに、リカルドに向けて正確に。

リカルドは妖刀『椿』を抜いた。甘い香りはさらに強くなり、周囲の温度がスッと下がる。甘き死の結界が張られたのだ、ここに足を踏み入れた者は快楽に溺《おぼ》れながら手持ちの武器で自害することになる。

しかし男は止まらなかった。リカルドの急所目がけて鋭く剣を振り下ろす。

「うおっ！」

遭遇時の緩慢な動きは何だったのか。次々と繰り出される攻撃にリカルドは防戦一方であった。純粋に敵が強いのか、それとも強敵との戦いを妖刀任せにしてきたツケが回って来たのか。

殺される。そう思った瞬間、横から影が滑り込んで来た。

リカルドとの戦いに集中していた男は、ルッツの斧を頭部へとまともに食らった。頭が半分に割られ胸まで裂けた。そして、発火。男の全身が燃え上がる。ルッツは燃える男を蹴《け》り飛ばしてから叫んだ。

「『椿』をしまえ！」

我に返ったリカルドは慌てて刀を納めた。危険を顧みずに助けてくれた男を自害させるところだった。

ルッツが左腕に痛みを感じて目をやると、ゲルハルトから預かっていた精神耐性効果のある腕輪にヒビが入っていた。

「……一緒に謝ってくれよ」

「おう、土下座でも何でもしてやる」

こいつは何だったのかとふたりは燃える男の死体を見下ろしていた。やがて炎がおさまり、白骨とふたつの宝石が残った。

「まさかこの宝石が市場に流れたっていうのか……？」

ルッツはそう言いながら悪寒でぶるりと背を震わせた。

この宝石は何だ、あの男は何だったのか、どうしてこうなった。わからない事だらけだ。斧の扱いに慣れたいから迷宮について行く、数時間前までそんな事を考えていた自分が滑稽《こっけい》とすら思えた。

直接触るのは危険かと思い、ルッツは宝石を布ごしに摘《つ》まんで包《くる》み、腰袋に入れた。

「一度地上に戻ろう。もう、野郎ふたりのお散歩ついでで解決できるような問題じゃない」

ルッツの提案に、リカルドは感情の抜け落ちた青白い顔で頷いた。

ふたりは迷宮を出るまでずっと無言であった。日の光を浴びて深呼吸をすると、ようやく無事に帰れたのだという実感が湧いてきた。

川を見つけて飛び込むフルチン野郎ども。身体に染み付いた悪臭を取り払いたかった。それ以上に迷宮で感じた不気味な感覚を洗い流してしまいたかった。

「ようやく人心地がついたな」

ルッツは川の水を口に含み、軽くうがいをしてから吐き出した。水が綺麗とは言いがたいが、迷宮の淀《よど》んだ空気に比べればずっとマシだ。

「で、あれは何だったのかねぇ」

リカルドが暗い声で言った。思い出したくもないが、調査に来た身としては話さない訳にもいかなかった。

「悪夢だったと思いたいところだな。鞄《かばん》の中を確かめてみるか？　宝石が消えてなくなっているかもしれないぞ」

「やめておこう、虚《むな》しくなるだけだ」

リカルドは川から出て、全裸のまま愛刀『椿』の鞘《さや》を掴《つか》んだ。

「『椿』の呪いが効かなかったなあ……」

「多分、奴はアンデッドの類《たぐ》いだったんじゃないかな」

「死んだ相手にゃ効かないか」

「性の悦《よろこ》びを感じたりはしないんだろうな」

性とは生に繋《つな》がる行為だ。呪いのメカニズムを理解している訳ではないが、アンデッドに通じないというのはなんとなく納得出来た。

自傷行為を性的快楽と錯覚させる、それも相手が生きていればこそだ。

リカルドは『椿』を置いて自分の頬をぺちぺちと叩き、気合いを入れ直した。

「よし、大丈夫、立ち直った！」

「早いな。なんかこうもっと、引きずったりしないのか？」

「迷宮にヤバい奴らが住み着いている。奴らに椿の呪いは効かない。耐性防具を壊した件でゲルハルトさんに頭を下げに行かなきゃならん。おまけに俺はフルチンだ。しかし、問題がわかればこそ対処出来るのだ。悩む事は大事だが、悩みすぎる事に意味はないぞ！」

「冒険者の心得って奴か」

そういえばこいつは変な奴だというだけで一流だったな、とルッツは身体を拭《ふ》きながら苦笑した。

彼の前向きな態度に少しだけ救われたような気がしないでもない。認めたくはないが。

「さあて、問題は山積みだ。何から手をつけるべきかねえ⁉」

から元気を絞り出そうとするリカルドの姿を、ルッツは上から下まで眺めてから言った。

「まず、パンツを穿《は》け」


迷宮から帰った翌日にゲルハルトの工房に集まる事にした。二、三日休んでからでも良かったのだが、不気味な話を抱えたままではぐっすり眠れそうになかった。

『面倒事はさっさと上に投げるのが雇われ者の賢い生き方ってもんさ』

という、クラウディアのアドバイスに従う事にした。

狭い付呪工房にルッツとクラウディア、リカルドとゲルハルト、そして装飾師のパトリックが集まった。

「調査が終わったのならば閣下に直接報告に行けばいいだろうが……」

またしても休暇中である事を無視されたゲルハルトがぼやく。

「申し訳ありません、ゲルハルトさん。ただ、呪われているかもしれない宝石をそのまま伯爵の前にお出しするのもどうかと思いまして」

ルッツは頭を下げて、鞄から布に包まれたふたつの宝石を取り出した。テーブルの上で輝く宝石は今まで見た事もないような光を放っていた。

これはダイヤか、ルビーかエメラルドか。そのどれとも違うように思える。

「実は、迷宮でこんな事がありまして……」

ルッツがぽつぽつと語り始めた。説明が下手くそなので時々リカルドが補足して、なんとか皆に恐ろしさが伝わったようだ。

「宝石が目玉に突き刺さり、『椿』の呪いが効かない男か。わしもその男はアンデッドだと思う。宝石を生きたまま埋め込まれたのか、死んでからなのかはわからんが」

ゲルハルトが腕を組んで唸《うな》った。長い人生で様々なトラブルを経験してきた、迷宮には何度も潜った。それでも今回のようなケースは初めてだ。

「順番って、そんなに重要ですか?」

リカルドが不思議そうな顔で聞いた。

「順番と言うか、宝石を埋め込んでゾンビを作るのか、死体を利用して宝石を作り出すのかという違いだな。手段と目的が逆なのだ」

なるほど、と頷いてからクラウディアが話に加わった。

「市場に宝石が出回っていると考えると、後者ではないでしょうか」

「人間から宝石を作り出す呪術か。可能性は高いが断定するにはまだ早い。どんな宝石が流れているのか、誰が売《う》り捌《さば》いているのかを調べてもらえんかね？」

「お任せあれ」

クラウディアはにぃっと笑いながら、ぽんぽんと豊かな胸を叩《たた》いた。

「それで、私が呼ばれたのは宝石の鑑定の為ですか」

パトリックが手を伸ばしてひょいと宝石を摘まみ上げ、ルッツが慌てて言った。

「パトリックさん！　呪いがかかっているかもしれないんですよ、それ！」

「問題ありません、私は装飾師です」

「何か呪い避けの秘訣《ひけつ》とかあるんですか？」

「宝石に呪い殺されるならば本望です！」

堂々と言い放つパトリックに、ルッツは返す言葉も失った。

……この人が相手なら、呪いの方から逃げて行くかもしれない。

呆《あき》れるルッツをよそに、パトリックは虫眼鏡を取り出して宝石をじっくり調べ始めた。

「これはエメラルド……、その亜種とでも言えば良いのでしょうか。エメラルドそのものではないですが、宝石である事に間違いはありません」

ゲルハルトも残った宝石を拾い上げた。もう呪いがどうとかは誰も気にしていないようだ。

「魔術付与にも使えそうだな」

職人ふたりが太鼓判を押す。しかしその顔はどこか不満そうであった。

ルッツがその点を尋ねると、パトリックは自分でも曖昧《あいまい》なのだがと前置きをしてから語った。

「綺麗と言えば綺麗なのですが、どうしても宝石の形をした何かとしか見られないんですよねえ」

似て非なる物だとパトリックは言う。やはり宝石を生み出す呪いでもあるのだろうか。その為に人の命が捧《ささ》げられているというのであれば伯爵家として放置は出来なかった。

「重ねて調査をするしかないか……」

ゲルハルトは大きくため息を吐《つ》きながら言った。

現在わかっている事はふたつ。具体的に何かはわからないが、何かが起きているという事と、また休暇を返上しなければならないという事だ。

「伯爵へはわしから話を通しておく。クラウディアさんは宝石の流れを調べてくれ。それとルッツどの、悪いが次の迷宮探索にも付き合ってもらうぞ」

「……俺は鍛冶師《かじし》ですよ？」

「わしだって付呪術師だ。使える奴は何でも使うというのが伯爵家の方針だ、諦《あきら》めろ」

「ゲルハルトさんが言うと説得力がありますね」

「だろう？　まあ、乗り掛かった船という奴だ」

「泳いで逃げたい……」

二度と迷宮になど行きたくないが、こうなっては断る事も出来そうになかった。それに事件がどういった結末を迎えるのかも気になっていた。ゲルハルトやリカルドに対する仲間意識もある。

「ところでリカルドさん、冒険者は普段、迷宮から宝石を持ち帰ったらどう捌いているんだい？」

クラウディアが現役の冒険者に聞いた。

「冒険者用の酒場で買い取ってくれるが、手数料が高くてあまり良くはないな。商家と付き合いのある奴はそこに持っていくし、俺なんかは伯爵家で買い取ってもらっているよ」

「商家との付き合いか……」

宝石を生み出す者と売り捌く者、そこに何らかの繋がりがあるかもしれないとクラウディアは考えていた。


クラウディアが怪しげな宝石の流れを調べたところ、売り捌いているのはテュブリス商会だとわかった。伯爵領でそれなりに歴史のある商会だが、最近は他の商会に押されて影が薄い。

とにかく一度商会の主《あるじ》に会ってみようと訪ねたが、対応した使用人の男に断られてしまった。

「主は多忙なもので……」

いきなり会おうとするのは非常識であったかと反省しながら、何時《いつ》ならば会えるかと聞いた。

「それもはっきりとした事はなんとも。主はいつも国中を飛び回っているもので」

と、要領を得ない答えしか返って来なかった。

はて、とクラウディアは疑問を覚えた。

自分は伯爵家お抱え鍛冶師の妻である、そう名乗りもした。魔術付与という宝石を多く消費する市場への伝手《つて》が出来るのだ、落ち目の商会の主が会いたくないはずがない。

それが、地位の高そうな使用人が主に問い合わせる事もなくクラウディアを門前払いにした。まるで最初から会わせないと決めていたかのように。

「失礼いたしました。また、日を改めて参ります」

ここで粘っても仕方がない、クラウディアは一度引き下がる事にした。

帰り道でクラウディアは歩きながら話を整理した。

怪しげな宝石を売り捌いているのはテュブリス商会だ、これは街の付呪術師たちに確認したので間違いない。

付呪術師たちは宝石をテュブリス商会から買っている事を口止めされていた。しかし伯爵家をバックに付けた美女がお土産に瓶詰め胡椒《こしょう》を持って行けば彼らの口など壊れた蝶番《ちょうつがい》に等しい。

何故口止めなどされていたのかと聞くと、

「あまり安く売っている事を同業者に知られると面倒だから、との事で……」

商人たちは談合して価格を揃《そろ》えたがる。彼らにとって値下げとは営業努力ではなく抜け駆けだ。

一応、筋は通っている。納得にはほど遠いが。

テュブリス商会から買ったという宝石を見せてもらった。クラウディアは宝石の目利きに自信がある訳ではないが、ルッツが持ち帰った宝石になんとなく雰囲気が似ているような気がした。

テュブリス商会は宝石を安く卸す代わりに職人たちへ口止めをしていた。そして伯爵家と取り引きをするつもりはない。事実、伯爵家お抱えの三職人たちはこの宝石の存在を知らなかったのだ。

……テュブリス商会はこの宝石が後ろ暗い物であると知っている？

そう考えて間違いはないだろう。

こうなると宝石を仕入れている冒険者との繋がりが気になるが、下手に突《つつ》いたところでトカゲの尻尾切《しっぽき》りをされるだけだろう。

テュブリス商会は宝石が怪しい物とは知らなかった善良な被害者、そういう事にされてしまう。商人が冒険者から宝石を買い取る事自体は犯罪でも何でもないのだ。

もう少し歩きながら考えをまとめたかった。

城門に向かってぶらぶらと歩いていると、使い込まれた革鎧《かわよろい》を着た冒険者らしき女とすれ違い、クラウディアはふと足を止めた。

この街で冒険者など珍しくもない、気になったのは彼女の体臭だ。

まずは悪臭。これはルッツが迷宮から帰って来た時に匂わせていたものと同じ、カビと腐臭のブレンドだ。本人は川で洗ったと言い張っていたが、そう簡単に取れるような臭いではない。ルッツは石鹸《せっけん》で髪の先から尻《しり》の穴まで丸洗いされる事になった。

もうひとつが香水の匂いだ。貴族ならばまだしも庶民がそう気軽に使えるような物ではない。ましてや、社会のダニとまで言われる冒険者が。

彼女は不自然なまでに金を持っている、それだけだろうか。さらに想像を広げると、偉い人に会いに行くから身に染み付いた悪臭を隠そうとしたのではないかとも考えられた。それも香水を使う価値があるほどの相手に。

振り向きたかったが、クラウディアは服の上から匕首《あいくち》に触れて気を落ち着かせた。

振り返れば向こうにも気付かれるだろう。ただでさえ冒険者は常人よりカンが鋭いのだ。これくらいなら大丈夫だろうと素人が勝手に判断するのは危険だ。

……引き際を見誤らない、商人の鉄則だねえ。

クラウディアは城門近くの市場に行き、別に欲しくもない買い物をして帰路に就いた。

「……で、その女は何と言っていた？」

広々とした私室でテュブリスはソファに身を沈めて聞いた。テュブリスとは商会の名であると同時に、当主に世襲される名でもあった。

本名など、とうの昔に忘れた。

神経質そうな顔をして無精髭《ぶしょうひげ》を撫《な》でる五十過ぎの男であった。

「ただの挨拶《あいさつ》だとか」

使用人が淡々と答えた。父の代から長く仕えてくれている男だ、三十年前から見た目が変わっていないような気がする。

商人同士の挨拶が『こんにちは』で終わるはずがない。互いに提供出来る物を確認し、新たな商談へと繋《つな》げる話し合いを求められるのだ。

「職人が嫁に財布《キンタマ》を握られているというのはよくある事だ。女商人が挨拶に来るというのは珍しくもない。ただ、気になるのが……」

使用人は無言でテュブリスの言葉を待った。まるで生徒の発言を待つ教師のような顔をしている。

「何故このタイミングなのか、だ」

テュブリスは指を折りながら数えた。

ひとつ、テュブリス商会の業績が上向きだから。

ふたつ、宝石の出所に不審を抱いたから。

みっつ、ただの偶然。

「偶然でございますか」

使用人は少し面白がるように聞いた。テュブリスは楽しんでいる場合ではないぞと怒鳴りつけてやりたかったが、この男が相手ではどうにもやりづらい。

「世の中、偶然というのはあるものだぞ。疑心暗鬼に陥って単なる偶然に振り回されていてはただの馬鹿だ」

「しかし、最初から偶然である事を期待してはいけませんな」

「尻尾を掴《つか》まれた事を前提に事を進め、何も出なかった時に改めて偶然の可能性を考えよう」

それでよい、と使用人は頷《うなず》いた。

「それと、夕方にルージュ様が来られましたが」

ピクリ、とテュブリスの眉《まゆ》が不快げに動いた。

「会うつもりはない。引き続きお前たちで対応しろ」

ルージュとは迷宮から大量の宝石を売りに来る女冒険者の事であった。そして彼女はテュブリスの娘だと名乗っている。テュブリスが捨てた愛人の腹に宿っていた子供だと。

テュブリスに覚えはない。捨てた女の事などいちいち覚えていなかった。思い出そうとはしたが、やはり心当たりがない。

それでもルージュは、お父様のお役に立ちたいと言った。迷宮の奥で人の命を宝石へと変換する魔道具を見つけたから、これで大儲《おおもう》けしようと。

正直なところ見ず知らずの自分の娘に頼るというのは薄気味悪い。人を大きな壺《つぼ》に放り込んで、目玉が宝石になったゾンビを作り出すというのも意味がわからない。

しかし、断れなかった。

テュブリス商会は近年赤字続きだ。躍起になって色々と新しい商売に手を出すも、どれもが散々な結果となった。

私室が妙に広いのは絵画や石像を売り払ったからである。

歴史あるテュブリス商会を自分の代で潰《つぶ》す訳にはいかない。その思いが、悪魔と手を結ばせた。

宝石の多くは付呪術師たちに売った。魔術付与の材料にして砕いてしまえば後には残らない。指輪や首飾りに加工した物は他の領地の商人に預け、ツァンダー伯爵家には出来る限り関わらないようにしていた。

慎重に事を進めてきた。それでも、こんな事を続けていればいつか明るみに出てしまうだろう。呪いで作った宝石と知られれば非難は免れない。教会に捕まって火炙《ひあぶ》りにされるかもしれない。

ある程度の資金が貯《た》まり、商売が軌道に乗ったらルージュと魔道具は始末せねばなるまい。

その時が来たら、金の生《な》る木を自ら斬り倒すという判断が出来るだろうか。

わからない。いつまでもズルズルと欲に引きずられてしまいそうだ。しかし引き際を見誤れば待っているのは破滅だけだ。

「宝石以外の商売で安定した利益が出せるようになるまでだ。それまでだ……」

具体的な目標金額を出していない。その事にテュブリス自身は気付いていなかった。あるいは、わかっていて目を逸《そ》らしていたのかもしれない。

第六章　真紅の告白

私の母には浪費癖があった。

何の収入もないのに豪華な宝石を買い、綺麗《きれい》な服を買い、化粧品を買いあさった。新しい美容法があると聞けば片っ端から試して金を湯水のごとく使い果たした。

ある大商人の旦那《だんな》様から別れを告げられた時に受け取ったという金貨が数百枚もあったのだが、それも私が十四歳の頃に使い果たしていた。普通に考えれば、母娘《おやこ》ふたりが何不自由なく暮らせていける金額のはずだった。

母が言うには無駄使いではなく投資だそうだ。綺麗になればまたテュブリス様が迎えに来てくれると頑《かたく》なに信じていた。

貯蓄がなくなっても母は浪費を止《や》めようとはしなかった。あの手この手で借金をして、ろくに袖《そで》を通しもしない服を買ってくる。日々の食事に事欠いても浪費は止まらなかった。

私は働かねばならなかった。コネも学もない女に出来る仕事といえば冒険者か娼婦《しょうふ》くらいしかなかった。私は両方やった。

昼間は冒険者として活動し、夜は露出の多い服に着替えて街道に立つ。私の純潔は息の臭い中年男に銀貨五枚で買われた。悪くない値段、と言うべきなのだろうか。

がむしゃらに働いて家に帰ると、また新しい服と借金が増えている。その繰り返しだ。

ある日、埃《ほこり》の積もった服を売り払うと母は激昂《げきこう》して私を殴りつけた。あれはテュブリス様が迎えに来た時に必要なものだ、大商人の妻としてなくてはならないものだと。

その時の母の顔はまるで赤く膨れ上がったゴブリンだった。大商人の旦那様が愛人や後妻として迎えたがるような姿ではない。

「お母さん、ごめんなさい……」

私はつい謝っていた。母が哀れで、惨めで、情けなかった。訳も分からず謝りながら私は泣いていた。

どんなに殴られても骨と皮だけになった母の殴打など効かなかった。ただ、心だけが痛かった。

母も少しやり過ぎたと反省していたのか翌日帰宅すると、満面に笑みを浮かべて私に新しい服をプレゼントしてくれた。タンスの奥に隠していたお金は消えていた。

もう限界だった。どんなに努力しても、手で掬《すく》った砂のようにお金がこぼれ落ちていく。死ぬだけの理由がないから生きている、それだけだった。

それは何の偶然で、何の気まぐれだったのだろうか。少し寝坊して夜明けも過ぎて日が昇った頃に目を覚ますと、母が朝食を用意してくれていた。十数年、着飾る以外の事を何もしてこなかった母がだ。

おはよう、と優しく微笑《ほほえ》み私の名を呼んでくれた。窓から差し込む朝日に照らされた母の横顔は本当に美しかった。

だから、美しいままに殺す事にした。

痩《や》せ細《ほそ》った母の首は冒険者として鍛え続けた私にとっては小枝も同然であった。後ろから頭を掴んで一気に捻《ねじ》ると、ポキリと簡単に折れてしまった。母は何が起きたのかも理解していなかっただろう。苦痛なく殺せて良かった、と私は安心していた。

「良かったね、お母さん」

私は首の捻《ね》じ曲がった母に微笑みかけた。母の笑顔は私の中で永遠に美しいままだ。


稼いだお金を勝手に使われる事はなくなった。

私は自由だ、解放された。しかし心にはぽっかりと穴が空いていた。

お金目当てと言うより、危険を求めて迷宮探索に参加するようになった。危険に身をさらしている時だけ過去を忘れられる。

環境は控えめに言って最悪だ。カビ、糞尿《ふんにょう》、腐った血肉、それらの臭いが毛穴の隅々から入り込んで身体《からだ》に染みついてしまった。一度、皮が剥《む》けて血が出るほどに洗った事があるが臭いは取れなかった。

本当に己の身に染みついたのか、それとも取れたのに取れていないと錯覚しているのか。わからなかった。自分はもう日の当たる世界には出られないという事だけが理解出来た。

迷宮内で魔物にほとんど出会わない日があった。運が良いとこんな事もある。階段もすぐに見つかり第五層まですいすいと進んで行くと、不思議な大広間に出た。まるで邪教の神殿か何かのようだ。

私を含む四人のパーティは神殿を調べたが、いつ頃作られたのか、どんな神を奉っているのかなどさっぱりわからなかった。ここにいるのは学がないから命を張るしかなかった者たちだ、古代文字など読めるはずもない。

神殿の中央に大きな壺があった。大人のふたりくらいは楽に入れそうな大きさだ。壺に触れてみると中から声が乱反射して聞こえてきた。

『俺と契約しろ。生涯使い切れぬ富をくれてやろう』

辺りを見回す。壺の声はそれなりに大きかったが、仲間たちには聞こえていないようだった。

『無駄だ、お前にしか聞こえていない』

私は壺の中を覗《のぞ》き込んだ。松明《たいまつ》を掲げているのに中は墨を流したように真っ暗で何も見えなかった。

「……何故《なぜ》、私を選んだ？」

『選ばれし者などと自惚《うぬぼ》れるな。ただ最初に壺に触れたから声をかけただけだ。適当に石ころを投げて、たまたまお前に当たった。その程度の話だ』

壺の悪魔、他に名前がないのでそう呼ばせてもらう。その悪魔は嘲笑《ちょうしょう》するが別に腹は立たなかった。私の感情はとうに摩耗していた。私は今、馬鹿にされているのだろうなと他人事《ひとごと》のようにぼんやりと思うだけだった。

『どうだ、俺と契約するか？』

悪魔は面白がるように言った。私がというより、愚かな人間がどう反応するか楽しんでいるのだろう。

使い切れぬ富という言葉が信用できなかった。かつて母も無限と思えるほどの金貨を持っていたが、そんなものは意外にあっさりと消えてしまった。金とはそんなものだ。

この悪魔が言う富とはどれほどのものか、そこに興味が出てきた。

「いいよ、契約しよう」

『決断が早いな。それでいい、人生の勝者になる条件は掴んだチャンスを素早く懐に入れることだ』

「私は何をすればいい」

『金の為《ため》に仲間を殺す事が出来るか？』

悪魔は究極の選択というつもりで言ったのだろうが、やはり私は何も感じなかった。

「後ろから刺せば簡単だよ。その後は？」

『死にたての新鮮な死体を壺の中に放り込め。三十分もすれば魂の加工が済んで綺麗な宝石になって出てくる』

悪魔が言い終える前に私は動いていた。神殿の探索に飽きてあくびをしていた男の首に後ろからナイフを突き立てた。

血を吹き出して男はその場に倒れる。何が起きたのかと振り向いたもうひとりの仲間の口を剣で貫いた。歯が何本も一気に折れる感触が手に伝わってくる。後頭部から剣先が突き出し、仲間は私の剣を咥《くわ》えたまま倒れた。

私の剣が抜けそうにないので倒れた男の腰から剣を拝借した。

最後に残った女が今さら悲鳴を上げる。何故、どうして、わからない。そんな顔をしていた。

私とは比較的仲が良かった、と思う。今となってはどうでもいい事だ。

女はパニックを起こして鉄の杖《つえ》を振り回すが、不思議なほど落ち着いている私に当たるはずもなかった。

スッと吸い込まれるように剣が女の喉《のど》に突き刺さった。パクパクと何度か口を開いて女は死んだ。

せめて苦痛なく死ねたのなら良かったが、どうなのだろう。

耳が痛くなりそうなほどの静寂が戻った。

地下深くの不気味な神殿に私はひとり取り残された。他は壺の悪魔と、つい先程まで仲間であった死体が三つ。

最初に殺した男の死体を苦戦しながらもなんとか壺に放り込んだ。相変わらず壺の中は真っ暗で何も見えない。ぐちゃぐちゃと咀嚼《そしやく》するような音が聞こえる。

私は棒立ちのまま出来上がりを待った。そして咀嚼音が止まったかと思うと、壺の縁に手がかけられた。殺したはずの男が壺から這《は》い出てきた。生前とまったく一緒という訳ではない。肌は土気色で、両眼に宝石が埋め込まれていた。

『それはお前の思い通りに動く屍人《しびと》だ。目玉の宝石を抉《えぐ》ればいい金になるだろう。そいつはまた死ぬけどな』

悪魔の声に誘われるように私は屍人の顔に手を伸ばした。目玉に指を突っ込んで視神経を引き千切った。男はその場に倒れる、これはもう用済みの抜け殻だ。

手の中に真っ赤なルビーがある。これは面白い、私は私の人生を少しでも取り戻せるだろうか。

自然と笑みが浮かんできた。

私の名はルージュ。血のように鮮やかな真紅《あか》が似合う女。

屍人を自由に操れるというのは想像以上に便利なものであった。

迷宮で死体を見つけて壺に放り込むのは屍人がやってくれる。その死体を作るのも屍人がやってくれる。私はただ神殿で待っていればいい。

屍人が増えすぎたら目玉の宝石を抉り取って殺した。脱け殻となった死体は下の階層にでも放置しておけば魔物が勝手に食べて始末してくれる。なんとも都合の良い食物連鎖が出来上がったものだ。

私の足下には山盛りになった宝石がある。ひとつひとつは心を奪うほどに美しい宝石も、こうなると酷《ひど》く安っぽく見えるものだ。

当初は怪しまれないように宝石をひとつかふたつ持って冒険者用酒場で買い取ってもらっていたのだが、宝石が増える量に対してあまりにもささやかな金しか手に入らなかった。売るための伝手《つて》がない。ここでもまた自分がヒエラルキーの最底辺である冒険者なのだと思い知らされた。

冒険者は武器を持ち歩き、悪臭を振《ふ》り撒《ま》く存在だ。魔物退治に必要な仕事だとは言っても街の住民たちから好意的な視線を向けられる事はなかった。実際、トラブルを起こす事も珍しくないのでそう見られるのも仕方がない。

出所の怪しい宝石でも構わず買い取ってくれる共犯者が必要だ。そこで私はふと、父の事を思い出した。

顔を見た事もない、母を弄《もてあそ》んで捨てたという父。出来る限り関わらないようにしていたが、どうしても気になってテュブリス商会の事は何度も調べていた。

テュブリス商会は落ち目である。しかし、現当主のテュブリスを無能の一語で片付けてしまうのもどうかとは思う。彼はとにかく運が悪かった。言うなれば、コインを投げて十回連続で裏を出す才能の持ち主である。それならばと裏に賭《か》ければ表が出る。そういう男だ。

麦を大量に買い付けたらその年は異常なほどの豊作で値が大暴落し、全て手放して麦相場から撤退した翌年に戦争が起きた。

それならばと武具を大量に仕入れて売り付けようとするが、同じ事を考える商売敵が多過ぎて結局は安売りするしかなかった。

砦《とりで》や攻城兵器を作るのに木材が必要だろうと、集めて売ったら金貨数百枚の利益が出た。今までの失敗を取り返してお釣りがくる金額である。その金貨を運ぶ馬車は長雨で道が崩れ、崖《がけ》から転落した。

やることなすこと全てが裏目に出る。彼はもう何をどうすれば正解なのかわからなくなっているだろう。

それでも彼は総帥としての職務を放り出そうとはしなかった。彼は先祖や両親を尊敬しており、受け継いだ商会を守り抜こうという意志があった。

実に都合が良い。

私はテュブリス商会を訪ね、総帥に会いたいと言った。薄汚い冒険者が落ち目とはいえ、いきなり商会の主《あるじ》に面会を申し込んだところで受け入れられるはずがない。

私は革袋一杯に詰め込んだ宝石を見せた。そのうちのひとつを応対した使用人に握らせると、彼は放たれた矢のように主のもとへ行き許可を取って来た。財宝の力は偉大だ。そしてこの世から賄《わい》賂《ろ》という罪が消えない理由もよくわかった。

応接室に通され、そこで初めて父と対面した。陰のある男に惹《ひ》かれる女は多いと聞くが、テュブリスの場合はミステリアスで危険な男と言うよりも世間に振り回されて疲れ果てた顔にしか見えなかった。

　こんな男の為に母は浪費を繰り返し、私の人生が狂わされたのかと失望してしまった。せめてもっといい男であれば納得も出来たであろう。

「儲《もう》け話があると聞いた」

　テュブリスは苛立《いらだ》ったような声を出した。彼は私の腰を見ているが、その眼《め》に情欲の色はない。悪臭を放つ女が座った椅子を捨てようかどうかと悩んでいる眼だ。

　私は革袋の口を大きく開いてテーブルに載せた。テュブリスは使用人から話を聞いていただろうが、実物を前にするとやはり驚きを隠せないようだ。

「これを買い取っていただきたいのです。一度限りの取引ではなく、継続的に宝石を用意します」

　テュブリスの表情が引き締まった。宝石が値上がりする中でこれだけの量を捌《さば》けばどれだけの儲けになるかを計算して、その儲けで何が出来るかを考えているようだ。仕事に熱中する男の横顔はそれなりに魅力的ではあるが、やはり女が人生を捧《ささ》げるほどだろうかと疑問であった。

「これをどこで手に入れた？」

「私の独自ルートで」

「詳しく説明をしろ。後になって盗品でしたではシャレにならん」

　目先の欲に駆られず彼は慎重であった。話を持って来たのが怪しさ満点の冒険者なのだからそれも当然の事だろう。

　私は迷宮の奥に死者を宝石に変える秘術があると教えてやった。軽率だったかもしれないが、私は父に同じ罪を背負ってもらいたかった。金儲けだけして後は知らないなどと、それで済ませるつもりはない。

父は私に化け物でも見るような眼を向けていた。

「……許されるのか、そんな事が」

「どこの誰が許さないというのですか?」

「何だと?」

「法に反している訳ではないでしょう」

迷宮の中に伯爵領の法律は適用されない。人を殺そうが物を盗もうがお咎《とが》めなしである。事件が起きる度に迷宮内の調査などしていられないからだ。

貴族が被害に遭えばそんな事も言っていられないだろうが、そもそも貴族はこんな汚らしい場所に近づきはしない。

また、殺されるのは冒険者だけであり街から人を拐《さら》って生《い》け贄《にえ》にしている訳ではないのだ。ならず者がどんな死を遂げようが為政者たちには関係のない事だ。

「しかし、ゾンビの目玉を抉った宝石と知られれば我が商会のイメージが……」

「黙っていればよろしいのです」

テュブリスがまた考え込んだ。

悩むフリなどしても無駄だ、テュブリス商会の財政難を考えれば、この話を受けるしかないのだから。

私はわざとらしく応接室をぐるりと見回した。

「あの辺に絵画でも飾れば、部屋の雰囲気がぐっと良くなりそうですね」

「貴様……ッ」

テュブリスが鋭く睨《にら》み付ける。彼は先祖から受け継いだ美術品をいくつも売り払っていた。ここにもあったのではないかと適当に言ってみたが当たりのようだ。

「わかった、受けよう。だが何故うちに儲け話を持ち込んだ。傾きかけの商会ならば多少怪しい話でも受けると思ったか？」

「それもありますが、貴方《あなた》が私の父親だからです」

「……何だって？」

テュブリスは驚きというよりも、酷く迷惑そうな顔をしていた。私は捨てられた母の事を話すが、テュブリスの表情は変わらなかった。

「悪いが身に覚えがない」

「事実です」

「他の誰かと間違えちゃいないか？」

「母の人生を否定しないでください！」

バン、と強く机を叩《たた》いてしまった。なんとも息苦しい空気が応接室に充満する。

「そもそも手切れ金に金貨数百枚なんて話がおかしい。貴族の持参金じゃねえんだぞ、金貨十枚程度が相場だろうよ。孕《はら》ませたから多少の色を付けたとしてもあり得ない額だ」

テュブリスは指を折って数えていた。頭の中で捨てた女を思い浮かべていたのだろうが、そこに母はいなかったようだ。

この男は最低だ。父娘《おやこ》感動の再会を果たして抱き合いたかった訳ではないが、ここまで不快な思いをするとは想像もしていなかった。

済まなかったと、母に一言詫《わ》びて欲しかった。

それだけの事が叶《かな》わなかった。

「金を用意する」

そう言ってテュブリスは応接室を出て行き、しばらくしてから入って来たのは金貨袋を持った使用人であった。

それから何度か取引をしたが対応するのはいつも使用人であり、テュブリスと顔を合わせる事はなかった。

街ですれ違った女の事がなんとなく気になった。話をした訳ではない、顔も見ていない。どこの誰かも知らない女だ。悪臭に気付きながら振り向かなかった、そこに何らかの意図を感じるのだ。考え出したらキリのない話だが。

この取引はいつまでも続くようなものではないだろう。あの女は破滅の予感だけを私の心に残していった。

第七章　星に願いを

　怪しげな宝石を売り捌いているのがテュブリス商会だとわかったがそれ以上の手出しは出来なかった。宝石そのものに問題はなく、被害届が出ている訳でもないのだ。

　結局、宝石付きのゾンビを作っている現場を押さえるしかなかった。

　迷宮の入り口付近は相変わらず盛況であり、その中に異質な三人組がいた。

「またこの迷宮に潜る事になろうとはなあ……」

　ゲルハルトが心の底から嫌そうに言った。

「ゲルハルトさんはここに来たことがあるんですか？」

　ルッツが期待を込めて聞いた。道案内をしてくれる者がいるなら頼もしいと。

「四十年以上も前の話だ。さすがに迷宮も様変わりしているだろうからな、何も期待せんでくれ」

　どういった仕組みかは理解できないが、迷宮は日々変化している。壁のない所に壁が出来たり、迷宮そのものが広がったりだ。

　冒険者たちの間で正確な地図が出回る事はなく、四十年前の記憶などあてにならないどころか邪魔ですらあった。

「その時は何層まで行けました？」

　リカルドが好奇心丸出しで聞いた。

「十層だ」

「わお、そいつは凄《すご》い！」

ルッツにはよくわからないが、リカルドの興奮具合からして、相当凄い事なのだろう。しかしゲルハルトの表情に誇るようなところはなく、むしろ痛みに耐えるような顔をしていた。

「何も凄い事などない。深く潜ればそれだけ濃い闇が見えるだけだ」

リカルドはまだ色々と聞きたそうであったが、ゲルハルトから放出される拒絶の雰囲気に引き下がるしかなかった。

「結局、ジョセルさんは来られませんでしたね」

ルッツは話題を変えるように言った。高位騎士ジョセルは室内で取り回しの良いショートソードを持っているので迷宮では頼りになりそうだったのだが、伯爵の護衛として他領について行ってしまったのだ。

「まあ、それが奴《やつ》の本職だからな」

ゲルハルトは苦笑して答えた。

「それを言い出したらここに本職の冒険者はひとりしかいませんよ」

「リカルドを置いて帰るか」

「ちょっと待ってぇ！」

ルッツとゲルハルトの冗談にリカルドは慌てて待ったをかけた。本当に帰られてはたまったものではない。

「冗談だ。伯爵が帰って来た時に何もしていませんでした、では話にならんからな」

「……若者をおちょくって楽しむ趣味でもあるんですか」

「あるぞ」

「このクソ爺《じじい》は……ッ」

「その自覚もあるぞ」

悪びれなく断言されてしまい、返す言葉を見失ってしまうリカルドであった。

「まあ、いつもの面子が揃《そろ》わず不安なのはわかるが、迷宮探索は頭数を増やせば良いというものでもないからな」

「十人パーティが飛び出す槍《やり》の罠《わな》で兄弟になったって奴ですか」

「同じ棒で貫かれた、か。くだらん言い回しだ」

そう言ってゲルハルトとリカルドはゲラゲラと笑っていた。冒険者特有の、人の死をネタにする笑いにルッツはついて行けず頬を引きつらせていた。

彼らが人の死を冒瀆《ぼうとく》しているという訳ではあるまい。

他者からゴミだのダニだのと罵《のの》しられ生きる価値がないと言われようと、己の命は何より大事だ。仲間の死も悲しくないはずがない。

あまりにも死が身近にありすぎて、笑い飛ばすしかないのである。

冒険者とはそうした悲しき生き物であった。

「……じゃあ、そろそろ行きますか」

リカルドが不本意ながらといった風に言い、他二名が渋々と立ち上がった。

伯爵家から使者の早馬がやって来て問題は解決しましたと言ってくれるのを期待していたのだが、

そんな事はあるはずがなかった。空から金貨が落ちてこないかなと願うくらいに無意味な行為だ。

男三人、迷宮探索の始まりである。何度来てもこの悪臭には慣れそうになかった。

今回は全員が腰にランタンを吊《つ》り下《さ》げていた。激しい戦闘になる可能性が高いので、出来れば両手を空けておきたかったのだ。

犬型の魔物が襲いかかって来た。人狼《じんろう》が、巨大トカゲが、逆立ちをしたピンクのカバが襲って来た。三人はこれら全てを撃退した。

「本格的にパーティ組んで冒険しないか？」

リカルドが冗談半分、もう半分は本気で言った。

「断る」

「嫌なこった」

ゲルハルトとルッツは考える事もなく即座に断った。彼らの本業は職人である。何か貴重な素材でも手に入るならばやる気も出ようが、この迷宮にそんなものはない。

ゲルハルトは眉《まゆ》をひそめて言った。

「以前も言ったが、仲間が欲しけりゃ酒場で探せ」

「知らない人と一緒に居るの嫌です……」

「帰還兵を相手に囮役《エサ》をやりきった男が、他人と話すのが怖いとぬかすか」

「苦手意識とはそういうものです、理屈じゃないんですよ！」

「威張って言うな、あほう」

くだらない馬鹿話だが、黙っているよりずっと良かった。闇の中を何時間も黙って歩いていると

それだけで気がおかしくなりそうだ。

第三層を降りて第四層に出た。溢《あふ》れかえるにわか冒険者たちには辿《たど》り着《つ》けない領域だ。

「何かあるとしたら、この先ですね」

ルッツが緊張した声で言い、ゲルハルトが小さく頷《うなず》いた。

「一層から三層あたりの死体を運んでいるとすれば、四層か五層にあるのだろうな、その何かって奴が」

五層よりさらに下となると運ぶ効率が悪すぎる。また、定期的に地上に出て宝石をテュブリス商会に納める者がいるとすれば、頻繁に往復出来る限界が五層あたりだろう。確証はない。どれもが多分そのくらいだろうという予測に過ぎなかった。

「闇雲に探し回っても仕方がないし、五層を探索して何も出なければ一度戻りませんか？」

ルッツの提案にゲルハルトは考え込んだ。五層よりも下に降りるとなれば、さらに大がかりな準備が必要だろう。それこそジョセルの首に縄でもかけて引っ張って来なければなるまい。

ゲルハルトの後頭部がズキリと痛んだ。なんか調子が良いから行けるだろう、そんな気持ちで進んだ結果、仲間を失った記憶だ。遠い昔の出来事なのに罪悪感だけが今も真新しい。

「……そうだな、区切りを付けるのは大切だ」

これは問題の先送りだろうか。いや、後悔するよりはずっと良い。冒険者は臆病《おくびょう》でなければ生き残れないのだから。

前方にランタンの灯《あか》りに照らされて揺れる影があった。

人間だ、しかし様子がおかしい。人を担いで歩いているようだ。

「あれは人間か、宝石ゾンビかどっちだ？　いっそ殺してから考えるか」

リカルドが剣の柄《つか》に手を添えて物騒な事を言い出した。

ここは迷宮で、法の及ばぬ場所だ。恐らくはリカルドの案が一番効率的なのだろう。ゲルハルトも特に反対はしていないようだ。

しかしルッツは首を横に振った。

「こっちから声をかけてやろう」

「わざわざ奇襲のチャンスを逃してか？」

「奴は腕が塞《ふさ》がっている。このメンバーで勝てないって事はないだろう。それにもしも普通の人間であれば話を聞きたい」

「なるほど、理屈はわかった。本音を言えよ」

「人間だったら後味が悪い」

「オーケイ」

リカルドは柄から手を離して数歩前に進んだ。彼とて法に問われないとしても、無益な殺生がしたい訳ではなかった。

「おい兄ちゃん、財布落としたぜ！」

人影の足がピタリと止まった。大きな声が聞こえたから止まっただけで、財布に釣られたのではないだろう。

ゆっくりと振り向く、その眼《め》にランタンの灯りが反射してキラリと光った。

その男は担いでいた人を落として剣を抜こうとするが、それよりも早くゲルハルトが疾風のように脇をすり抜けた。

男の腹から臓物がどさりと落ちる。それでもなお動こうとする男の頭に、ルッツの斧《おの》が振り下ろされた。頭から股《また》まで両断され、その身はふたつに分かれた。倒れるよりも早く死体が燃え上がる。

「派手にやるもんだ……」

リカルドの呟《つぶや》きに含まれるのは感心と畏怖《いふ》。激しく躍る炎に照らされたルッツの横顔は、まるで人の肉を喰《く》らう悪鬼のようであった。

ゲルハルトは放り出されうつ伏せに倒れた男を爪先でひっくり返した。乱暴なようだが、まだ敵ではないと決まった訳ではないのだ。幸いなことに両眼は宝石化していなかった。

「助け、て……」

男は哀願するように言った。首から血が流れている。血止めをすれば助かるかもしれないが、それはあくまで安全な場所であればの話だ。こんな所で治療しても傷口が化膿《かのう》する危険が大きく、何より怪我人《けがにん》を連れて地上に戻るような余裕はない。

ゲルハルトは冷たい眼で男を見ていた。刀を軽く振ると、喉《のど》がぱっくりと切り裂かれ男は絶命した。

「その人、何か言っていましたか？」

ルッツが聞き、ゲルハルトは感情のない声で答えた。

「殺してくれ、とな」

「……そうですか」

それ以上問い詰めるつもりはなかった。真実を知ったところでどうなるものでもあるまい。ルッツは冒険者としては素人だが、男のルールはわかる。

「さ、行くぞ」

ゲルハルトが先頭で歩き出す。顔を見られたくなかったのかもしれない。

数歩進んだところでルッツが振り返り、少し戻って男の死体に斧を突き立てた。死体は一気に燃え上がり、不浄の迷宮と三人の男たちを照らした。

人は死ねばおしまいだ。それでも、死体を誰かに利用されたり魔物に喰われるのは無念であろう。少なくとも自分ならば嫌だ。

「余計、でしたかね？」

この行為は冒険者としてどうなのだろうかとルッツは聞いた。

ゲルハルトは直接答えることはせず、ルッツの斧を見ながら言った。

「良い武器に仕上がったな」

正しい使い方だと、そう言ったつもりであった。

男たちは微笑《ほほえ》み、また前へと歩き出した。

第五層に降りると瘴気《しょうき》はますます濃くなっていった。人が立ち入ってはいけない領域なのだと実感出来る。かといって、失礼しましたと帰り支度を始めるわけにもいかないのが辛《つら》いところだ。

出現する魔物は上層階よりもさらに凶暴であり、歪《ゆが》みが酷《ひど》くなっていた。

人狼の首がふたつある、巨大蜘蛛《ぐも》の頭が犬である、馬の脚が人の手足であるなど、生命の在り方すら忘れてしまったような魔物たちであった。

そんな奴らを殺しながら進む自分は何者なのだろうか。疑問を持った直後にルッツは慌てて首を振った。ここで自我を失えば、恐らくは奴らの仲間入りだ。

……冗談じゃない、友達はよく選ぶべきだ。

ルッツは正気を保つ為《ため》にも会話をする事にした。

「ゲルハルトさん、よく十層まで行けましたね」

「四十年前はここまで広くはなかったし、瘴気も薄かった。あの時とは全然別物だ」

「地獄の入り口がどんどん広がっている訳ですか。笑えない話ですね」

「調査を依頼されても断るからな、絶対にお断りだ」

頭痛に耐えるように額を押さえながらリカルドも話に参加した。黙っていると頭がどうにかなってしまいそうだ。

「かといって騎士団に任せる訳にもいかないでしょう。あいつら、犬の散歩を頼んだら犬だけ先に帰って来るくらいの無能ですよ」

「それこそわしらには何の関係もない話だろう。使える奴は誰でも使うと言えば聞こえは良いが、要するに使える奴を育てようとしないツケが回って来ただけだ。わしはもう知らん」

「それって伯爵への批判ですか?」

「文句があるなら伯爵がここまで来い、聞いてやる」

そりゃ無茶だ、と三人は乾いた笑いを漏らした。何でも良いからとにかく笑っていたかった。

五層をさらに進むと、突如として前方が大きく開けた。それは神殿であった。神聖さと邪悪さが混ざりあった不思議な空間だ。

「残業確定だな」

ここに何かがあると確信したリカルドがおどけて言うが、あまり上等なジョークではなく仲間ふたりはピクリとも笑ってくれなかった。寂しい。

ゲルハルトを先頭に三人は前に進む。

「連合国が崇《あが》める神とも違うようだが……」

ゲルハルトの記憶では四十年前に神殿などはなかった。リカルドも知らないと首を振った。ある日突然こんなものが出来たというのか、怪奇現象は常識の範囲内でやって欲しいものである。

三人の足音以外に物音はしないが、周囲に何者かが潜んでいるような気配があった。

正面に祭壇のようなものが見えた。そこに巨大な壺《つぼ》が鎮座している。壺の周辺にキラキラと光る石が敷き詰めてあった。それら全てが宝石だ。

あれだと近付こうとした時、壺の裏から人影が現れた。

「これに触らないでもらえるかなあ」

気だるげな女の声。若い女、赤毛で短髪、くたびれた革鎧《かわよろい》。クラウディアから聞いた怪しげな女の特徴にぴったりだ。

「……どう思う？」

ゲルハルトが小声で隣のリカルドに聞いた。

「わりと好みです」

「そうか、お前に聞いたわしが馬鹿だった」

その女、ルージュはこそこそ話をするゲルハルトたちをガラス玉のような眼で見ていた。無論、こちらは比喩《たとえ》表現であり本当のガラス玉ではない。

「一応聞いておくけど、あんたら何しに来たワケ？」

ルージュの問いに、ルッツが一歩前に出て答えた。

「伯爵家の依頼で冒険者の大量失踪《しっそう》と、街に出回る呪いの宝石についての調査をしに来た。悪いがあんたは重要参考人として連行する。答えがどうであれその壺はぶっ壊す」

駆け引きなど何もない、相変わらずのせっかちさであった。

「壊されるのは、困るなあ……」

ルージュはどこかぼんやりとした口調で言い、足下の宝石を無造作に掴《つか》んでルッツたちに向けて放り投げた。これひとつで何が買えるか、考えるのも難しいような大きな宝石が転がっている。

「そんな事より私と組まない？　伯爵からいくらもらっているかは知らないけど、比べ物にならないくらい稼がせてあげるよ。ああ、いっそ伯爵家を巻き込んでもいいかなあ。有り余る財力で国を乗っ取ってみない？」

現実味のない夢物語。それを語ってケラケラと笑うその姿は、とても正気とは思えなかった。

「美女の誘いを断るのは心苦しいが……」

ルッツは斧をくるりと一回転させてから、その先端をルージュに向けた。

「一度受けた依頼は裏切らない主義でな」

「ふん、つまらない男……」

ルージュは指で壺をコツコツと叩《たた》く。壺の中から右手が出て来て縁を掴んだ。次いで左手が、両目の光る顔が現れた。

ずるずると這《は》うように出て来たのは軽鎧《けいがい》に身を包み土気色の肌をした冒険者であった。

間違いない、この壺が冒険者たちを宝石の屍人《しびと》に変える魔道具であり、ルージュこそが失踪事件の犯人だ。

なんという悍《おぞ》ましい光景だろうか。これは命への冒涜《ぼうとく》だ、冒険者たちへの侮辱だ。ルッツたちは武器を持つ手に力を込めた。

「悪いが姉さん、死んでもらうぜ」

「いいね、そういうわかりやすい話は好きだよ。でもねえ……」

ルージュがさっと手を振ると神殿の四方八方から屍人が現れた。二十体はいるだろうか。これだけの数を見落としていた己の未熟さにゲルハルトは舌打ちするが、奴らは死人だ。気配など感じられるはずもなかった。

「さよならは言わないよ。屍人になって、一緒に暮らそう?」

手が振り下ろされると同時に屍人たちが一斉に襲いかかって来た。ルッツたちは三角の陣形で互いの背を守る。

鉄の胸当てを着けた屍人が剣を振り下ろす。その太刀筋になんとなく覚えがあった。彼は帰還兵のひとりではないだろうか。

戦場から追い出され、故郷からも追い出され、流れ着いた先で冒険者となり、こんな姿で戦わされる。彼の人生がそこまで貶《おとし》められねばならない理由があるだろうか?

人生はそんなものだ、と知ったような事を言うのは容易《たやす》い。だが決して認めたくはなかった。それで良いはずがない。

ルッツは怒りと哀《かな》しみを込めて豪斧《ごうふ》『白百合《しらゆり》』の、手向けの一撃を振り下ろした。屍人の剣が腕ごと斬り落とされて燃え上がる。

感傷に浸る間もなく、燃える屍人を踏みつけて新手が襲いかかって来る。

剣をなんとか防ぐが、横から手槍《てやり》が伸びて来た。身を捻《ひね》ってかわすが、脇腹から少しだけ出血した。次から次へと現れる屍人たちを相手に、ルッツたちの陣形がじわじわと狭まった。

見ればリカルドもゲルハルトも手傷を負っていた。このままでは押しきられる、ルッツは腹の底から湧き上がる死の恐怖になんとか耐えていた。

「ふたりとも、耐性防具は着けているな⁉」

リカルドが叫んだ。彼もまた劣勢を覆す為に考えを巡らせていたようだ。

「三秒だけだ！」

ゲルハルトが屍人の攻撃を受け流しながら叫んだ。右腕を負傷したのか、動きがぎこちない。

「やってくれ！」

ルッツも同意した。大将を討ち取れば屍人たちの動きが止まるかもしれない、そんな願いを込めて。

リカルドは使っていた剣を地面に突き刺した。次に妖刀『椿《つばき》』を抜いて高みの見物をするルージュにその切っ先を向け、精神を集中する。

これで奴は自滅する、はずだった。

何も起こらない。ルージュは不思議そうにこちらを見ていた。あいつは何をやっているのかと。

馬鹿な、そんな馬鹿な、どうしてだ。リカルドの頭に疑問符がぎちぎちに詰め込まれた。

もう一度挑戦したいところだが、仲間たちの精神が限界だ。

リカルドに斬りかかろうとする屍人をルッツが蹴飛《けと》ばした。これ以上迷惑はかけられない、リカルドは己の不甲斐《ふがい》なさを押し込むように『椿』を鞘《さや》に納めた。ガチン、と鍔《つば》と鞘がぶつかる音が彼の焦りと苛立《いらだ》ちを代弁した。

「すまない、訳がわからん……ッ」

リカルドは突き立てた剣を拾い、痛みに耐えるように言った。この時点で彼らにはわからぬ事だがルージュは既に壺の悪魔に呪われているので、他の呪いが上書きされる事がなかったのだ。

「呪いの大本を狙うってのは悪くないと思うぜ！」

叫びながらルッツは斧を水平に振るって屍人たちと距離を取った。リカルドも剣を振るうが、その動きは精彩を欠く。疲労が一気に出てきたようだ。

「つまらん慰めを……ッ」

「野郎を慰めてやるほど暇じゃない！」

ルッツは明確な意図を持って何かを見ている。リカルドはその視線を追った。

そこにあるのは禍々《まがまが》しい瘴気を放つ、呪いの壺であった。

ルッツは斧を片手で振り上げた。目標は巨大な呪いの壺、投げ当てて破壊するつもりだ。

「いくらなんでもそりゃ無茶だ！」

リカルドが悲鳴に近い叫びを上げた。

当たるという保証はない。当たったところで普通の壺ならばともかく、呪われた壺がどれほどの硬さなのかわからない。

ルッツたちが大量の屍人と戦えているのは武器の性能で勝っているからだ。その武器を手放すなど正気の沙汰《さた》ではない。ルッツが倒れるような事になれば、残るふたりも数で押《お》し潰《つぶ》されるだろう。

しかしルッツは止まらない。にやりと笑って叫んだ。

「俺たちは無茶をする為にここにいるんだよ！」

ルッツに斬りかかろうとする屍人を、横からゲルハルトが愛刀『一鉄《いってつ》』を振るって脚を切断した。

行け、力強い眼がそう語っていた。

「どりゃあ！」

気合いと共に斧《おの》が放たれた。重心が先端にある斧は縦回転をしながら唸《うな》りを上げて呪いの壺へと向かって行った。

耳が痛くなるような金属音が響き渡る。重く鋭い刃《やいば》が壺へと突き刺さった。ピシリ、とヒビが入るがそれまでだった。

……ダメなのか？

絶望に押し潰されそうになりながらルッツは屍人が落とした剣を拾った。諦《あきら》めるという選択肢だけは、絶対にない。

その時、ひとつの影が飛び出した。

リカルドだ。壺へと一直線に走り出し、壺に向かって飛び蹴りを食らわせる。革のブーツが斧の峰を押し込んだ。

ピシリ、ピシリ。ヒビが大きくなっていく。

「そんな馬鹿な……ッ！」

離れて見物していたルージュの眼が驚愕《きょうがく》に見開かれた。あれは呪いの壺だ、そう簡単に壊れるようなものではないはずだ。

ルージュは知らなかった。あの斧は名工ルッツ渾身《こんしん》の作であり、戦士を弔う為の武器である。人の死を辱しめるような呪いとは相性最悪であった。

ルージュの護衛に付いていた屍人が無防備なリカルドに襲いかかる。その瞬間、壺が砕けた。

「ぐあああああ！」

その屍人だけではない、神殿にいる全ての屍人が苦しみ出した。両眼から大量の血を流し、呻《うめ》き悶《もだ》えていた。

「おい、何をしている！」

屍人に近づくルージュ。屍人はターゲットを変更し、剣を強く握ってルージュを袈裟《けさ》斬りにした。

「え……？」

斜めに飛び散る鮮血。訳もわからぬままルージュは仰向《あおむ》けに倒れた。傷口は深く血が止まらない。致命傷である。

やがて屍人たちは糸の切れた操り人形のようにその場に倒れた。不気味な静寂の中に、生き残った男たちの息づかいだけがやけに大きく聞こえた。

「終わった、のか……？」

ゲルハルトが呟《つぶや》くが、ルッツたちも状況の把握が難しく答える事が出来なかった。

周囲に散らばった宝石が黒い煙に包まれた。煙はすぐに晴れたが、そこに残っていたのは宝石ではなく眼球であった。

あちこちに無造作に転がる眼球。壺の周りに敷き詰められていた宝石も、全てが眼球へと変化していた。

「何だ、これは……？」

この世のものとは思えない不気味な光景であった。ルッツとゲルハルトは凍りついたようにその場を動けず、壺の近くにいたリカルドは慌てて戻って来た。

「あは、はっはっは……」

女の笑い声。この光景を首だけ動かして見ていたルージュが息も絶え絶えに笑っていた。

「あはは、やった、叶《かな》った。私の願いが叶ったよ！　こんな形で叶えてくれるなんて、本当に最高。やったよ、おかあ、さん……」

ルージュは歪《いびつ》な笑みを浮かべたまま、血を吐いて息絶えた。

眼球を踏み潰さないよう慎重に歩き、ルッツは斧を拾い上げた。

「こういう時、犯人の首とか持ち帰らなきゃいけないものですかね？」

ルッツが聞くと、ゲルハルトが疲れた顔で首を横に振った。

「いや、構わん。やってくれ」

ルッツは頷《うなず》き、ルージュの死体に斧を突き立てた。ルージュは笑ったまま泣いていた。その笑顔と涙の理由もわからぬまま、死体は燃え上がった。

次に両眼から血を流して倒れた屍人たちにも斧を振るって燃やした。二十体近くを燃やすのは大変だったが、自分に出来る事はこれしかないと、ルッツは斧を振るい続けた。

燃える死体に照らされて、神殿内は昼間のような明るさになった。

男たちは炎に背を向けて歩き出した。

神殿が崩れる音と振動が伝わって来るが、誰も振り返ろうとはしなかった。


とある貴族の館、ダンスパーティの最中に女性の悲鳴が響き渡った。

力任せに引き千切られたネックレスが床に叩きつけられた。

それはネックレスと呼ぶにはあまりにも不気味な存在であった。鎖で繋《つな》がれた五つの眼球だ。つい先ほどまで、それは確かに豪華な宝石のネックレスだった。突然黒い煙に包まれたと思えば、宝石が人の目玉に変わっていたのだ。

尻餅《しりもち》をつき、過呼吸を起こす女性を介抱する人の耳にも眼球がぶら下がっている。イヤリングが変化した事に気付いていないようだ。

別の場所では魔術付与したはずの剣から古代文字の光が失われ、代わりに刀身から血が流れ出していた。

こんな騒ぎが国中で同時に起きていた。

犯人捜しが始まり、宝石を売った者、アクセサリーに加工した者、魔術付与した者たちが捕らえられ尋問された。

彼らは皆、自分も被害者だというスタンスを貫き宝石を誰から手に入れたのかを隠さずにしゃべった。こうして糸を手繰り寄せた先が、テュブリス商会であった。

テュブリスの屋敷は燃えていた。暴徒たちが押し入り、家財を奪い、屋敷に火を付けたのだ。暴徒たちに罪悪感はない。あいつらは悪い奴だ、悪い事をして得た金だ。だから奪っても良いのだと。暴徒の大半は宝石に縁のない者たちであった。何に対して怒っているのかはわからないが、彼らはこれを正義と呼んだ。

使用人たちはいち早く持てる物を持って逃げ出していた。いつかこんな日が来るだろうと予想しており、持って逃げる物に目星を付けていたようだ。死人が出なかったというのはそれはそれで喜ぶべき事なのかもしれない。

テュブリスは信頼する使用人を連れて、ランタンのか細い灯りを頼りに森の中を歩いていた。夜の森は危険だが、それだけに暴徒たちも近寄らないだろう。

「どうしてこうなった、どうしてだ、クソッ！」

先程から同じ台詞《せりふ》ばかりを繰り返すテュブリスを、初老の使用人は冷めた眼で見ていた。

「伯爵に申し開きをすれば許されないだろうか？　俺とてあの女に騙《だま》された被害者なのだと」

テュブリスの悪あがきに、使用人は呆《あき》れたように言った。そこにはもう、主《あるじ》に対する敬意など欠片《かけら》も残っていなかった。

「人の命を代償に作られた宝石だとテュブリス様も知っていたはずです。被害者ではなく共犯者と呼ぶべきでしょう」

「目玉に戻るだなんて知らなかった！　知ってさえいれば、手出しなどしなかったものを……」

使用人のテュブリスを見る眼は軽蔑《けいべつ》の色に満ちていた。テュブリスには運がなかった。それ以上に、自分の判断に責任を持つという気概がなかったのではないか。

……ああ、そうか。テュブリス商会は終わってしまったのだな。

彼が総帥に相応《ふさわ》しい男であれば地獄の底まで付いて行くつもりだった。今はもう、商会を潰した張本人と一緒にいたくはなかった。

使用人はテュブリスに背を向けた、涙をこらえる顔を隠すかのように。

「ここでお別れです、テュブリス様」

それだけ言うと使用人は早足に立ち去ってしまった。待て、という言葉を振り切って森の奥へと消えた。

「クソッ！　どいつもこいつも、俺を裏切りやがって！」

テュブリスは叫び、木を蹴った。苛立ちに任せて何度も何度も蹴りを入れた。ただ足が痛くなっただけだった。

「まあいい、金さえあればどこでも再起出来る。金だ、金さえあれば……」

虚《うつ》ろな眼で呟きながら、屋敷から咄嗟《とっさ》に掴《つか》んで来た鞄《かばん》に手を入れた。ぬるり、と奇妙な感触が伝わった。

「あ、ああ……」

テュブリスはその場に膝《ひざ》を突いた。本当に全てを失ったのだと理解してしまった。

失敗を全て運のなさのせいにしてきた。

上手《うま》くいかない苛立ちを女たちにぶつけてきた。

詐欺と知りつつ呪いの宝石に手を付けた。

人生のツケが一気に回ってきたのだ。

湿った土の上で呆然《ぼうぜん》としていた。やがて木々の隙間から灯りが見えて来た。使用人が戻って来てくれたのだろうか？

油切れの近いランタンを振って必死に合図をした。

「おおい、ここだ！　ここにいるぞ！」

灯りが近づいて来る。しかしランタンにしてはやけに光が強い。

現れたのは先ほど別れた使用人ではなく、大木のような大男であった。左手に松明《たいまつ》を、右手に斧を持っている。

獲物を見つけた男は凶悪な笑みを浮かべて手斧《ちょうな》を振り上げた。この大罪人の首を持っていけば金になる。

テュブリスは怯《おび》えた顔で悟った。また、判断を誤ったのだと。


ルッツたちは迷宮からようやく城塞《じょうさい》都市まで戻って来た。ゲルハルトも、リカルドも、疲労困憊《こんぱい》の極みであった。

深夜である。とっくに城門は固く閉じられており周囲には仕方なく野宿する者たちがいた。この時代、野宿をするなど野盗に襲ってくださいと言っているようなものだが城門の前ならば少しは安心だ。

ゲルハルトが城門で声をかけると宿直であった顔見知りの門番が通用口を開けてくれた。こういうところはさすが伯爵の側近だと素直に感心するルッツとリカルドであった。

街に入ると、三人は軽く手を上げて別れを告げた。

「じゃあ」

「おう」

「ん」

それだけである。これから先どうするか、そんな打ち合わせをする気力もなかった。

ルッツが工房に帰ると、石鹸《せっけん》を片手にクラウディアがにやにやと笑いながら待ち構えていた。タライが用意してあり既に水も張ってある。

「ルッツくん、お洗濯の時間だよ」

「あ、いや、凄《すご》く疲れているので明日でもいいかな、って……」

「ベッドに悪臭を染み付けるつもりかい？　家を守る立場としてそれは許せないなあ」

「あ、はい……」

「タライの中で寝てしまっても構わないよ。こっちで勝手に洗っておくから」

ものすごく臭いという自覚のあるルッツはクラウディアに逆らう事が出来なかった。腐肉と糞《ふん》尿《にょう》の臭いがベッドに移るのは確かに嫌だ。

一度やった丸洗いである、クラウディアは慣れた手付きでルッツを泡まみれにした。風呂《ふろ》というのはいつもそうだ。入る前は面倒でも、入って後悔する事はない。美女の細指で全身をくまなく洗われるというのもそれはそれで気分が良い。

「それで、名刀作製のヒントは掴めたかい？」

クラウディアはルッツの髪をごしごしと強く洗いながら聞いた。

本来、迷宮で異変が起きたとしてそれを調査するのはルッツの仕事ではない。わざわざ付いて行ったのは友人リカルドの頼みを断れなかったのと、真剣勝負の中で何か新しい物が見えてくるのではないかと期待したからであった。

軽い気持ちで行ったらとんでもなく悪趣味な事件に巻き込まれてしまった。

「殺し合いなんてろくなもんじゃないな」

「今さらそれがわかったのかい？」

「頭ではわかっていたが、それを実感するというのはまた別の話さ」

バシャア、と頭から水をかけられる。土間もすっかり水浸しだ。

「ろくなもんじゃない、そうとわかっていながら戦わなきゃならない時がある。俺が目指すべきは理不尽に抗《あらが》う力だ」

ルッツはクラウディアの方へと向き直り、力強く頷いた。その直後、

「べっくしょい！」

顔を背けて大きなくしゃみをした。格好つけてはいるが、彼は全裸である。

「とりあえず今の君に必要なのは刀ではなく、タオルとパンツだねえ」

「違いない」

ズズ、と洟《はな》をすすりながらルッツたちは笑い合った。

ようやく家に戻って来たのだと、その実感が湧いてきた。

マクシミリアン・ツァンダー伯爵は私室でゲルハルトの報告を受けていた。連合国との交易を手伝う為に付き合いのある侯爵領に行っていたのだがすぐに呼び戻されてしまったのだ。

テュブリス商会が売り捌《さば》いた宝石が眼球に変化した事、迷宮の奥に不可思議な神殿が現れた事、迷宮が四十年前に比べてずっと拡大している事。報告のどれもこれもがマクシミリアンを不快にさせた。

しかしここでゲルハルトに八つ当たりをする訳にはいかない。苛立《いらだ》ちに任せて『出ていけ』とか『謹慎していろ』などと言えばこの男は嬉々《きき》として答えるだろう。一介の付呪術師に戻らせていただきます、と。

正解を突き止める調査と、正確な報告をしてくれる家臣は得難いものだ。それがどれだけ不愉快な報告であろうと、受け入れて対策を考えるのが当主の役目だ。

……貴様の魂胆はわかっている。逃がさんぞクソ爺《じじい》。

マクシミリアンは大きく息を吐《つ》いた。問題がどれだけ多かろうと、ひとつひとつ潰《つぶ》していけばよいのだ。

「まず、宝石が目玉に変化した件だ。我がツァンダー伯爵家が直接責められる事はないだろうが、確実に評判は悪くなったな」

「テュブリスの首は広場に晒《さら》し、罪状を書いた札も立てております」

「領内から出た犯罪者だ、全くの無関係とは見てくれぬよ。目玉のネックレスを着けていた女性など、思い出す度にひきつけを起こすそうだ」

「テュブリスの首を送って、もう大丈夫だと言ってやればいかがですかな？」

「世間一般の用語で、それを宣戦布告と言うのだ」

「復讐心《ふくしゅうしん》を満たす事が一番の薬だと思ったのですが……」

「お主との価値観の違いがたまに恐ろしくなるよ」

この件はもういい、とマクシミリアンは手を振った。貴族間で評判が良くなったり悪くなったりは、ある程度仕方のない事だ。

「次に、ええと、何だ。迷宮が広がって、神殿が出来て、呪いの壺《つぼ》があったのか。これを放置すればどうなるんだ？」

「わかりません。ただ、眼を離すべきではないかと」

「そうだな。だがその調査は誰がやる。お主もルッツも本来の役目がある。勇者リカルドとて、本来は領内に現れた魔物を退治させる為に抱えているのだ。迷宮に張り付けておくわけにはいかん」

「冒険者たちにやらせましょう。彼らに援助金を出し、活動を支援するのです」

「その代わり、情報は余さず寄越《よこ》せと」

「はい。そうですな、言うなれば……」

ゲルハルトは一呼吸置いてから言った。

「皆で迷宮に潜ろうキャンペーン、と」

「……わかりやすいのは結構だが、他になかったのか」

「いけませんか？」

「それを家臣たちの前で発表する私の身にもなってくれ」

マクシミリアンの賛同は得られなかった。ことネーミングセンスにおいて、あまりルッツを笑えぬゲルハルトであった。

「さて、次に私が何を言いたいかわかるか？」

「そんな金がどこにある、ですな？」

「わかっているじゃないか」

マクシミリアンは憮然《ぶぜん》として言った。

これだ、またこれだ。やりたい事もやるべき事も分かっているのに、金という問題が立《た》ち塞《ふさ》がってくる。

世の中、金によって道を踏み外した者は多いだろうが、金がない事によって迷った者はさらに多いはずだ。思えばテュブリスとてその内のひとりであろう。

「街の鍛冶屋《かじや》どもはどうだ、まともな刀が打てるようになったのか？」

伯爵領の特産品として大々的に売り出したい。しかしゲルハルトは沈鬱《ちんうつ》な顔で首を横に振った。

「土産物レベルかと」

素晴らしい武器を求めて遠路はるばる人が訪ねて来る、といった事にはならないようだ。特産品として伯爵家の財政を潤してくれる存在となるにはまだ時間がかかりそうだ。

「しかも今回の目玉騒ぎで付与した魔術が剥《は》がれるといった被害が出ており、刀のイメージダウンにも繋《つな》がっています」

「……なあゲルハルト、私は何か悪い事をしたか？　最近はむしろ頑張っている方だと思うのだが。和平とか、誘拐とか。完璧《かんぺき》な領主でない事はわかっているが、私なりに頑張ってきたよな？　今回のこれ、何？」

貴族たちからの印象が悪くなった。特産品にしようとしていた刀のイメージも悪くなった。ついでに領内の迷宮の様子がおかしい。

どれもこれもマクシミリアンの不手際で起こった事ではない。それでもマクシミリアンが責任を持って処理せねばならないのだ。

「不幸という奴は、どうも友人が多いようで……」

マクシミリアンは背もたれを軋《きし》ませて天井を見上げた。恨むべき相手がそこにしかいない。

「閣下……？」

「いや、大丈夫だゲルハルト。当主の責務を投げ出すつもりはない。次にやるべき事を教えてくれ。もうどこから手を付ければよいかわからん」

ゲルハルトは沈思した。正直なところ、彼にだってそんな事を言われても困る。

「……まず、迷宮の件ですがこれは今すぐどうこうという訳ではないでしょう。これは様子見で」

「うむ」

「やはり財政を整えることから始めましょう。金さえあれば問題の八割方はなんとかなります」

段々と言葉遣いがいい加減になるゲルハルトであった。マクシミリアンにもそれを咎《とが》める余裕はない。

「鍛冶屋どもの尻《しり》を蹴飛《けと》ばして、一刻も早くそれなりの品質での刀の量産体制に入りましょう」

「イメージが悪くなった件についてはどうする。作りました売れ残りましたでは話にならんぞ」

「それについては、まあ、手がない訳ではないのですが……」

「何だ、言え」

口ごもるゲルハルトに、マクシミリアンは苛立った様子で先を促した。

「高貴なお方に献上してお褒めの言葉をいただけばよろしいかと」

「悪くないな。それで、誰に贈るべきだと言うのだ？」

これを言えば面倒な事になる。絶対に面倒な事になる。そうとわかっていても言わない訳にはいかなかった。

ゲルハルトは引きつった笑みを浮かべて言った。もう、半ばやけくそである。

「国王と法皇、どっちがいいですか？」

第八章　王の薔薇《ばら》庭園

伯爵家の三職人プラス一名がパトリックの工房に集められた。何故《なぜ》ここなのかと言えば、毎度毎度自分の所に来られても困るという理由でゲルハルトが指定したのだった。

実際、客を迎える設備が一番整っているのはパトリックの装飾工房だ。応接室に通され、お茶と茶菓子までスッと出てきた。ゲルハルトやルッツの所ではこうはいかない。

「国王陛下への献上品を作るぞ」

開口一番、ゲルハルトがそう言った。呼び出された時点で面倒事だとわかっていたが、予想以上の展開にルッツとパトリックが恨みがましい視線を向けた。

「そんな眼《め》で人を見るな。恨むならテュブリスの馬鹿と赤毛の小娘を恨め。先日、伯爵とこんな話をしてな……」

ゲルハルトは伯爵との会話内容について語った。眼球が宝石に変わり、宝石が眼球に戻るという騒ぎを起こされ伯爵家と刀のイメージが悪くなった、悪評をなくす為《ため》に貴人へ刀を贈りお褒めの言葉をいただこうという計画だ。

「法皇聖下に贈ろうという話も出たのだが、お目にかかる為の伝手《つて》がない。伯爵は何度か国王陛下と顔を合わせているからこちらの方が難易度は低かろう」

「法皇に刀というのも、おかしな組み合わせですからね」

ルッツの感想に、クラウディアが意味ありげに笑って答えた。

「財宝は誰だって好きさ」

あまり深く突っ込むべき話題ではないなと、ルッツは曖昧《あいまい》に頷《うなず》いて話を打ち切った。

「……国王陛下に刀を献上するとなると、ひとつ大きな問題がありますね」

暗い声で言うパトリックに、ゲルハルトが面倒くさそうに顔を向けた。

「言ってくれよ、わしの心臓が止まらん程度にな」

「以前、我々は連合国の王に刀を献上したじゃないですか。自国の王に刀を贈るのに、それ以下の物だとまずいのではないですか」

「そうは言うがな、あの『天照《あまてらす》』以上の刀などそうほいほい作れるはずがなかろうよ……」

職人の腕の問題ではない。連合国の王に贈った刀は大陸の至宝とも言われる巨大な宝石を使って魔術付与を施したのだ。それと同等以上の宝石など用意できるはずがない。むしろそんな物があれば最初から財政難に悩んだりはしていないのだ。

「止《や》めませんか、この計画。エルデンバーガー侯爵あたりにそれなりの刀を贈ってお茶を濁すとかでいいでしょう」

クラウディアの提案にゲルハルトは少し考えるが、またすぐに首を横に振った。

「あの侯爵どのにそれほどの影響力があるかと聞かれるとなあ……」

「ありませんか。普通に考えて侯爵ってものすごく偉い人ですよね？」

「誰からも好かれるようなタイプではない。むしろ敵が多い方だろうな」

「イメージアップキャラクターにはなれない、と」

「クラウディアさん、もう少しこう言い方をな、言い方をマイルドに頼む」

貴族社会を冷めた眼で見ているクラウディアを窘《たしな》めてから、ゲルハルトは話を続けた。

「伯爵は悪評を一気に覆すような成果をお望みだ。影響力が大きく、どこか特定の派閥に肩入れしたと思われない相手と言えば国王陛下の他にはおるまい」

また話が振り出しに戻ってしまった。贈る相手は国王、しかし『天照』以上の物は作れない。

ふと部屋の中を見回すと先ほどからルッツが黙って考え事をしていた。この男は普段はどこかぼんやりとしているくせに、鍛冶の事となると表情が引き締まる。

「出来るかどうかはともかく、まずは必要な条件を並べてみましょう」

いつになく真剣な様子のルッツの言葉に皆が頷いた。

「刻む古代文字は五字、これだけは絶対にクリアしなければなりません」

「まあ、一目で優劣がわかる部分だからな」

「それと『天照』に『覇王の瞳《ひとみ》』ほどの宝石が必要だったのは、付与する魔法が光属性だったからです。他の属性や効果ならば国家の至宝でなくても良いでしょう。無論、やるからにはそれなりの品質は必要ですが」

「その、それなりの物を用意するのも難しいのだよなあ……」

悩むゲルハルトに向けて、クラウディアはいたずらっぽい笑みを浮かべた。

「あるじゃないですかゲルハルトさん。『覇王の瞳』の欠片《かけら》、持っているんでしょう?」

「……何を言っている。あれはルッツどのに譲り渡したではないか」

「んん、ダメダメ。嘘《うそ》が下手ですねえゲルハルトさん」

そう言いながらクラウディアは人差し指を振って見せた。

「何故、嘘だと言い切れる？」

「貴方《あなた》が本物の職人だからですよ。巨大なピンクダイヤモンドの欠片《かけら》なんていう特殊な素材を全て手放す訳がないじゃあないですか。ご自身で使う為にいくつか確保しているんでしょう？」

三人から疑惑の視線を向けられて、逃げ場のなくなったゲルハルトであった。そもそも彼が持って来た話である、今さら知らない協力出来ないでは通らなかった。

「……欠片は十個ほど持っておる」

観念したようにゲルハルトは呟《つぶや》いた。

「予想以上に強欲ですねえ……。とりあえず、それを全部使って頂きましょうか」

クラウディアの無慈悲な宣告にゲルハルトは目を見開いた。

「全部だって？　そりゃあ、いくらなんでもあんまりだ！」

「和平会談の席からパクって来た物を王家に返す、それだけの事じゃあないですか」

「盗んだのではない、黙って持ち帰っただけだ！」

自分で言っておきながら、この言い分には無理があるなと悟るゲルハルトであった。

無理かな、と眼で問う。

無理だよ、とクラウディアは頷いた。

「わかった、わかった。『覇王の瞳』の欠片を使う、それで魔術付与に関しては解決だ。こうなったらルッツどのにもパトリックにも全力を尽くしてもらうぞ。今さらいち抜けた、というのはナシだからな」

職人ふたりに念を押してから、ゲルハルトは不機嫌な顔を見せぬようさっさと立ち去ってしまった。

残されたパトリックは少々不安そうに言った。

「王様に相応《ふさわ》しい装飾って、どうすればいいんですかねえ……？」

連合国の王に『天照』を作った時はある程度のテーマがあった。彼らが自称する太陽の王という肩書きに相応しい彫刻を鞘《さや》に施したのだった。

今回はそういったテーマがない。国王ラートバルト・ヴァルシャイトは自ら剣を振るうようなタイプではないのだ。

「とにかく金細工まみれのキンキラキンにしておけばいいんじゃないですかね。それと宝石なんかも埋め込んじゃったりして。パトリックさんの得意技の、あの七色に光るカットなら神様だって文句は言えんでしょう」

「ううん……」

ルッツの提案に、パトリックは唸《うな》って首を傾《かし》げた。

「あれはネックレスとかイヤリングみたいに、光が当たる面積が大きいからこそ出来る物なんですよ。鞘に埋め込んでしまうと、どうしても光り方が平凡になってしまうのです」

そこまで言って、ふとパトリックの視線が一点で止まった。たった今話題に出た七色カットのイヤリングを、何故かクラウディアは片耳にしか着けていない。

「それは？」

と、指差して訝《いぶか》しげに聞いた。自信作を適当に扱われてなくされたというのでは不愉快極まりな

い。場合によってはルッツたちとの付き合い方も考え直さねばならないほどだ。

「実は……」

クラウディアは少々申し訳なさそうな顔でイヤリングの片方を第三王女リスティルに譲った経緯を語った。帰還兵たちの居場所を作る、その資金確保の為に持っていたアクセサリーを全て売り払ってしまったリスティルに片方だけあげてしまったのだと。

それを聞いたパトリックは険しい表情を解いて、逆に緩みきった顔になった。

「尊い……」

「はい？」

「いや、そういう事なら良いのです。私の作ったイヤリングがそんな尊い行いのために使われたというのであれば結構ですとも。私がこの場で昇天してしまいそうだ！　おっと、私の葬式で泣かないでください。ただ一輪、花を添えてくだされればそれでいいのです！」

何故いきなり興奮し出したのかわからず戸惑うルッツとクラウディアであった。

「秘めたる愛の片耳イヤリング！　これは流行《はや》る！　ラブミーテンダー！」

変なポーズで叫び出すパトリックを置いて、ルッツたちは帰ることにした。もうこうなっては人類の言葉は通じないだろう。

案内に付いた弟子が申し訳なさそうな顔をしていたが、彼のせいではあるまい。ルッツたちは彼を責めず、大変ですねと慰めた。

日が傾き、オレンジ色に染まる街道を歩きながらクラウディアは苦笑した。

「いつもいつも、訳のわからない人だねえ……」

「どんな形であれ、自分の世界という物を持っている人を尊敬するよ」

「え？」

思わずルッツの顔を覗《のぞ》き込むクラウディア。タチの悪い冗談かと思いきや、彼は本気で言っているようだ。ルッツの顔に浮かんでいるのは軽蔑《けいべつ》ではなく、敬意である。

「正直なところ贈答品に使われる刀なんて気乗りのしない仕事だったが、パトリックさんを見ていると俺も頑張らなきゃって気持ちになってきた」

「あ、うん。やる気が出てきたのならば結構な事だねえ……」

やはり職人という生き物は理解しがたい、と首を捻《ひね》るクラウディアであった。


パトリック工房での打ち合わせから二週間後、刀作製はまったく進んでいなかった。特に期限が決められていないとはいえ、ずっと進展なしではさすがに焦りが生じてきた。

何もしていなかった訳ではない。ルッツもこの二週間で刀を何本か打ったのだが、どれも傑作とは言い難い物であった。

手抜きなどしていない、どれも真剣に鋼と向き合った。良品である。

美しく、切れ味も申し分ない。ただそれだけである。仏作って魂入れずというのか、刀から職人の情熱のようなものを感じないのだ。

試しに装飾師パトリックの所へ持っていったのだが、

「ふうん、いいんじゃないですかね」

と、真顔で言われてしまった。

芸術品を見る眼ではない、完全に商品として扱っていた。その態度にルッツは腹を立てる事もなかった。それが当然の評価だろうと素直に受け入れたのだった。

結局、刀の拵《こしら》えはパトリックの弟子たちが担当し、ゲルハルトとは別の付呪術師《ふじゆじゆつし》に依頼して魔術付与をし、クラウディアがそれなりの値段で売ってきた。

あまり気に入っていない作品がそれなりの価格で売れた事が心境としては複雑であったが、これも商売だ。元はと言えば傑作を作れなかったルッツが悪い。

ある日、ルッツはクラウディアと共に居間でテーブルを囲んでいた。

「それにしても不祥事ひとつで刀のイメージが悪くなるとはどういう事だ。魔術付与が剥《は》がれたのは刀だけじゃあないだろうに」

不満気に言うルッツに、クラウディアは八字眉《はちじまゆ》の困り顔で答えた。

「刀は我が国伝統の武器ではなく、あくまで流行り物だからねえ。なんだこんな物か、って思っちゃうと見限るのも早いのさ」

「刀が優れているとかいないとか、そういうのはお構いなしにか」

「古くからの友人ならば許せるが、他人がやらかしたら許せない事ってあるだろう?」

伝統の武器ではないと言われてしまえばルッツは認めるしかなかった。

今まで自分だけしか知らない技術であるという事を強みとしていたのだ、それが弱みに変わった途端に文句を言うなど彼の美意識と倫理観が許さなかった。

「……ルッツくん、悪かったね」

「うん？　何がだ？」

どうも先程からクラウディアが暗い顔をしている。なんとも彼女らしからぬ様子だ。

「刀の製法を公開したのは間違いだったかもしれない。刀を作れるのがルッツくんだけなら、刀のイメージが悪くなる事もなかったはずなんだ」

「何を言っている、こんな事件を誰が予想出来るものか。それにクラウの案に乗ったという意味では俺だって立場は同じだ。刀の需要を満たせなければそのうち飽きられるだろうという話に説得力があって、俺自身も納得しての事だ」

「他人のやらかしに巻き込まれるリスクはあったはずなんだ。壮大な奇策に酔ってリスクを過小評価していた私の責任だよ」

項垂《うなだ》れて大きなため息を吐《つ》くクラウディア。

ルッツはもう、伯爵も国王も刀の評判もどうでもよくなっていた。問題なのはクラウディアに責任を感じさせて落ち込ませてしまったという事だ。しかもそれは自分の不甲斐《ふがい》なさ故である。

ルッツは少々わざとらしいくらいに明るい声で言った。

「問題ない、なんら問題なしだ。その評判をどうにかする為の献上だろう。国王陛下が悪い噂《うわさ》を打ち消してくれれば全部チャラだ」

「しかし国王陛下に献上する刀なんて、そう簡単には出来ないだろう？」

「そこなんだが、俺たちはひとつ誤解をしていたんだ」

「誤解？」

わからない、とクラウディアは首を傾げた。

「今回は別に国王陛下から刀が欲しいと依頼された訳じゃない。伯爵が勝手にプレゼントしようと言っているだけなんだ。つまり国王陛下が気に入らんから返すと言ったところで俺たちの首が飛ぶような話じゃあない。ちょっと立場が悪くなるくらいだ」

「まあ、和平会談のような一発勝負とは違うねえ」

「そうだろう？　だからもっと気楽にやるべきだったんだ。眉間《みけん》に皺《しわ》を寄せて打ったってダメさ。むしろ適度な緊張と適度なリラックスが混ざり合った状態の方が傑作が出来そうだ、うん」

クラウディアを元気付ける為の方便だったはずだが、語っているうちに自分でもそんな気がしてきた。今まで傑作を作ろうと肩に力を入れすぎていたのは確かだ。

「すまないね、私の為に」

「俺たちの為さ」

にいっと笑ってルッツは立ち上がった。探し求めていた情熱という奴《やつ》が全身に湧いて来るようだ。今ならば傑作が出来る、そんな気がした。


ルッツは口笛を吹きながら工房へ行き、炉に火を入れた。ふいごで風を送りながら考える、さてどんな刀を作ろうかと。

「もう国王の為とか、そういうのはどうでもいいか」

国王ラートバルト・ヴァルシャイトの姿は和平会談の際にちらと見ただけである。どれだけ偉かろうがルッツにとっては知らないオッサンだ。彼の喜ぶ刀を作れと言われても無理なのである。

そんな当たり前のことすらわかっていなかった。焦りで視野が狭くなっていたなとつくづく思う。

どんなテーマで作ろうと、最終的に傑作が出来上がればそれでいい。連合国の王に献上した『天照』はこの世の理不尽に抗《あらが》おうという怒りを表現したのであって、王の為に作ったとは言い難い。

「いっその事、クラウに刀をプレゼントするイメージで作ってみるか」

今は丁度、そんな気分だった。頭の中でパズルの欠片がひとつひとつはまっていくような感覚、これは良い物が出来上がる予兆だ。

ルッツの口元に自然と笑みが浮かんできた。自らの手で傑作を作り上げる、職人だけが味わえる快楽だ。この瞬間のために刀鍛冶《かたなかじ》をやっていると言っても過言ではあるまい。

十分に熱せられたことを確認してから、ルッツは玉鋼を炉に突っ込んだ。


数日後、改めてパトリックの所に出来上がった刀を持っていくと、彼は鼻息を荒くして刀身に見入っていた。

息が刀身にかからぬよう鼻と口を手で覆い、フンフンと音を立てながら舐《な》めるように見ているその姿は不審者感丸出しである。騎士団に見られればその場で逮捕されるだろう、むしろ逮捕しない奴がいたら職務怠慢である。

しかしルッツは彼を不気味に思うことはなく、むしろ敬意のこもった眼を向けていた。

……流石《さすが》はパトリックさん、良い物に対して敏感だ。

ルッツはパトリックの目利きを信用しており、彼の奇行を見て安堵《あんど》していた。

刃《やいば》は鋭く、それでいて刀身は少女の肌のように滑らかだ。ルッツ自身、この艶《なま》めかしい美しさをどうやって出したのかよく覚えていなかった。

「いやあ、良い物を見せてもらいました。これで寿命が十年は延びましたね」

鼻息でテーブルの埃《ほこり》を飛ばしながらパトリックは満足そうに言った。

「ところで、国王陛下にプロポーズでもするつもりですか？」

「……何故、そんな事を？」

「この刀から愛を感じたもので」

ルッツは驚きで目を見開いていた。パトリックもゲルハルトも、何故そういった事まで感じ取れるのだろうか。これがベテラン職人の持つ感覚というものか、ルッツにはまだ及ばぬ領域だ。職種は違えど彼らから学ぶべき事はまだ沢山ある。

「全ての国民に愛を注いで欲しい、そんな思いで作りました」

「……嘘ですね？」

「嘘です」

などと言ってふたりは笑い合った。為政者に愛を期待するほど寝ぼけてはいないつもりだ。

特に深く語るつもりはなく、後はお任せしますとだけ言ってルッツは刀を置いて工房を後にした。

テーマは愛、そんな言葉を残されてパトリックはどうするつもりだろうか。良い物が出来る、それだけは確信していた。


「なんだあ、こりゃあ……？」

ゲルハルトの工房にやって来たパトリック。そして装飾を施された鞘を受け取ったゲルハルトは眼を細めていた。

その鞘は金細工をふんだんに使った、薔薇《ばら》の花と絡みつくツタをイメージしたものであった。

実に見事なものである。細長い鞘《さや》によくもここまでひとつの世界を表現出来たものだと素直に感心していた。

問題はこれが国王へ献上する予定の刀だという事だ。

「何故、薔薇を？」

ゲルハルトが当然の疑問を投げかけると、パトリックは妙に真剣な表情で答えた。

「薔薇は、何故美しいのだと思いますか？」

「は？　いや、何でだろうな……」

「世話をする人がいるからです。つまり薔薇とは愛を注がれて大きく咲く花なのです」

「お、おう、そうか。それで国王陛下と薔薇と何の関係があるのだ？」

「あんまりないです」

「今までの話なんだったんだよ⁉」

この男と話していると頭が痛くなる、と困惑するゲルハルトであった。

「ルッツさんも言っていたんですが、私たちは国王陛下の事を何も知らないんですよね」

「まあ、確かにな」

伯爵のお供で各地を飛び回っているゲルハルトだが、さすがに国王との面会にまで同席する事は出来なかった。その為、国王とは和平会談の際にちらとその顔を見て、軽く言葉を交わした程度である。

不敬であるので口にはしないが、国王ラートバルト・ヴァルシャイトは連合国の王に比べて覇気に欠けるというのが正直な感想だ。血の気が多過ぎて暗殺されても困るので、それくらいで丁度良いのかもしれないが。

「知らないオッサンの喜ぶツボなんて知らないしどうでもいいので、とにかく価値のある物を作ろうという話になりまして」

「いい加減だな。国王陛下の好みを知らぬわしが言っても仕方のない事だが……」

ゲルハルトは鞘から刀身を抜き、思わず見入ってしまった。今まで美しい刀剣は何度も見てきたがこれは別格だ。刀としての美しさと言うより、どこか艶めかしさを感じさせる。

美女の入浴を覗いている背徳感のようなものが湧いてきた。無論、考えすぎなのだろうが。

「ね、スケベでしょう?」

パトリックがにやにやと笑いながら言った。

「刀に向けて使った事のない単語だな」

「クラウディアさんの事でも考えながら打ったんですかね」

「奴にとって一番価値があるものと言えばそうだろうな」

色気のある刀と言えば妖刀『椿《つばき》』が思い浮かぶが、あれとは違い自傷したくなるような激しさはない。ずっと見ていたくなるような柔らかな美しさだ。

「女、薔薇と来て、次にわしはどんな魔法を付与すればいいのだろうな。しかも『覇王の瞳《ひとみ》』の欠片を使ってだぞ」

「次に来る言葉を連想すれば、愛とか酒とかですかね」

「まったくもって意味不明だ。魔術付与となんら関係がないではないか」

「深く考えず、ご自身の趣味を詰め込めばよろしいのです。結局はそれが一番の傑作を生み出す事になります」

それでは、とパトリックは立ち上がった。

「なんだ、もう帰るのか」

「出番の終わった役者がいつまでも居座っていたのでは、次の幕が開きませんから」

そう言ってパトリックは出て行き、ゲルハルトだけが工房に残された。

貴方は自由だ、と言われて荒野に放り出されたような気分である。本当に女と薔薇をイメージした刀に何をしろというのだ。

武器に付与できる魔法は基本的に火、水、風、土といった四属性に加えて光と闇がある。属性を付与する事によって様々な効果を発揮するのだ。

あるいは効果を直接刻むことも出来る。斬れ味の向上、強度上昇、重量軽減など。変わったところで魅了《チャーム》、睡眠、麻痺《まひ》、毒などもある。

この中で光と闇は注入しなければならない魔力の量が桁違《けたちが》いなので今回は除外だ。

魅了の魔法も前科があるので止めた方が無難だろう。本来は相手に傷を負わせて初めて効果を発揮する微妙な性能の魔法なのだが、刀の出来が良すぎると周囲に呪いを振りまくような恐ろしい力を持つ事になる。流石にそんな危険物を王に献上する訳にはいかない。下手をすればこっちの首まで飛んでしまう。

「風も止めておくか……」

古代文字を五字刻んだ風属性の刀というと、伯爵に献上した物と被《かぶ》ってしまう。どちらの性能が高くなっても気まずい事になってしまうだろう。ここでも保身と保留を選択した。

「女、薔薇、刀……。ろくな組み合わせじゃないな」

ゲルハルトは呟《つぶや》きながら、刀身から眼を離せずにいた。

刀鍛冶《ルッツ》も装飾師《パトリック》も好き勝手にやった。ならば自分もそうさせてもらおうか。ゲルハルトの口元に暗い笑みが浮かんだ。


後日、城の中庭にいつものメンバーが呼び出された。ゲルハルトが刀を持ち、それをルッツとクラウディア、パトリックが固唾《かたず》を呑《の》んで見守っている。

水の詰まった樽《たる》が用意されていた。ゲルハルトは刀を抜いて切っ先を樽へと向ける。何も起こらない。いや、何か様子がおかしいのだがそれが何かわからない。

ビシィ、と板が割れる音がした。樽の中から水が吹き出す。ワインを入れる為の樽だ、勝手に割れるほど脆《もろ》いはずがない。

ゲルハルトは切っ先を向けたまま微動だにしない。ビシ、ビシと音を立てて板が次々に割れていった。

やがて樽が砕け、辺りが水浸しになった。水の広がり方もどこかおかしいような気がした。

「ゲルハルトさん、こりゃあ一体どういうことで?」

皆の疑問をルッツが代表して聞いた。

ゲルハルトは一息ついてから刀を鞘へと戻した。

「まず、この刀に施した魔法は土属性だ。さすがは五文字、さすがは『覇王の瞳』、恐ろしい威力よのう」

くく、と含み笑いを漏らした。出来映えにご満悦のようである。薔薇にやるなら土か水、それだけの理由で選んだのだが、思いの外上手《うま》くいったようだ。

「土属性ですか。なんと言うか、どういう効果になるかいまいちイメージが湧かないんですよね」

と、クラウディアが言った。

火属性ならば燃える、風属性ならば軽くなったり衝撃波を飛ばしたりするといったわかりやすい効果がある。

しかし土属性となると何だろうか、石つぶてでも飛ばすのか。正直なところあまり人気のない属性であった。付呪術師の工房に行き、土属性を付与してくれと言う客はまずいない。

「土属性は一字や二字では何の役にも立たないが、威力が高まると急に化けるタイプだな」

「あの樽に何が起こったんですか？」

パトリックが砕けた板切れを拾いながら聞いた。

「樽はな、己の重さで潰《つぶ》れたのだ。こいつを向けるとその対象は恐ろしく重くなる、それこそ身動きできぬほどにな。後は指一本動かせぬ木偶《でく》の坊を斬るだけの必殺剣よ。ふ、ふ……」

「なるほど、これは五文字に相応しい恐ろしさだ。しかし薔薇とは何の関係もありませんね」

「そうでもないぞ。女と薔薇の組み合わせ、つまりは高貴な女王様だ。この刀の前では全ての男が跪《ひざまず》くってな、がはは」

傑作が出来上がった事に満足してか、ゲルハルトのテンションはおかしな方向に振り切れていた。

最近は面倒事ばかりで満足のいく仕事が出来なかったというのもある。これだ、これでこそ伯爵領で一番の付呪術師というものだ。

高笑いするゲルハルト。ルッツとパトリックは顔を見合わせた。

「あの刀から得られる教訓がありますね」

「言ってくださいパトリックさん。多分、俺も同じ事を考えています」

ルッツが苦笑して促し、パトリックは小さく頷《うなず》いてから答えた。

「女は怖い」


国王に献上する刀は『薔薇庭園』、ローズガーデンと名付けられた。

敵を何十倍もの重力で押しつぶすという凄惨《せいさん》で非情な武器には似合わぬ雅《みやび》な名前であるが、それを作った当の本人たちは非常に満足していた。良い物が出来た、大切なのはそれだけだ。後はどうなろうが知ったことではない。

伯爵が王都へ向かうお供として付呪術師ゲルハルト、高位騎士ジョセル、勇者リカルドが選ばれた。野盗の襲撃から伯爵を守りきった実績のある男たちだ。

出発の前日、ゲルハルトの工房をクラウディアが訪れた。

「ひとつ、お願いがありまして」

「何だろうか？」

クラウディアが個人的な頼み事とは珍しい。ゲルハルトに心当たりはなく、首を傾げながら聞いた。

「王都で姫様の評判がどうなっているのかを調べてきて欲しいのです。噂話程度で構いません」

クラウディアの言う姫様とは第三王女リスティルの事であり、ゲルハルトたちは王女誘拐事件に深く関わった事がある。

王都ではリスティルが野盗に誘拐されたという話は知れ渡っていた。一応口止めはしてある。いや、口止めをしたからこそより歪《いびつ》な形で広まってしまっていた。

リスティルはクラウディアを実の姉のように慕っており、クラウディアもまた彼女に慈しみの眼を向けていた。

「そりゃあ構わんが……」

ゲルハルトは疑うような視線を向けて言った。

「クラウディアさん、ちょいと姫様に入れ込みすぎじゃないか？」

我々はツァンダー伯爵家に仕えているのだぞと釘《くぎ》を刺したつもりだが、クラウディアはまったく動じなかった。

「私は姫様のファンですから」

「……もし伯爵と姫様が対立した場合どちらに付くつもりだね、ルッツ家は」

「そうならないように努力したいものですね、お互いに」

妖艶《ようえん》な笑みを残してクラウディアは工房を後にした。残されたゲルハルトは眉間《みけん》に皺《しわ》を寄せて魔女の去ったドアを睨《にら》み付けていた。

「女は怖い、というやつか……」

どいつもこいつも言う事を聞かないし、一筋縄ではいかない。それが腹立たしくもあり、面白くもあった。

王都、玉座の間にて。国王ラートバルト・ヴァルシャイトの眼下に控えるはマクシミリアン・ツァンダー伯爵。国王とは何度か対面しているがいまだに慣れない。マクシミリアンの病弱で細い身体《からだ》は緊張感で一杯だった。

十人近く並んだ近衛《このえ》兵のうちのひとりがマクシミリアンに近づき、その手から献上品である刀を受け取った。伯爵という高い地位にあっても、刃物を持ったまま王に近付く訳にはいかない。また、伯爵ともなれば領地に帰れば市民から見て雲上人であったとしても、王城にいればただの人に過ぎなかった。

近衛兵を経由してラートバルトは魔剣『薔薇庭園』を受け取った。事前に説明を受けていたので迂闊《うかつ》に鞘から抜き払ったりはしない。ツタが絡みつくような装飾が施された鞘を見ているだけでも、相当な値打ち物であると知れた。

「これほどの物を余に献上しようとは嬉《うれ》しい限りだがな。ツァンダー伯爵、対価として余に何を望む？」

「王国の民が日々安らかに過ごせるのも陛下のご威光あっての事。これはその感謝の気持ちでございます」

「建前を並べるな。それとも本当にタダで受け取って何もしない、という事で良いのか？」

ラートバルトはどこか面白がるように言った。見透かされているという事を認めざるを得ないマクシミリアンであった。

「ひとつだけお願いがございます。この刀を何処《どこ》で手に入れたと問われたら、ツァンダー伯爵家からの献上品であるとお答え頂きたいのです」

「それだけでよいのか？」

「はい」

それでこいつに何の得があるのか、とラートバルトは考え込んだ。近衛兵のひとりが王に近づき、何事かを囁《ささや》くとラートバルトは納得して頷いた。

「なるほど、余を宣伝に使いたいと申すか」

「いえ、決してそのような事は……」

マクシミリアンの背に粘ついた汗が噴き出した。これを不敬と判断されては宣伝どころか伯爵家の未来が閉ざされてしまう。

「例の目玉騒ぎで落ちた評判を取り戻そうという事か。いやいや、そう畏《かしこ》まらずともよいぞツァンダー伯爵。お互いにメリットのある話なのだから、もっとどっしり構えるものだ。こんな時エルデンバーガー侯爵ならば『いやあ、そうなんですよアハハ』などと言って笑って見せるぞ」

ラートバルトは鞘《さや》の彫刻から眼を離せずにいた。こんな素晴らしい物を突き返すつもりは毛頭ない。王として恥ずべき事だと自覚しながらも、彼は財宝に目が眩《くら》んでいた。

特に近年は財政難で宝物庫も寂しくなっていたところだ、名物と呼べる物がなにもない。名刀を贈られて嬉しくないはずがない。ラートバルトは緩む顔を引き締めるのに必死であった。

「よかろう、この『薔薇庭園』を我が佩刀《はいとう》とする。ただし、これ以上の剣が手に入れば即座に交換するがな」

感謝はするがお前に縛り付けられるつもりはない、と宣言した。しかしマクシミリアンはまっすぐ前を見据えて答えた。

「あり得ませぬ」

「……何だと？」

「これ以上の剣など存在しません。『薔薇庭園』はあの『天照』にさえ勝てる力を秘めております」

隣国の王の佩刀よりも素晴らしい物だという言葉はラートバルトのコンプレックスを刺激した。外交の結果とはいえ、身に着けている物が蛮族の王より劣っているというのはずっと心に引っかかっていた事だ。

マクシミリアンの言い分はある種の詭弁《ペテン》である。『天照』は所有者のカリスマ性を大幅に上昇させる効果があり、『薔薇庭園』は個人の戦闘において効果を発揮する。それを直接戦えば勝てるだろうという一点にのみ焦点を当てた。『勝てる』と言ったのだ、『優れている』とは言っていない。

「重さを操る刀という話であったな……」

黄金の薔薇を見つめるラートバルトの眼に宿る色は嫉妬《しっと》と好奇心。これは本当に『天照』よりも強いのか、人間相手に使えばどうなるのか。

気になる、やはり刀にとって重要なのは人を殺せるかどうかだ。そこに特殊な能力が備わっていればなおさらである。

「適当な囚人を用意しろ」

ラートバルトは近衛兵に指示を出し、近衛兵もその意図を理解してすぐに動いた。

どうも雲行きが怪しくなってきたようだ。マクシミリアンはさっさと帰りたくなって視線を泳がせたが、それをラートバルトが許すはずもなかった。刀の性能を確かめるまで帰す訳にはいかない。

「ツァンダー伯爵、卿《きょう》が護衛に連れてきた騎士がいたな。何という名であったか……？」

「高位騎士、ジョセルでございます」

「そうそう、そのジョセルにな、この刀で決闘をさせろ」

囚人相手の試し斬りをしろ。効果が怪しいので自分で使うか近衛兵にやらせるよりも前に、マクシミリアンの身内で安全性を証明して見せろという事か。

陛下の佩刀を一介の騎士に触れさせるなど畏《おそ》れ多《おお》い事です、と断ろうとしたマクシミリアンの唇がピタリと止まった。

王が冷徹な眼を向けている。場合によっては自分も敵として認定されかねない。怪しい刀を贈るだけ贈って後は知らないという無責任な奴だと。こうなったらもう、そんな悪趣味な事はやりたくありませんとは言えなかった。

「承知いたしました。それでは早速ジョセルを呼びに行ってまいりますので……」

「それには及ばぬ、近衛を向かわせる。卿はただジョセルに許しを与えるだけでよい」

「はっ」

マクシミリアンは深々と頭を下げて苦渋に満ちた表情を隠した。

以前、『天照』を作ったときにエルデンバーガー侯爵がそのあまりの出来の良さに怒るという理不尽な真似《まね》をしていた事があった。随分と勝手なことを言うものだと呆《あき》れていたが、今なら彼の気持ちが少しはわかるような気がした。

名刀を作れとは言ったが、もうちょっとマイルドにして欲しかった。

王都の演習場はツァンダー伯爵家のそれに比べて何十倍も立派であった。数千人の兵士が一斉にぶつかり合えるだけの広さだ。しかも貴人用の観覧席まで用意されており、王はそこで数人の側近と共に座り余興が始まるのを待っていた。

マクシミリアン・ツァンダー伯爵は酷《ひど》く惨めな気分になっていた。

「うちの演習場など、まるで犬小屋だな」

「構わんでしょう、騎士どもは犬以下ですから」

隣に控える老人、腹心として使っている付呪術師のゲルハルトがつまらなそうに言った。これでフォローしているつもりなのだろうか。

「……そんなに、酷いか」

マクシミリアンは恐る恐るといった様子で聞いた。質問はしたが、答えを聞きたくなかった。

伯爵家の騎士たちは下級貴族の次男三男といった、家を継げない者たちの受け入れ先といった意味合いが強い。彼らに明るい未来はなく、何の希望もなかった。当然、職務に対してやる気など皆無である。

そのくせプライドだけは無駄に高いので市民たちと揉《も》め事《ごと》ばかり起こしていた。

高位騎士ジョセルが何度か根性を叩《たた》き直そうとしたが、その度に親を通して抗議が来るだけであった。もう誰も彼もが諦《あきら》めきっていた。奴らはそういうものだと。

「閣下が何故、迷宮の探索を彼らに命じなかったか。それでもう答えは出ているかと」

「……使えないからな」

「まさしく」

弱い上に正確な報告をするかどうかも疑わしい。奴らに任せたところで、適当に昼寝をしてから帰って来て、異常ありませんでしたと報告するのが目に見えていた。

「伯爵家の治安と財政を一気に回復させる方法がございます」

「何だ？」

マクシミリアンは何の期待もせずに聞いた。ゲルハルトも本気で言っている訳ではあるまい。

「騎士団の馬鹿どもを全員解雇し、冒険者の中から使えそうな奴を雇い入れます。また、クラウディアを城に招き入れて伯爵家の財布を全て預けましょう。それで万事解決です」

「素晴らしい案だな、不可能であるという点を除けば」

ゲルハルトは特に言い返そうとはしなかった。無理である事は最初からわかっている。ただの世間話だ。

騎士団を解散させれば家臣たちから猛反対される。クラウディアに全権を預けるにしても同様だ。ついでに言えばマクシミリアンはクラウディアの有能さを認めつつも信用はしていない。

マクシミリアンは独裁者ではない。無理に事を進めれば家臣たちの支持を失い、伯爵家は機能不全に陥るだろう。

つまりは人間関係のしがらみだ。問題がある事はわかっている、解決策もある。それでも行動する事が出来ない。人それぞれの思惑が絡み合っているからだ。

下級貴族の家臣たちは変革を望んでいない。たとえそれが伯爵領を今よりずっと良くする案だとしてもだ。彼らにとって一番大事なのは今の生活を守る事であり、優秀な新入りなど邪魔を通り越して敵でしかなかった。

「ひとつひとつ、解決していくしかありませんな」

ゲルハルトは苦労を滲《にじ》ませた声で言った。それは自身に言い聞かせるようであり、マクシミリアンに向けた言葉でもあった。

「ああ、そうだな」

と、マクシミリアンも頷《うなず》いた。

兵士数百名が囲んで作る闘技場、その中央にジョセルが進み出た。王の佩刀となるかもしれない刀を差しているので腰が落ち着かないようだ。

「キョロキョロと辺りを見回しおって、未熟者め」

「まあそう言うな。いきなり王の刀で決闘をしろと言われれば誰だって戸惑う」

ゲルハルトたちが話している内に、反対側から手枷《てかせ》を付けられた囚人が兵に引きずられてやって来た。

「あいつに勝てば無罪放免、間違いないな？」

囚人が嗄《しわが》れた声で言った。

髪は伸び放題でぼさぼさであり、粗末な服は垢《あか》じみている。栄養失調の為か、高い身長に対して腕や脚はやけに細い。眼だけが貪欲《どんよく》にぎらぎらと光っていた。

人殺しを生業《なりわい》としてきた男の顔だ。

約束は守る、と兵士が囚人の手枷を外しながら答えた。何の興味もない適当な返事であった。

結果がどうあれこんな危険人物を野放しにするつもりはなかった。約束をしたのはこの兵士であって王ではない。よって王の権威に傷は付かないという屁理屈《へりくつ》だ。

囚人は兵士から平凡なショートソードを受け取ってにやりと笑った。錆《さ》びたナイフのひとつでもあればいくらでも人を殺せる自信があった。まともな剣ならば上等すぎる。

王たちが約束を守るつもりがない事くらいはわかっている。ならばせめて目の前の騎士を惨殺し、その飼い主に恥をかかせてやろう。囚人は暗い情熱を燃やしていた。

始め、と近衛騎士が声をあげた。

ジョセルが豪華な鞘から刀を抜いて囚人に向ける。囚人は速攻で切り刻んでやろうと剣を構えるが、何故かその場から動けなかった。

「何だ……、動きが、鈍い……ッ」

飯をろくに食っていないから、というのとも違いそうだ。わからない、考えている内に身体はどんどん重くなっていき、膝《ひざ》を突いてしまった。

目の前に敵が迫っている、刀を振り上げている。しかし動けない。周囲は見えていて思考もハッキリしている。それだけに恐ろしかった。

恐怖で叫ぼうにも顎《あご》が上手く動かない。

肩に激しい衝撃。鎖骨が粉砕された痛みに囚人は呻《うめ》いた。

「ぐ、うう……ッ」

囚人は潰《つぶ》れた蛙のように平べったく倒れた。ジョセルの峰打ちである。動けない相手を斬る事に躊躇《ためら》い、咄嗟《とっさ》に刃を返したのだった。

囚人は苦悶《くもん》の表情を浮かべ、彼を倒したジョセルもまた困惑していた。

……何だこれは、凶悪連続殺人犯がまるでニンジンではないか。

あまりの不気味さ、あまりのあっけなさに周囲はしんと静まり返っていた。

ジョセルは刀を納め、念のため囚人の剣を拾って放り投げた。

囚人の身体から重さがスッと抜けるが、これから反撃に出ようという気はないようだ。その眼に浮かぶのは殺意ではなく怯《おび》えであった。

もう戻っていいのだろうか。審判役の近衛騎士が何か言ってくれないかと顔を向けると、彼もまた後ろを向いていた。

視線を追ってみると、早足で近付いて来る男がいた。

「げぇ……」

金糸の編み込まれた豪華な衣装に身を包んだ男、ラートバルト・ヴァルシャイト。国王である。田舎騎士に過ぎないジョセルにしてみれば神にも等しい存在であった。

側近たちが慌てて王の後に付いて来るところを見ると、どうやら予定外の行動のようである。

ラートバルトがジョセルのすぐ前にやって来た。名誉と思うよりも、面倒事は勘弁してくれといった気持ちの方が強い。

「寄越《よこ》せ」

挨拶《あいさつ》も前置きもなしにラートバルトはいきなりそんな事を言った。

「え?」

「余の刀だ」

「あ、はい! 失礼しました!」

ジョセルは刀を腰から鞘ごと抜いて跪《ひざまず》き、両手で持って王へと差し出した。

ラートバルトは無造作に鞘を掴《つか》み、刀を抜いて囚人へと向けた。囚人の身体が再び凶悪な重力に襲われる。

「あが、が、ぐうええ……」

ラートバルトは無表情で刀を向け続け、囚人の身体は重さが増し続ける。苦悶の声に交じって、べきべきと骨が折れる音が聞こえた。指が全ておかしな方向に曲がっていた。次に腕が、脚が、無惨に折れて白い骨を覗《のぞ》かせた。

囚人は舌を突き出している。眼球も少しずつ押し出されてきた。

ぶぼっ、と空気が抜けるような間の抜けた音がした。口から潰れた肉や内臓が混じったようなどす黒い血が大量に吐き出され、ラートバルトの足下を濡《ぬ》らす。囚人はようやく絶命出来たようだ。

王が何故いきなりこんな事をしたのか理解できず、側近たちは顔を見合わせていた。ご機嫌取りのひとつもするのが正しい側近のあり方なのだろうが、あまりにも凄惨《せいさん》な現場に言葉を失ってしまった。

ラートバルトの視線は内臓を吐き出したヒキガエルに固定されていた。肩が震えている。それは恐怖の震えから、次第に愉悦へと変わっていった。

「はは……、あっはははは！」

大口を開けて楽しそうに笑うラートバルト。側近も近衛兵たちもツァンダー伯爵家の者たちも、ただ困惑を深めるばかりであった。

人を殺せと指示した事は何度もあった。しかし自ら手を下したのは初めてだった。

眼下の惨めな死体は自分が作り出した物だ。これこそ王の責任であり、愉悦だ。ラートバルトは今、自分が初めて王になったのだと感じていた。

これは深く関わり合いになる前に帰った方がいいなと考えるマクシミリアンに、突如としてラートバルトの鋭い視線が向けられた。まるで夜中の森でフクロウと眼が合ったような気分だ。

「気に入ったぞ、マクシミリアン卿《きょう》」

「は、はい。それは何よりでございます……」

逃げられない。

王に刀を献上して気に入ってもらい、広告塔になってもらおうという課題はクリアした。しかしそれ以上の面倒事を引き出してしまったようだ。

よほど気に入られたのか、マクシミリアンは王家の晩餐《ばんさん》に付き合わされた。ラートバルトの眼が次の獲物を探すように周囲を見回しており、マクシミリアンは食事がほとんど喉《のど》を通らなかった。

「どうしてこうなった……？」

揺れる馬車の中でマクシミリアン・ツァンダー伯爵が頭を抱えて呟《つぶや》いた。最近はもう口癖のようになっている。

同席するゲルハルトとジョセルは何と声をかければよいのかわからず、顔を見合わせて黙っている事しか出来なかった。

今回の後悔の種は王に献上した刀の件である。刀を気に入ってもらい伯爵領の武具は素晴らしい物だと宣伝して欲しかったのだが、付与した魔法があまりにも強烈で王がおかしな方向に目覚めてしまったのだ。

覇気がなく凡庸、といった評価を受けていた国王が強大な力を手にして弾《はじ》けてしまった。

無論、それ一本で世界を手に入れられるような代物ではない。ただ目の前の気に入らない奴を物理的に押し潰す手段を得たという話だ。これは王の立場よりもむしろ精神面に大きな影響を与えた。

これでもし王の身に何か起これば、あるいは妖刀が原因で争い事が起これば当然、マクシミリアンの責任が問われる事になる。

問題をひとつ解決すれば新たな問題が湧いて出る。政治とはまるで血を吐きながら続ける悲しいマラソンではないか。そうとわかっていても、立ち止まる事だけは許されなかった。

「こんなはずじゃあなかった、というのは為政者が吐いていい台詞《せりふ》ではない。それは単に想像力の欠如だからだ。そもそも未来を見据えて行動するのが我らの役目だ。しかし、しかしだなあ……」

マクシミリアンは目蓋《まぶた》の上から指で眼球を押さえた。肉体的な疲労なのか、精神的なものかはわからないが、とにかく身体中のあちこちが痛んでいた。

「こんな展開は予想出来ないって……」

平凡な人間と言われていて怒りも悔しさも感じないのか、そんなはずはあるまい。彼とて偉大な王を目指していただろう、平凡と陰口を叩かれ心の奥底に溜《た》まった鬱屈《うっくつ》もあるだろう。

和平会談の席で連合国の王と器の違いを見せつけられた事、その件で色々と勝手な陰口を叩かれている事が予想以上に心の重荷になっていたようだ。

名刀を手に入れた事、直接人を殺せる手段を得た事が王の名誉を回復させ溢《あふ》れる自信となった。

急上昇したテンションのまま王は一体何をするのか。巻き込まれたくないのでマクシミリアンら、ツァンダー伯爵家御一行はさっさと王都から逃げ出したのだった。

王に刀を献上しに来て、用が済んだから帰る。それだけの事、それだけの事だ。何も悪くない。

「それほど深く考える事もないのでは？」

ゲルハルトが落ち込むマクシミリアンを慰めるように言った。

「童貞を捨ててはしゃいでいるだけですよ」

「どうて……、何だって？」

「ああ、失礼。初めて人を殺したという兵隊の隠語です。ある意味で王が命の重さを知ったというのは結構な事ではないですか」

「本気で言っているのか？」

「いや、まったく」

仕方のない奴だ、とマクシミリアンは首を振った。

「悪い想像ばかりするものではありませんぞ。名刀を手に入れて考え方が前向きになるというのは閣下にも覚えがあるはずです」

マクシミリアンは生来病弱であったが、軽くて鋭い名刀『鬼哭刀《きこくとう》』を手にした事で毎日素振りをするようになり、健康な身体作りに興味を示すようになった。

ゲルハルトの意見になるほどと思ったのは一瞬の事であり、すぐに考え直した。

人を押し潰すような残忍な殺し方はどう考えても健全とは言い難い。潰れた内臓を口から吐き出した死体を見て高笑いする王の姿には背筋の凍る思いをしたものだ。

「いっその事、名刀の所有者を集めてトーナメントでも開くか。最後に残ったひとりを始末すれば世界は平和だ」

「候補者の中に閣下も入っておりますが？」

「そうだな、止めておこう」

などと言って笑って見せた。冗談を言う余裕が出来た、それはそれで良い傾向だ。

「さあて、帰ってどこから手を付けようか……」

窓の外を眺めながら呟く。それは己《おの》が運命を受け入れた男の声であった。


国王ラートバルト・ヴァルシャイトは私室で刀を抜いて刀身に見入っていた。ピカピカの刀身に映る初老の男は暗い笑みを浮かべている。

美しい、そして艶《つや》がある。危険性は十分に承知している。悪女をその腕に抱けば、きっとこんな気分になるだろう。

ふと窓の外に眼をやると日が傾きかけていた。刀身を眺めているうちに時間も忘れてしまったようだ。

囚人を圧殺したあの日から、何度も妖刀の威力を試した。とはいえ別に人間相手にやった訳ではない。ツァンダー伯爵家の職人たちは水の詰まった樽《たる》を使ったという話なのでそれに倣ったのである。刀を向けるだけで頑丈なはずの樽が歪《ゆが》み折れる光景を見ているだけでも愉快であった。石像にも向けてみたところ、少し時間はかかったがこれもバラバラに砕け散った。費用がかかるのであまり何度もやれる事ではないが。

主《あるじ》の楽しみを中断する事を申し訳なく思うような、控えめなノックの音。続いて付き合いの長い執事の声がした。

「陛下、エルデンバーガー侯爵がお見えです」

「ここへ通せ」

「畏《かしこ》まりました」

貴人が相手を私室に通すのは信頼の証《あかし》、あるいは貴方を信頼していますよというパフォーマンスである。執事は主の指示に少々驚きはしたものの、動揺を表には出さず素直に従った。

五分と経《た》たずにまたノックの音がした。

ラートバルトは名残惜しそうに愛刀『薔薇庭園』を鞘《さや》に納めた。流石にこれを出しっぱなしでは落ち着いて話も出来まい。

「ベオウルフ・エルデンバーガー。参上いたしました」

「入れ」

ベオウルフが入室し、視線が部屋の中を彷徨《さまよ》った。そして『薔薇庭園』を見つけて止まった。

……なるほど、目当てはこれか。

と、ラートバルトは感付いた。

「本日はお目通り叶《かな》いまして、光栄の極みにございます」

「堅苦しい挨拶は止《よ》せ、似合わないぞ」

声が妙に明るい。これも妖刀の影響かとベオウルフは暗い気分になってきた。

「それで、用向きは何だ」

「陛下が素晴らしい刀を手に入れたと聞きまして。是非とも一目見たいと押しかけてしまいました」

「ふ、ふ……。嘘をつくな。この刀を向けられたくはあるまい?」

ラートバルトは楽しげに笑い、テーブルに横たえた鞘を指でなぞって見せた。演習場での話を聞いて来たと言うのであれば、その顛末《てんまつ》も知らない訳がないのだ。

見たい、などと本心であるはずがない。

「大方、余が正気であるか様子を見に来たのだろう？」

「いえ、決してそのような事は……」

「嘘をつくなと言った。これ以上建前を並べるならば余は卿を二枚舌の男と断定し二度と信用せぬぞ」

「妖刀の影響で、お身体を悪くしてはいないかと……」

王に促されたからとて、おかしくなったと思いましたとは言えなかった。

ラートバルトはつまらなそうにフンと鼻を鳴らした。

「安心しろ。この刀が気に入ったからといって人殺しに目覚めたわけではない。安易に戦争を仕掛けたりなどせぬよ。毎日生《い》け贄《にえ》を捧《ささ》げよなどとも言わぬ」

ラートバルトの眼は正気だ。ベオウルフは安堵《あんど》して胸を撫《な》で下《お》ろした。同時にツァンダー伯爵家の三職人に対して怒りが湧いてきた。あの馬鹿どもまたやりやがって、と。

「平凡、無能と言われ続けてきた男が人を殺せる力を得たのだ。男としての自信に繋《つな》がったとしてもおかしくはないだろう？」

「陛下……」

「そんな顔をするな。余にも眼はある、耳もある。他人がどう話しているかを知らぬ訳があるまい。それも、今日までだ」

鞘を掴み、柄《つか》に手をかけ抜く真似をすると、ベオウルフがびくりと肩を震わせた。それを見てラートバルトは意地の悪い含み笑いを漏らす。どうやら百点満点の反応であったようだ。

「これで余を置物扱いする十二貴族に対しても少しは強く出られそうだ。今まで武具に何の興味も示さなかった余が言うのもなんだが、男たるもの命を預けるに足る武具と出会い、身に着けたいものだな」

満足気に頷《うなず》いてから、ラートバルトはベオウルフに向かって手を振って見せた。もう行け、そういう事だろう。

ベオウルフは一礼し、素直に退室した。

王が刀の妖気《ようき》に取り込まれていないのは結構な事だが、王が自信を付けた事で十二貴族たちとのパワーバランスはどう動くだろうか。これからも注視していかねばなるまい。

少なくとも、王を傀儡《かいらい》としたい者たちとの軋轢《あつれき》は起こるだろう。

自分はこの政局をどう泳ぎ切るべきか。決まっている、いまさら王から離れられる訳がない。和平会談の時から王に接近し、王の腹心のように振る舞ってきたのだ。

「陛下は武具に興味を示された。評価基準に佩刀が加わるかもしれんな……」

身に着けた武具で人を見る、というような事をするかもしれない。剣を見せろと言われた時に、自信を持って差し出せるくらいの物は持っていたかった。

そういえば、と思い出す。ツァンダー伯爵家に刀の作製を依頼しておきながら忙しいからと先延ばしにされてきた。そろそろ約束を守ってもらってもいい頃だ。

第九章　繋がる願い

　領主の館、談話室にてクラウディアとゲルハルトが話をしていた。

　何故《なぜ》今回はゲルハルトの工房を使わないのかと言えば、今はゲルハルトの付呪術《ふじゅじゅつ》の弟子である高位騎士ジョセルがひとりで特訓をしているので邪魔にならぬよう出てきたのだ。そもそも工房をたまり場にしている事自体がおかしいのだが。

「姫様の評判はいかがでしたか？」

　クラウディアがその端整な顔に憂いを浮かべて聞いた。伯爵らが王都に向かう前に、懇意にしている第三王女リスティルの評判を聞いてきて欲しいと頼んでいたのだ。ゲルハルトもまた、重々しく首を横に振った。

「よろしくはないな。本気で憎まれているというよりは、姫様についてなら何を言っても良いという雰囲気が出来上がっておる」

「何て事を……」

「噂《うわさ》というのは放っておけば際限なく酷《ひど》くなっていくものだな。自分で考え出した事実とやらが風化すると、注目されたいがためにより悪趣味な話を捏造《ねつぞう》する。暇を持て余した人間の娯楽とはそういうものだ」

　クラウディアほど入れ込んではいないものの、ゲルハルトとてリスティルには幸せになって欲しいと願っていた。この一件に関しては王都の人間に対する苛立《いらだ》ちが隠せないようだ。

「酷い噂ともなると、姫様が国境に行っているのは野盗の子を隠れて産む為《ため》だとか」

「国境に行った事もない、姫様にお会いした事もない連中が勝手な話を……」

「付呪術師風情が会える程度の相手の話だ。これがもっと上の方になると、より酷くなっていくのだろう」

「そう、ですか……」

「さらに悪い知らせだが、これからもっと酷くなるだろうな。名刀を手にした事で王は自信を付けた、大貴族らとの軋轢も起こるだろう。しかし国王を大っぴらに悪く言う訳にもいかない。それは処罰の口実を与えるようなものだからな」

「代わりに、姫様への非難を強くすると」

「そういう事だ」

クラウディアは奥歯を噛《か》みしめながら、また国境へ行きリスティルに会わねばなるまいと考えていた。

ゲルハルトとしてはクラウディアの気持ちもわかるが、そう簡単に伯爵領を離れて欲しくはなかった。いつ何が起こるかわからないし、クラウディアと夫のルッツは伯爵家の家臣であって姫様の家臣ではないのだ。そうしたところに認識のズレがあった。

ガチャリ、とドアが開けられる音に振り返ると、そこには城の主《あるじ》であるマクシミリアンの姿があった。その少し後ろにいるのは客人であるべオウルフ・エルデンバーガー侯爵だ。

「これは失礼を。今、席を空けますので」

「いや、よいのだ。そのままでいてくれ。丁度いいからお主らにも聞いてもらいたい」

ゲルハルトとクラウディアが同時に立ち上がろうとするのをマクシミリアンは手で制した。クラウディアはともかくゲルハルトは呼びに行かせようと思っていたところであり、身分の違いがあるとはいえ自分が入ってきた途端によそよそしく出て行かれたのでは少し寂しい。

ベオウルフが尻《しり》を落とすように椅子に座り、挨拶《あいさつ》も抜きに言い出した。

「私の刀を作ってもらいたい」

有無を言わさぬ態度である。ゲルハルトとクラウディアは顔を見合わせた。

……こりゃあ、やるしかないようだな。

……そのようで。

ベオウルフの依頼を後回しにしてきたという自覚はある。王への献上品も作り終えた今、出来ませんという言い訳は尽きているのだ。

マクシミリアンも頷いてみせる。受けろ、という事か。

「わかりました、承りましょう。何かご希望の形などはございますか？」

「以前、話したはずだが？」

先延ばしにされた仕返しだとばかりにベオウルフが言った。ゲルハルトも注文自体は覚えている、ベオウルフの背丈に合わせたとにかく切れ味の鋭い刀だ。

「ご注文は以前と変わらず、という事でよろしいですね」

確認しただけだと言い訳するゲルハルトに、ベオウルフは少し悩んでから答えた。

「……ひとつ、聞いて欲しい事がある。注文という訳ではないのだが、何かの参考になるかもしれん」

　そう言ってベオウルフは己の過去について話し出した。これは以前、マクシミリアンにも個別に話していた事だ。

　二十数年前に刀鍛冶《かたなかじ》が侯爵家を訪れ、刀を献上しようとした事。お披露目の席で酔った兄が刀を折り、刀鍛冶は追放されてしまったという事。

　あの時、刀鍛冶を雇い入れていれば武具の名産地と言われるのはツァンダー伯爵家ではなくエルデンバーガー家であっただろうと思えばいまだに悔しくなってくる。

　間抜けな兄だけでなく、大人の判断とやらで刀鍛冶を追い出した父にも恨みを抱いていた。

「そういった訳で、過去に掴《つか》み損ねた刀が欲しいのだ。岩でも兜《かぶと》でも楽に斬れるような刀が」

　黙って話を聞いていたクラウディアが首を傾《かし》げた。どこかで聞いたような話だと考えて、すぐに思い出した。

「それはひょっとすると、ルッツくんのパパさんの話じゃないですかねえ？」

「なんだって⁉」

　ずい、とベオウルフが身を乗り出して聞いた。そんなに食いつくような話だろうかと若干引き気味になるクラウディアであった。

「これはルッツくんから聞いた話なのですが……」

　ルッツの父であり刀鍛冶の師でもあるルーファスは貴族の家から追い出された事があり、その後流れ流れてツァンダー伯爵領に住み着いた。そして城塞《じょうさい》都市の外でモグリの鍛冶屋として、木こりや農民たちを相手に細々と仕事を受けて生きてきた。

彼は自分の仕事に情熱を失い、無気力になっていた。ひとり息子に刀の製法を教えはするものの、自分の刀を打とうとはしなかった。せいぜい見本として打つくらいであり、それもすぐに溶かしてしまったのだという。

話が繋がった。聞き終えた後でベオウルフは大きくため息を吐《つ》いた。胸の内に湧きあがるものは深い後悔と罪悪感、そしてほんの少しの安堵。

侯爵領から追い出した後も生きていてくれた、そして息子に技が継承された。それが少しだけ救いとなった。

「それで、ルーファスは今どうしている？」

「数年前に病で亡くなったそうです」

「そう、か……」

ルッツがあの男の関係者ではないかという予感はあった。そもそも刀鍛冶などこの国にそう何人もいるはずがないのだ。それでも関係がハッキリすれば、居ても立ってもいられなくなった。

「よし、ルッツの工房に行くぞ」

「今からですか？」

なんともせっかちな話である。侯爵が一介の職人に会いに行くというのもおかしな事だ。この城へ呼びつければ良いだけである。

「人をやってルッツを呼びましょう」

マクシミリアンが貴族としてごく当たり前の提案をするが、ベオウルフは聞く耳を持たなかった。

「案内を頼む」

そう言って談話室を出てしまった。こうなっては放っておく訳にもいかず、クラウディアはマクシミリアンに、行って来ますと一礼してから慌ててベオウルフを追った。

「何だ、ありゃあ……？」

残されたマクシミリアンが首を傾げるが、同じく残されたゲルハルトにも何がどうなっているのかさっぱりわからなかった。


ルッツは鍛冶場で斧《おの》を研いでいた。付き合いのある木こりたちから受けた仕事だ。本業は刀鍛冶であるが、最近は研ぎの腕も少しは上がってきたように感じる。

よし、と研ぎ上がった刃《やいば》を確かめて満足気に頷いた。

良い仕事が出来た時は気分が良い。ついでだから柄《つか》の補強などもサービスでやってやろうかと考えていると、玄関から鍵《かぎ》を開ける音がした。

仕事も一区切りついたところであるし、せっかくだから玄関まで迎えに行こうと立ち上がった。

ドアが開き、そこには愛する妻の姿があったが、どうした事かあまり元気はなさそうだ。

「やあ、おかえり」

「お客さんだよルッツくん。すまないがただいまのちゅうとかそういうのは次回に持ち越しだ」

クラウディアの後ろに眼《め》をやると、そこには見覚えがあるような気がする男と、護衛らしき騎士が数人いた。

「……また捕まったのか!?」

「まあ、似たようなものさ」

ルッツには意味がわからない。クラウディアは何と説明しようか迷っている。

男がぐいとクラウディアを押し退《の》けて家の中に入って来た。

「ベオウルフ・エルデンバーガーだ。久しぶりだな、ルッツ」

名乗られてようやく、その男がマクシミリアンとつるんで動いている侯爵だと気が付いた。名は聞いていたが、直接会ったのは和平会談の時くらいである。

「あ、どうも。刀鍛冶をやっております、ルッツです……」

間の抜けた返事をしながらも、まだ状況が理解出来ないルッツであった。


二階のテーブル。思い返せば色々な人たちをここに招き、多くの注文を受けて武器を作ってきた。さすがに侯爵を迎え入れる事になろうとは予想もしていなかったが。

ルッツとクラウディアが並んで座り、向かい側にベオウルフ・エルデンバーガー侯爵が座る。テーブルから少し離れて護衛の騎士ふたりがルッツたちを睨《にら》んでいた。残った騎士たちは玄関を固めている。

双方の事情を知り、話をまとめるのも上手《うま》いクラウディアがルッツの父について語った。聞き終えた時、ルッツが身分の差も忘れてベオウルフを睨み付けテーブルを強く叩《たた》いた。

「あんたが父上を追放したのか……ッ！」

父が貴族の家で散々な目に遭わされたとは聞いていたが、具体的にどことは知らなかった。目の前にいるのは父の仇《かたき》という事なのか。

ルッツが放出する殺気に反応し、護衛の騎士たちも身構えていた。

一触即発の空気の中、クラウディアが誤解だとばかりに手を振って言った。

「ルッツくん、酔って刀を折ったのはお兄さんで、追い出したのはお父さんだよ。ベオウルフ様じゃない」

「こいつも身内だ……！」

クラウディア相手に怒鳴って八つ当たりする訳にもいかず、なんとか怒りを抑え込みながら言った。そんなルッツにベオウルフは小声で、

「……すまなかった」

と、謝罪した。

聞き間違いだろうか？　侯爵という貴族の中の貴族、平民を働きアリとしか思わず、職人を道具としか見ていない連中が、謝罪？

あり得ない。馬がバイオリンを弾いていると言われた方がまだ現実的だ。

口を半開きにして固まるルッツに、ベオウルフは罪を告白するように続けた。

「私はあのふたりを止められなかった。立場上それは仕方なかったにせよ、ルーファスを内々に援助する事くらいは出来たはずだ。若い私はそこまで思い至らなかった。そうするべきだと気付いた時には、既に行方が分からなくなっていたのだ」

その後もルーファスが優秀な刀鍛冶であり続けたのであれば探すのも容易であっただろう。しかし彼は同業者組合《ギルド》には戻らず、モグリの鍛冶屋として細々と暮らしていた。他領の人間にそれを見つけ出せというのは無理な話である。

この人もまた、ずっと後悔を抱えて生きてきたのだ。そう思えばルッツの中から怒りが萎《しぼ》んでい

くようであった。

「ひとつ、お聞きしたい事があります」

「何だ？」

「お兄さんは、貴方《あなた》が殺したのですか？」

半ば公然の秘密とはいえ直球の、無礼に過ぎる質問であった。騎士たちはルッツを睨み付けながら剣の柄に手をかけた。

「控えよ」

ベオウルフが騎士たちを抑えた。それは大貴族としての威厳に満ちた声であった。騎士たちは剣から手を離し、棒でも飲み込んだかのように直立不動の体勢になった。

ベオウルフはしばし考え込んだ後で重々しく口を開いた。

「そうだ、私が殺した」

「……ならば貴方は俺にとって父の仇ではありません。決着をつけて下さった、と考えるべきなのでしょうか」

ルッツは立ち上がり、箪笥《たんす》から布で幾重にも包《くる》まれた物を取り出した。テーブルの上で広げると、それは折れた刀であった。

「おお、これは……！」

ベオウルフの眼が見開かれた。二十数年前に掴み損ねた刀が今、目の前にある。ずっと心の奥底に澱《おり》のように溜《た》まっていた後悔が晴れそうな、そんな謎の感動がベオウルフの全身を包んだ。

「捨ててはいなかったのだな」

「父はこれを己への戒めと申しておりました」

「完璧《かんぺき》な刀ではないと知っていたか」

この刀には脆《もろ》いという欠点がある、それにはルーファス自身も気付いていた。それでも一度失った情熱は取り戻せず、もっと良い物を作ってやろうという気にはなれなかったのだ。

どんな名刀を打とうと買い手に見る眼がなければどうしようもない。彼は貴族たちに対して絶望していた。

「ルッツ、私の為に刀を打ってくれ」

ベオウルフからの改めての依頼に、ルッツは黙って頷《うなず》いた。

「とにかく鋭い刀を、と注文していたが少し違ったな。私が求めているのはあの日の続きだ。もしもルーファスが当家に仕え、あの刀の改良版を作ればどうなったか、それが見たいのだ」

「やりましょう、全身全霊で」

良い眼をしている。ベオウルフに職人の世界などわからないが、この男は大仕事を任せられる顔をしていた。

あまりくどくどと言葉を重ねる事は無粋な気がして、

「頼む」

とだけ言ってベオウルフは工房を後にした。困惑の表情を浮かべた騎士たちが小走りで主の後を追う。

「なんとも妙な話になったねえ」

やけに静かに感じる部屋の中でクラウディアが面白がるように言った。

「父上のやり残した仕事だ。きっちりこなしてみせようじゃないか」

ルッツはテーブルの上の刀に眼を向けた。侯爵家を即座に追放されず、もう一度チャンスをもらえば、父はどんな刀を打っただろうか。

きっと素晴らしい物が出来たはずだ、侯爵家は諸手《もろて》を挙げて父を迎え入れたはずだ。それを証明してみせる。

「そうだ、やり残しと言えば……」

ルッツが思い出したように呟《つぶや》いた。クラウディアが怪訝《けげん》な顔をする。他に何があるのか見当もつかなかった。

「ただいまのちゅうが後回しになっていたな」

何を言われたのかわからずクラウディアはしばし固まっていた。やがて言葉の意味を理解し、呆《あき》れながらぐっと顔を近づけて言った。

「……君は本当にバカだな」

「自覚はあるよ」

ルッツの減らず口が、桜色の唇に塞《ふさ》がれた。刀作りは明日からになりそうだ。


翌朝、決して不快ではない疲れを抱えながらルッツは高温の炉の前に座っていた。

これから父が追放された日の続きを行う。まだルッツが産まれてもいなかった時の事だが、何故だかとても懐かしいような気分だ。

父はただ切れ味だけを追い求め、耐久性を無視した刀を作ってしまった。刀とは武器だ、肝心なときに折れてしまうのでは信用出来ない。武人の蛮用に耐えざるは武具にあらず、だ。斬り損じても、岩に叩き付けても折れたり曲がったりはしない、刀とはそうでなくてはならない。

「貴方の無念を今、晴らします」

ルッツは父の折れた刀を拾い上げ、寂しげにじっと見つめた後で炉に放り込んだ。溶かして砕いて鉄片にして、もう一度刀を形作ろう。

今までは悩む度にこの刀を見ながら考えをまとめていたものだが、それも終わりだ。

「最高の刀を作ります。それで一人前と認めてください、父上」

ルッツは揺れる炎に語りかけた。

炎は何も答えない。それでいい、炎との対話はただじっと見ているだけでいい。

刀は人を斬る為の道具である。故に鋭くなくてはならない。

刀は戦場で扱う物である。故に頑丈でなくてはならない。

刀に美しさを求める必要はない。機能を突き詰めていけば美は後から付いて来る。

侯爵からの依頼、師である父の役目を引き継ぐという大仕事でルッツが選んだのは奇をてらわない基本に忠実な刀であった。

ただひたすらに強く、鋭く。硬さとしなやかさというある種の矛盾を昇華させ融合させる。ルッツは父から教わった技術の全てをつぎ込んで鋼を打ち続けた。

打ち延ばした地鉄《じがね》にたがねで切れ目を入れて、ふたつ折りにして重ねる。真っ赤になるまで加熱して叩いて延ばし、またふたつ折りにする。不純物を取り去るには数回の折り返しで十分と言われているが、ルッツはこれを何十回も気の遠くなるほど続けていた。

飛び散る火花ひとつひとつがはっきりと見えるほどに集中していた。熱で思考がぼやけだしたら頭から水を被《かぶ》って作業を続けた。

鋼に取り憑《と》かれたとしか思えない、鬼気迫る作業であった。

火造りという刀の形を作る作業が終わるとルッツはそのまま倒れてしまった。大きな物音に驚いたクラウディアが駆け寄って抱き起こすと、ルッツは土気色の顔でにやりと笑って見せた。

「こいつは素晴らしい物が出来上がるぞ」

言い終わる前にペシリと頭を叩かれた。

「クラウ、これ以上バカになったらどうするんだ」

「自覚があるようで何よりだよ。さあ寝たまえ、休みたまえ。君も一区切りついたからこそ気が抜けて倒れたのだろう？　時間を置いてはいけない場面ではないはずだ」

「そりゃまあ、そうだが……」

「苦情は明日にでも聞くさ。ほらほらほら」

こうして三階のベッドまで引きずられてしまった。集中力が途切れてしまうことを危惧《きぐ》していたルッツであったが、ベッドに倒れ込むとそのまま寝息を立て始めた。自分でもわからぬままに体力の限界を越えていたようだ。

「まったく、どうしようもない男だねえ……」

と、クラウディアは苦笑を浮かべて呟いた。

彼の悪癖は時間が経《た》てば直るようなものだろうか。多分、一生このままだろう。そして自分も一生付き合わされる事になる。それも悪くない。

焼き入れと研ぎを終え、出来上がった刀の形はごく普通であり何の特徴もなかった。刀身はやや長めである。これは依頼者である侯爵の背丈に合わせたのと、振った時に先端へ力が乗りやすいようにした為だ。

その美しさに魅了されて自傷行為をしたくなったり、操られて振り続けるような事もない。ごく普通の刀であった。

「なんとも難しい刀だねえ……」

白木の鞘《さや》に納められた刀を抜いたり、軽く振ったりしながらクラウディアは呟いた。

刀とは人を斬る為の道具であり、ただそれだけを追い求めた。実に美しいがそれは芸術的な美しさではなく、どこまでも純粋な機能美であった。

優秀な商人であるクラウディアにも、この刀の値付けは難しかった。

たとえば自分が大貴族であったとして、商人がこの刀を持って来てお好きな値を付けて下さいと言ったら何と答えるだろうか？

金貨十枚か？

それとも千枚か？

わからない。これは超高水準の、普通の刀だ。

「ただいまあ」

間延びした声に振り向くと、朝からどこかへ出かけていたルッツが帰って来た。脇に人の頭ほどの大きな石を抱えていた。

それはどうしたのかと聞くと、河原で拾って来たと言う。

「これで刀の仕上げをしようと思ってね」

「え、まさか……」

「ぶった斬る」

冗談だろう、とルッツの顔を覗《のぞ》き込むがその表情は真剣そのものであった。わかっている、彼は刀に関しては決して嘘《うそ》をつかない男だ。

「待て待てルッツくん、これからひとつ当たり前のことを言うよ。刀を石にぶつけたら刃こぼれするに決まっているじゃあないか。場合よってはその場で折れる」

「そうならないように作ったつもりだ。それに、父上の刀は石すら斬り裂いたという話だしな。俺がやらん訳にはいかんだろう」

「パパさんの刀は鋭さに全振りした刀だろう？」

「ゲルハルトさんも岩を斬ったらしいな」

「あれは魔術付与したからこそだよ。この刀は何と言うか、バランスタイプのドノーマルじゃないか」

「なればこそ、刀の真価が試されるのさ」

ルッツは裏手に回り、ロバちゃんの小屋から穴の空いた古い樽《たる》を担いで来た。これもどこかで貰《もら》って来たらしい。

樽の上に石を置き、渋るクラウディアから刀を受け取った。

「刃が欠けたらどうするつもりだい？」

「その時はもう一度炉に放り込んで鉄に戻して、また一から作り直しだ」

「あんなに苦労して作ったのに⁉」

倒れるほどに根を詰めたルッツの姿を見ているだけに、クラウディアの戸惑いは相当なものであった。あれをまた繰り返すというのか、冗談ではない。

「努力の辛《つら》いところは、それが結果に繋《つな》がるという保証がない事だな。それでも手探りでやっていかなきゃならん。俺はずっとそうしてきた。多分、父上もそうであっただろう」

語りながらルッツは白木の柄を何度も握り直す。振り下ろしたときに滑ったりすっぽ抜けたりしない事だけは確認しておかねばならない。

「才能とは、無駄な努力を怖れぬ心の事だ」

樽の正面に立ち、ルッツは刀を振り上げた。

「クラウ、少し離れていてくれ。もしも刃が折れ飛んで君の顔に傷でも付いたら、俺はこの場で腹を斬らにゃあならん」

本気とも冗談とも判別付かぬ言い方に、クラウディアは素直に従って後ろに下がった。男が己の仕事に真剣に向き合っているのだ、それを止めるほど無粋ではないつもりだ。たとえそれが傍《はた》から見てどれだけ馬鹿な真似《まね》だとしても。

息を大きく吐いて、止める。腹に力を入れて、その体勢から動かなくなった。

このまま窒息してしまうのではないかと心配になった頃、雷鳴のような気合いと共に刀が振り下ろされた。

「きええいッ！」

石と刃が噛《か》み合う音はさぞ凄《すさ》まじいだろうとクラウディアは身構えていたが、カッと意外なほど小さな音がしただけであった。

ルッツが残心の構えを取り、一瞬遅れて樽が崩れ落ちた。石はどうなったかとクラウディアがしゃがんで確かめると、パックリ真っ二つに分かれていた。切り口はヤスリで磨いたかのように滑らかだ。

「こりゃ凄《すご》い、見事に斬れているねえ！」

興奮して叫ぶクラウディアの声に安心したか、ルッツは腰から力が抜けてへなへなとその場に座り込んだ。たった一振り、それだけでルッツは全身汗まみれである。

「ルッツくん⁉」

「大丈夫、ちょっと精神集中し過ぎて疲れただけだ。それよりもクラウ、この刀に名を付けてくれないか？」

「ルッツ家の問題に私が口出ししちゃっていいのかい」

「君も家族だ。是非とも頼む」

クラウディアの視線は刀と、割れた石の間をしばし彷徨《さまよ》った。

「……『石喰《いしぐ》らい』、というのはどうだろう？」

「無骨だな。いや、だからこそ相応《ふさわ》しい。この刀に余計な飾り気はいらないよな」

気に入ったよ、と微笑《ほほえ》むルッツにクラウディアは頷き返した。

ルッツは刃を確かめた。刃こぼれなどは一切なく、次の獲物を求めるように怪しい光を放っていた。

「これで免許皆伝って事で、いいですかね？」

煤《すす》で汚れ始めた天井に向かって問いかける。答えが返ってくるはずもないが、父ならばこんな時に何というかは予想が付いた。

好きにしろ、きっとそう言ってくれるだろう。


後日パトリックの工房に集まる三職人。ルッツの新作を見て、いつものように大袈裟《おおげさ》にはしゃいだりはしないが低く唸《うな》るゲルハルトとパトリック。

「素晴らしい。この感動を何と表現するべきか。初めて女性の裸体を見た少年のような、そんな気分です」

相変わらず同意したくはないが、わからなくもない表現をするパトリックであった。

「悪いが美辞麗句を並べて褒め称《たた》える事は出来ん。ただこれが刀作りに真正面から、真剣に向き合った作品だという事はわかる」

ゲルハルトも己の感情をどう表現するべきか困っているようだ。

「ものは相談だが、この刀をわしに売ってくれぬか。侯爵にはまた別の刀を渡せばよいだろう？」

「申し訳ありませんがこれはエルデンバーガー侯爵からの依頼であり、個人的な拘《こだわ》りもありますので……」

そう言われては反論も出来ない。侯爵とルッツの父との関係性についてはゲルハルトも聞いていた。

「本当に譲ってもらえると思っていた訳じゃないでしょう。ゲルハルトさんなりの褒め言葉というだけで」

「ふん、どうだかな……」

欲しがってみせる、それ自体が刀への最高の評価なのだとルッツは理解していた。

ゲルハルトは否定しなかった。もっとも、一割くらいはひょっとしたらという気持ちがなくもなかったが。

「わかっている、わかっているとも。そう言えばルッツどのは最初に会った時からそうだったな」

伯爵家お抱えの付呪術師が仕事を依頼しているというのに、先に引き受けたからという理由で木こりの斧《おの》研ぎを優先させたような男だ。義理堅いのか、不器用なのか、あるいは意地っ張りなのか。恐らくは全部だろう。

あの時ルッツが権力者の仕事を優先させたら今の関係はどうなっていただろうか。多分、もう少しよそよそしいものになっていたような気がする。

パトリックが刀身から眼を離さずに聞いた。

「ルッツさん、この子にどんなおしゃれをさせてあげるかリクエストはありますか?」

「装飾ですか……」

ルッツは咄嗟《とっさ》に答える事が出来なかった。

貴族に渡す刀という意味では装飾過多のキンキラキンにするべきだろう。しかし、父の仕事を継ぐという意味合いならばむしろ装飾など皆無でいい。

父は刀の装飾に拘らない人であった。興味もなかっただろう。

ならば自分もそうするべきか。否、これは父の仕事を自分なりにどう昇華するべきかという問題なのだ。父ならばこうするから自分もと思考停止して真似しようというのでは芸がない。

「鞘に彫刻を施して、その上で全面を黒く塗ってください」

「それだと彫刻が目立たず、遠目にはただの黒鞘にしか見えませんがよろしいので？」

「求めているのはまさにそれです。武骨なようで顔を近付けて見れば遊び心に溢《あふ》れている。そんな鞘をお願いします」

「ふん、ふんふんふん。派手なばかりがおしゃれではないと。秘めるが粋というのも悪くないかもしれませんね。わかりました、彫刻の図柄は？」

「武闘派侯爵の腰に相応しい勇ましいもので。後はお任せします」

「承りました。じゃ、帰って」

「……んん？」

作業に入るから帰れ。言いたい事はわかるが、この切り替えの早さには慣れぬものである。もうパトリックの眼にルッツとゲルハルトは入っていなかった。

職人がやる気を出したのだから尊重しよう、とルッツたちは頷《うなず》き合い、釈然としない気持ちを抱えながらも素直に部屋を出る事にした。

「では、失礼します」

一応は声をかけるが、

「んああ」

という、意味不明な返事しかされなかった。

もう駄目だ、芸術という沼に浸《つ》かりきって彼は人間性を喪失してしまった。

帰り道、夕日の下を青年と老人が並んで歩くなんとも色気のない構図であった。市場は店じまいをして、人々は夕日に急《せ》かされるように早足で進む。どこか寂しげな雰囲気の街だ。

「まったく、どうしようもない奴《やつ》だな」

ゲルハルトが苦笑して言った。主語が抜けているが誰の事かはすぐにわかった。

「ああやってすぐに自分の世界に入り込めるのは頼もしいじゃないですか」

ルッツが答えると、ゲルハルトは少し不思議そうな顔をした。

「以前から思っていたが、ルッツどのはパトリックに対する評価が高いな」

「そう見えますか？　そうかもしれませんね。パトリックさんの腕を信頼しているのは確かですが、もうひとつ尊敬すべき点はあの情熱です」

「じょう、ねつ……？　どちらかと言えば変態気質ではないか？」

「表現は何でも結構。簡単に言えば、やる気を出すのがものすごく早いんですよね。俺なんか刀のテーマに悩んだり、やる気が出ずに何週間も頭を抱えて転げ回ったりとかそんな事ばかりしているので、パトリックさんのスタートダッシュは素直に凄いって思います。正直、羨《うらや》ましいですよ」

確かに、とゲルハルトも頷いた。あの男が作製時に悩んでいるのを見た事がない。悩まない芸術家などいるはずがないので自分が知らないところで苦しんでいるのだろうが、それでも締め切りを破った事がないのはやはり偉業であり異能と呼ぶべきだろう。

締め切りを守る職人。それはゲルハルトから見れば喋《しゃべ》る猫や二足歩行の犬と同じくらい不可思議な生物であった。

「ルッツどのが『可愛い刀ちゃんぺろぺろ』とか言っているのは見たくないな……」

「あ、はい。さすがにそこまでは……」

越えてはいけないラインがある。そこは弁《わきま》えているつもりのふたりであった。

都市の中心部にある大きな十字路に出た。ここで城と職人街へと別れる事になる。

「それじゃあここで」

一礼して立ち去ろうとするルッツをゲルハルトが呼び止めた。

「今のうちに聞いておこうか。どんな魔術付与がお望みだ？」

「切れ味向上を。兜割《かぶとわ》りの刀だなんてケチくさい事を言わずに、フルプレートを着込んだ騎士をシンメトリーにしてやるくらいのサービス精神が欲しいですね」

「良いのか、お父上の仕事をそこまでいじくって」

「強くなるために何でもする。それも俺が今までの経験から学んだ事です」

ゲルハルトたちと一緒に誘拐犯と戦った、迷宮に潜り込みもした。そうした体験からルッツが得た答えであった。自分の技術を出し切るつもりならば、ここで遠慮するべきではない。

「ふ、ふ……。やはり惜しいな、あの刀を侯爵にくれてやるのは」

「同感です。でも仕方ないですよね、俺たちは職人なんだから」

契約は破れない。そう言って立ち去るルッツの背を、ゲルハルトはしばらく眩《まぶ》しげに眼を細めて見送った。


ツァンダー伯爵領、領主の館にて新作のお披露目会が行われた。

伯爵家にとって大事な客であるベオウルフ・エルデンバーガー侯爵を招き、中庭に集まるマクシミリアンと三職人たち。護衛の騎士たちが遠巻きに囲んで見守っている。

「どうぞ、閣下」

ルッツが刀を恭しく掲げてベオウルフに差し出した。普段ならばこれはゲルハルトの役目なのだが、今回はルッツに縁のある話という事で彼に任せたのだ。そもそもゲルハルトだってやりたくてやっている訳ではない。貴族に刀を渡す事が名誉だなどと考えるようなタイプではなかった。

「意外に地味だな」

ベオウルフは鞘《さや》を掴《つか》んで言った。遠目にはただの黒塗りの鞘。よく見れば凶悪なドラゴンの彫刻が施してあった。他人に見せびらかす物ではないが、それはそれとして趣味は良い。

「お気に召しませんでしたか？」

「いや、最高だ」

答えを聞いたルッツは頷き、するすると滑るように後ろに下がった。

ベオウルフは刀を抜いて刀身を確かめる。意外な事に、中身も普通だ。ルッツの父であるルーファスは斬れ味を求めて刀身を極限まで薄くしていたものだが、これがあの刀よりも斬れ味で勝るというのか。

見ているだけではいまいちイメージが掴めなかった。

刻まれた古代文字は五字、その光り具合からして内包する魔力量も相当なものだ。

考えている内に目の前で着々と試し斬りの準備が進んでいた。木箱の上に置かれた人の頭ほどに大きな石。ベオウルフの唇が不安と不快感で微《かす》かに歪《ゆが》んだ。

兄が酔っ払ったまま名刀を振り下ろし、鎧《よろい》にぶつけて折ったのが全ての始まりだ。自分があの男と同じとは思わないが、それでも胸に一抹の不安は湧いてくる。

ふと周りを見回すとマクシミリアンが緊張のしすぎで青ざめた顔をしていた。無理もない、ここで刀が折れたりしたら伯爵家の面目丸つぶれである。武具の名産地などと恥ずかしくて二度と名乗れないだろう。

逆にふたりの職人、ゲルハルトとパトリックは余裕の表情である。

「なんだ、石でいいのか」

と、物足りなそうな顔までしていた。斬れるという事を疑ってもいないようだ。

最後にルッツへと目を向ける。彼は何の気負いもない自然体であった。その顔を見てベオウルフの身体《からだ》から不安と不快感が抜けていった。

柄をしっかりと握って振り上げる。辺りがしんと静まり、数十人の男たちの息づかいだけが聞こえる。

目の前の石が父の顔に見えた。次いで兄の顔に、そして己の顔を映したかのように見えた。これが迷いだ、迷いは斬れば消える。

……刀は迷わない。迷うのはいつだって、人だ。

刀が振り下ろされた。手応えはほとんど無く、空振りしてしまったのかと一瞬疑問に思ってしまったほどだ。

幻影の残骸《ざんがい》が足下に転がっている。確かに斬ったのだ、間違いない。

少し遅れてから『おおっ』という歓声が上がった。あまりにもあっけなさすぎて護衛の騎士たちも何が起こったのか理解するのに時間がかかったのだろう。

ベオウルフは石の切断面と刀身を交互に確かめた。切り口は鮮やかであり、刀身に刃こぼれなど全くない。

じわじわと胸の内から喜びと、懐かしさが湧き上がってきた。二十数年前に失ったものが、ようやくこの手に戻ってきたのだ。

「おかわり、いかがですか？」

ルッツが近づいてきて妙な事を言う。彼が指差した先を見ると、同じような大きさの石が十数個も用意してあった。用意が良いというか、やりすぎである。

「遠慮しておこう。立場上、あまりはしゃぎまわる訳にもいかないのでな」

ベオウルフは笑って答えた。

刀身を鞘に納める、その動作すら一種の快楽であった。

今までに見てきた妖刀名刀、『天照《あまてらす》』や『薔薇庭園《ローズガーデン》』のような特殊な力がある訳ではない。それでも、ただ斬れ味が素晴らしいというだけの刀が自分にとっては最高の差し料だ。そう思えるだけの物に出会えた、それはきっと幸せな事なのだろう。

「なあルッツ、うちに来ないか？」

飲みの誘いではない。エルデンバーガー侯爵家に仕えよ、そういった話だ。現在の雇い主であるマクシミリアンがすぐ近くにいるというのに、何とも大胆な勧誘であった。

これはルッツにとっても悪い話ではない。過去のわだかまりが解けた今ならば手厚く迎えてくれる事だろう。片田舎の伯爵家にいるよりも、中央の権力に近い侯爵家に仕えていた方が活躍の場は多く、大きくなるだろう。

ルッツは軽く思案した後、静かに首を横に振った。

「申し訳ありませんが、ここでの暮らしに尻《しり》が落ち着いてしまったもので」

「そうか、お前はルーファスではないのだな」

「はい、刀鍛冶《かたなかじ》のルッツです」

二十数年の時を経て最高の刀を手にすることが出来た。しかし、決して取り戻せないものもある。人は変わるものだ、心も立場も。

侯爵としての権力を使えば家臣の引き抜きぐらい軽くやれるだろうが、ベオウルフはそれを良としなかった。善悪の問題というより無粋としか思えなかったのだ。

「それじゃあ仕方がないな。マクシミリアン卿《きょう》にいじめられたらいつでも逃げ込んで来い、保護してやる。……いや、ひょっとすると彼の方が職人たちに振り回されているかもしれんが」

「いえいえ、そんな事はありませんとも」

「今ので確信した。腕の良い職人を抱えるというのも気苦労の多い事だ」

そう言って笑うベオウルフは雲上の大貴族よりも、愉快な親戚《しんせき》のおじさんのように見えた。さすがに馴《な》れ馴《な》れしすぎる感想なので口にはしなかったが。

「何かあったらいつでも頼ってくれ。私はお前に借りがある、それを忘れるな」

ベオウルフは背を向けて堂々と歩き出した。ここでやり残した事はない、男の背はそう語っていた。護衛の騎士たちが慌てて後を追う。

ようやく大仕事が終わった。胸の内で安心と少しの寂しさを感じるルッツの肩がポンと叩《たた》かれる。

振り返るとそこにゲルハルトがいた、すぐ後ろにパトリックもいた。

「お疲れさん。まあ、わしの刀よりよく斬れそうって事だけが気に入らんがな」

「そういう苦情は魔術付与した人に言って下さい」

などと言って三人で笑い合った。


「俺は自由だ！」

城から帰ってきた夫が戸を開けるなり両拳《こぶし》を天に突き上げ叫び出したらどう反応するべきだろうか。その答えを持ち合わせていなかったクラウディアは無言で固まってしまった。

「いやあ素晴らしい、実に素晴らしい一日だ。父の無念を晴らし、刀を侯爵に気に入ってもらえた。人生で三番目くらいに楽しい日だったよ」

浮かれるルッツをクラウディアは呆《あき》れながらも微笑ましく見守っていた。

「ふぅん、ご機嫌なようで何よりだよ。それで人生二番目のハッピーは何だい？」

「初めて刀を作り上げた時だなあ。今にして思えばどうしようもない鉄屑《てつくず》だったが、それでも本当に嬉《うれ》しかった」

「一番は？」

聞くと、ルッツはクラウディアの白く細い顎《あご》に触れてクイと上げた。

「今夜じっくり教えてやるさ」

「おや、積極的な君も魅力的だねえ」

クラウディアはルッツの頬を軽くぺちぺちと叩いてから名残惜しそうに一歩下がった。

「とりあえず食事にしよう。朝から何も食べていないだろう？」

「……そういえばそうだった。なんだかんだで俺も緊張していたのかな」

らしくない、とルッツは頭を掻《か》いた。そんな彼にクラウディアが不思議そうな眼を向けている。

「緊張だって？　出来映えには絶対の自信があったのだろう？」

「俺がそう思うのと他人がどう評価するのかは全くの別物さ。鼻の穴を膨らませて自信満々で提出したら、塩対応しかされなかったなんてよくある話だ。ああ、自分で言っていて悲しくなってきた」

「職人とは難儀なものだねえ……」

などと話しながら二階へ上がった。

食卓に並べられたいつものパン、いつものスープがやけに美味《うま》く感じられた。ようやく家に戻って来たのだとルッツは胸を撫《な》で下《お》ろす。

「それで、城ではどんな事があったんだい？」

クラウディアに促されルッツはお披露目会の様子を事細かに話した。

これは夫婦の雑談であると同時にクラウディアが貴族の動きを知る為でもあるのだ。ルッツは適当に流したり、どうでもいいだろうと突っぱねたりする事はしなかった。

役に立たなければそれはそれで構わない。情報とは断片を集めて組み合わせて、ようやく意味を成すものだ。ルッツも最近になってそういった事を理解出来るようになった。

クラウディアは興味深く相づちを打ちながら話を聞いていた。特にルッツがベオウルフ・エルデンバーガー侯爵に気に入られたという点は根掘り葉掘り聞いたものだ。

「それで侯爵は君に、借りが出来たと言ったのだね？」

「一字一句間違いなしとは言えないが、ニュアンスは確かにそうだ」

しかし、とルッツは言葉を区切り、思案してからまた続けた。

「侯爵がそう言ったのと、貴族の口約束を信じるかどうかというのは全くの別問題だと思うぞ」

貴族同士ならばともかく、侯爵という大貴族と一介の職人では約束が履行されると思う方がどうかしている。約束を守れと詰め寄れば、無礼者めと処断されるのがオチである。

「心配しないでくれたまえ、私の頭はまともだよ。貴族を信用だなんてファンタジーに興味はない」

クラウディアは人を小馬鹿にしたような笑みを浮かべて言った。昔に比べて立場はずいぶんと変わったが、彼女の貴族に対するスタンスはずっと変わらない。

「エルデンバーガー侯爵のイメージと言えばあれだね、和平会談の時に刀の魔術付与が成功したにも拘《かか》わらず恨めしげに睨《にら》んできた理不尽なおっさんだよ。もっとも、彼の立場からすれば恨み言のひとつも言いたくなるだろうし、実際にとんでもない事件を引き起こしたからねえ」

とんでもない事とは隣国の国王暗殺事件の話である。他人事《ひとごと》のように言っているが、誇張抜きで本当に歴史を変える大事件であった。

「……俺が暗殺してくれって頼んだ訳じゃないぞ。親子の間でずっと溜《た》まっていた感情が吹き出しただけだろう」

「もちろんさ。家族が仲良くなる刀を作れって言われても困るだろう？」

「ゲルハルトさんブチ切れ待ったなしだな」

などと言いながら乾いた笑いを漏らした。

「おっと話が逸《そ》れてしまったね。噂のエルデンバーガーくんだが、うちに刀の依頼をしに来たときは何やら真剣と言うか、本音で話しているようにも見えたんだよねえ」

確かに、とルッツは同意するように頷《うなず》いた。

「だから今回の件で心のつかえが取れたというのは本当で、ルッツくんに感謝しているとか借りが出来たと言っているのも本音じゃないかな。少なくとも面会に行って門前払いって事はないだろう」

「何か侯爵と話したい事でもあるのか？」

「それなんだけどねえ……」

クラウディアは指先でテーブルを叩きながら視線を宙に浮かせた。

「ルッツくん、しばらく大きな仕事はないね？」

「ん？　ああ、今のところは。さすがに昨日の今日でまた作れとは言わないだろう。もしも言われたら、芸術家には己を見つめ直す時間が必要なのですとか適当にあしらうつもりだが」

「一緒にお姫様の様子を見に行かないかい？」

何かと付き合いのある第三王女リスティルは戦争が終わって行き場をなくした兵士たちの為に村の開拓を進めている。慣れぬ事ばかりで苦労しているようだ。すっかり仲良くなったクラウディアはいつも彼女の事を気にかけていた。

「なるほど、それでエルデンバーガー侯爵と……」

「具体的にどうしようとは決めていないのだけどね」

リスティルは国境付近に村を作り、エルデンバーガー侯爵は国境で連合国と交易をしたがっていた。すぐ近くに居るというのに両者に協力関係はない。

ふたりの仲を取り持ちたいところだが、利でも理でも説き伏せるのは難しかった。リスティルは政治的に微妙な立場、あるいは無価値な存在であり、エルデンバーガー侯爵は面倒事を避けるような態度であるからだ。

ここでルッツに対する情が絡めばどうなるか。わからない、後は現地で考えるしかないだろう。

「わかった、明日にでも伯爵の許可をもらって来よう」

ルッツは快諾した。雇い主であるマクシミリアン・ツァンダー伯爵に直接会うのではなくゲルハルトに伝言を頼む形になるだろうが、やる事は同じだ。

「決まりだね」

クラウディアは微笑みながら立ち上がり、ルッツの背後に回った。彼の耳元に唇を近づけ、声で愛撫《あいぶ》するように囁《ささや》いた。

「それじゃあ今度は、君の人生における一番とは何か聞かせてもらおうじゃないか」

囁きながらクラウディアの手がルッツの胸をまさぐった。

「……聞かなくてもわかっているだろう？」

「わかっているけど聞きたいのさ。どうも男の人というのは『三日前に愛していると言ったからしばらくはいいや』みたいなズボラさがあるよね」

「いや、そんな事は……。あるかもしれない」

「それを愛情の欠如と責めるつもりはないが、互いの歩み寄りは必要だと思うねえ。言葉とはその為にあるんだ。さ、言ってくれたまえ」

「君に出会えたことが、俺にとって一番の幸せだ」

本心ではあるがやはり言葉にするのは恥ずかしい。照れながら答えるルッツの耳元で、

「んふふ」

と、含み笑いが聞こえた。

「知っているよ」

第十章　明日の夢、今日のパン

　国境際の廃村は帰還兵たちの必死の修繕によりずいぶんと復興してきた。見た目は村と言うよりも兵舎に近い、区画整理された長屋である。長い戦場生活である程度の建築が出来る者が揃《そろ》っていたが、完全に実用性重視であった。

　ともあれ、これで八百人にまで膨れ上がった村民が雨風に晒《さら》されることなく眠れるのだから万々歳だ。当人らも戦場よりはずっと快適であると喜んでいた。

　村の中央にある一際大きな建物、士官用の兵舎と呼んだ方が正しい見た目の場所で麗しき黒髪の王女、リスティル・ヴァルシャイトは愛らしい顔に眉根《まゆね》を寄せながら数多くの木板を凝視していた。

　これは羊皮紙の代わりである。薄く切った木の板に鉄筆と呼ばれる尖《とが》った小さな鉄の棒で引っ掻いて字を書くのだ。長期保存には向かないし、読みづらいし場所を取る。しかし羊皮紙に比べればずっと安価であった。

　城に居た頃は羊皮紙など適当に落書きをしてまるめて捨てたところで何の問題もなかった。今はこうしたところから切り詰めていかねばならなかった。

　誰にそうしろと命じられた訳でもない。羊皮紙の価格を知り、残った資産と比べて乱用する事が恐ろしくなったのだ。羊皮紙を節約して本当に必要な事まで記録せずにいた、という失敗もした。

　幸い兵士たちの中には木を薄く切って板に加工する技術を持った者がいた。その男を呼び出して

王女直々に褒めると、

「家具屋の徒弟として入って数年、ようやく簡単な仕事を任せてもらえるようになった頃に徴兵されたもので……」

と、男は何とも悲しげな顔で笑うのであった。これにはリスティルも何と声をかければ良いかわからず黙るしかなかった。彼だけが特別なのではない、ここはそうした男たちの集まりなのだ。

松明《たいまつ》の灯《あか》りに照らされる弱冠十三歳の少女の、幼くも凜々《りり》しい横顔を誇らしげに見る男の姿があった。王都から付いてきた初老の執事、ジュゼッペである。

彼は王女誘拐事件の際、野盗に扮《ふん》した帰還兵たちに襲われ生き残った五人のリーダー格であった。馬車が襲われ王女が誘拐され、護衛の騎士たちは皆殺しにされた。こうなると非戦闘員とはいえ生き残っている事自体が罪となるのだが、彼らは生き恥を晒す思いでツァンダー伯爵領へ辿《たど》り着《つ》き助けを求めた。

結果としてツァンダー伯爵家が誇る精鋭たちの手によって王女は無事に救出された。これで我が身はどうなっても構わないと覚悟していたのだが、リスティルは彼らを咎《とが》めなかった。

「貴方《あなた》がたは逃げたのではありません、必死に生きて役目を果たしたのです」

王女の言葉は短かった。生き延びた者たちをあまり褒めすぎると、今度は死んだ騎士たちが役立たずだったという意味にも取られかねないからだ。

執事、下働きの男、侍女が三人。彼らもその家族たちも罪に問われる事はなかったが、表彰などもされなかった。

命があるだけ儲《もう》けものだと考えていたのだが、数日後に五人は揃って王女の私室に呼び出された。

リスティルはまず五人を表立って褒め称《たた》える事が出来ない件を謝罪した。そしてひとりひとりに礼を言いながら金貨数枚と指輪やネックレスといったアクセサリーを与えたのだった。

この時彼らは決意した、己の主君は王家ではなくリスティル様であると。

リスティルが行き場のない帰還兵たちの為《ため》に村を作る事にした時、五人は特に示し合わせた訳でもないのに当たり前だという顔をして付いて行った。

四十代のベテランの侍女などは夫と喧嘩《けんか》をしたらしく、

「思い切りぶん殴ってやったよ！」

などと豪快に笑って武勇伝を披露してくれたものだ。本人は平手打ちだと言っていたが、その体格からして間違いなく張り手の類いだっただろう。彼女の夫の無事を祈るばかりである。

正直なところ、少し前までジュゼッペは他の四人の事が好きではなかった。

荷物運びに使えるだけの鈍くさい男。侍女三人は二十代、三十代、四十代と揃っているが、何を考えているのかわからない暗い女、サボリ癖のあるいい加減な女、無駄に声の大きいデリカシー皆無の女、というイメージしかなかったのだ。

ジュゼッペは一応、下級貴族の出身である。自分から貴族だと名乗るのも憚《はばか》られるような下の下の家柄だが、それでも他の四人とは違うのだと誇っていた。

今は違う。励まし合いながら伯爵領まで駆け抜け、共に姫様の為に働こうと誓った戦友だ。

露骨に見下していた下働きの男ともここに来てからは挨拶《あいさつ》を交わすようになり、少し言葉を交わすようにもなった。いずれ冗談でも言い合うようになるのだろうか、それも悪くない。

サボリ癖のあった侍女はこの村に来てから見違えるようによく働くようになった。どういう風の

吹き回しだとジュゼッペが聞くと、

「だってえ、王女サマのこと好きになっちゃったんだモン」

などと間延びした声で答えた。その場では王族に対する言葉遣いを注意はしたものの、心情的には同意したいジュゼッペであった。好きになったから助けたい、自身の感情を一言で表せばそういう事だ。

開拓村の暮らしは王都に比べて驚くほどに貧しい。それでもジュゼッペは毎日が充実していた。心から尊敬できる主《あるじ》に出会えた、こんなに嬉《うれ》しいことはない。

最悪なパターンは嫌いな奴《やつ》にやりがいを押しつけられる事だ。毎日死んだ眼《め》をして城に向かっている同僚たちを想《おも》えば、隙間風の入る木製の城はずっと快適だ。

「姫様、もうお疲れでしょう。そろそろお休みになられては？」

「ごめんなさいジュゼッペ、もう少しだけ……」

リスティルは木板をいくつも並べ替えながら答えた。彼女は気付いているのだろうか、三十分前にもまったく同じやりとりをしたのだという事を。

失礼します、と控えめな声。入って来た若い侍女がリスティルに書簡を差し出した。

「私に？」

意外そうな顔をするリスティルに、侍女がこくりと頷く。

見捨てられた王族、疫病神扱いされているリスティルに誰が羊皮紙に書かれた立派な書簡など送るのだろうか。

……まさか、国王陛下からの呼び出しか？

この時期に村を放棄しろなどと言われて従ったらリスティルは二度と帰還兵たちの信頼を取り戻す事は出来ないだろう。現場を知らない人間はたまにとんでもない事を言い出すものだ。無礼な行いと知りつつも、ジュゼッペは首を伸ばしてリスティルの手元を覗《のぞ》き込んだ。

書簡を受け取ったリスティルの顔がパッと明るくなった。封蝋《ふうろう》に捺された印章は変わった形で、刀をクロスさせた意匠《デザイン》であった。これはルッツ工房の印章であり、差出人は恐らく妻のクラウディアであろう。

クラウディアはリスティルにとって大事な友人であり、憧《あこが》れの女性であった。クラウディアにも村や町を治めた経験などないだろうが、金の流れについてはここにいる誰よりも詳しいはずだ。きっと力になってくれるだろう。

封蝋を砕いて食い入るように書簡を読むリスティルの姿に、ジュゼッペの胸がチクリと僅《わず》かに痛んだ。

これは嫉妬《しっと》だ。お付きの五人がどれだけ忠義を示しても、帰還兵たちがどれだけ頑張っても取り戻せなかった笑顔が、たった一枚の手紙で大きく花開いたのだ。

……いや、これで良いのだ。姫様の幸せこそが我らの願いだとも。

ジュゼッペは心の中で大きく首を振った。

「クラウディア様が近々、この村にお越し下さるそうですよ！」

満面の笑みを浮かべるリスティル。やはりこれで良いのだとジュゼッペは深く頷いた。

「まさに朗報、我らにとっての救いの女神ですな」

「でしょう？　そうでしょう？」

まるで自分が褒められたかのようにリスティルは年相応の明るい笑顔を向けた。

「ならばリスティル様、今夜はもうお休み下さい。眼元にクマなど浮かべてはクラウディア様を心配させてしまいますぞ」

「ううん、でも……」

山積みになった木板に視線を向けて渋るリスティルに、若い侍女が言った。

「今夜はしっかり寝て、明日からクラウディア様にお聞きしたい事をまとめましょう。そ、それが、一番スムーズに行くんじゃないかな……、なんて」

自信なげな侍女の申し出に、リスティルはもっともだと頷《うなず》いた。

「わかりました、休むとしましょう。ふたりの忠義と忠言に感謝いたします」

「あ、あの。添い寝のご要望などは……」

意外に図々《ずうずう》しい奴だなと呆《あき》れつつ、ジュゼッペは薄笑いを浮かべる侍女の襟首を掴《つか》んで退室した。


伯爵家の紋章が入った地味な馬車。言葉にすると矛盾しかないように思えるが、目の前に実在しているのだから仕方がない。金がないというのはあらゆる問題を肯定してしまうものだ。

そんな事を言い出したら王女が粗末な小屋で暮らしているのが矛盾と疑問の塊ではないかと、自分を納得させるリスティルであった。

「お久しぶりです、リスティル様」

幌馬車《ほろばしゃ》の後部から優雅に降りてきた若い女性、クラウディアが挨拶をした。

その笑顔の優しさは変わらず、片耳に絆《きずな》の証《あかし》と呼ぶべきイヤリングが光っている。

リスティルは再会の喜びで飛びつきたくなるのを理性を総動員してなんとか耐えていた。五人の世話役たちと数百人の兵士たちの眼があるのだ、王女の威厳をぶち壊して甘える訳にはいかないのである。

「お待ちしておりました、クラウディア様。狭い所ではありますが、ご自分の家と思いくつろいでください」

「狭い家を広くする為に私はここに来ました」

儲けさせてやるという言葉のなんと頼もしい事だろうか。リスティルはクラウディアの手を引いて楽しげに小走りで仮政庁である小屋へと向かった。

事情を知らぬ兵士たちがその微笑《ほほえ》ましい光景を見て『はて、彼女は誰であろうか』と首を捻《ひね》った。

「見た事はないが、あれが第二王女様とやらであろうか？」

「いや、第二王女は性根が腐りきっているという話でリスティル様があんなに懐くはずがない。別人だろう」

様々な憶測が飛び交い、しばらくするとクラウディアは王の隠し子でリスティルにとっては生き別れの姉にあたるという話にまでなっていた。

娯楽に飢えた彼らは無責任な噂話《うわさばなし》が大好物であった。それでもリスティルに対する悪意が入らないだけ王都よりもずっとマシではあるが。

これが王女の生活なのか、と仮政庁に通されたクラウディアは眼を丸くしていた。本当にただ四角いだけの部屋に椅子とテーブルがあり、その上に大量の木板が積まれていた。

お金がないからこうした生活しか出来ない、それはわかる。だがあくまで理屈の上での問題だ。王女として何不自由なく育てられたリスティルがそれを受け入れているというのが驚きであった。借金してでも贅沢《ぜいたく》をして威勢を示す、それが貴族の美学ではなかったのか。

彼女は本気だ。野盗に身を落とした帰還兵たちの想いを継いで、行き場のない兵士たちを本気で救おうとしているのだ。

「散らかっていまして……」

恥ずかしげに言うリスティルが堪《たま》らなく愛《いと》おしくなってきた。クラウディアは膝《ひざ》を突き、リスティルの手を引いて強く抱き締めた。

「あの、クラウディア様……?」

リスティルは戸惑いながらも少し嬉しくなっていた。誰かにこうして抱かれた記憶などない。父とも母とも、王族というフィルターを通した関係でしかなかった。兄や姉が自分に向ける視線は、どう利用してやろうかと値踏みするようなものであった。

「よく、頑張りましたね」

クラウディアの優しい声に、リスティルは思わず涙ぐんでズズッと洟《はな》をすすった。

この部屋を見ただけでリスティルの努力も苦労も全て理解してもらえたのだ。報われた、と感じていた。

そっと身を離してクラウディアは立ち上がった。

「村の経営は順調ですか?」

「その事について色々とご相談したいのですがよろしいでしょうか?」

「もちろん、何でも聞いてください」

リスティルは椅子に座り、何枚かの木板を差し出しながら現状を説明した。清書をしていない走り書きに近い物なのでわかりづらいだろうかと心配していたが、クラウディアは問題なく読み取ってくれたようだ。

「今のところ大きな問題はなさそうですね」

「はい、今のところは……」

リスティルの声が不安に押《お》し潰《つぶ》されるように小さくなっていった。

現状、畑の整備などをしている段階で今年の収穫にはあまり期待が出来ない。村民となった帰還兵たちの食料は他所《よそ》から買い取った物であり、金は入らず出ていくばかりであった。

獣を狩ったり、木の実や野草を集めて食べたりと節約はしているが、それは食料事情の数パーセントを補填《ほてん》するに過ぎなかった。八百人の屈強な男たちの胃袋を満たすというのは並大抵の事ではない。

戦時中は五千人以上が国境に駐在していたが、それは国家の支援があってこそ可能な事である。個人でやるにはあまりにも負担が大きかった。

王から与えられた金貨二千枚、リスティルの個人資産を処分した金貨五百枚、それらはもう残り千枚にまで目減りしていた。

今年の赤字をどこまで抑えられるか。来年になって作物が収穫出来たとして食料事情を改善させられるだろうか。余った食料を上手《うま》く売ることが出来るだろうか。抑圧された生活に兵士たちはいつまで耐えてくれるだろうか。

木板からは何の未来も読み取れなかった。何度計算しても、どれだけ節約しても、来年の半ばには破綻《はたん》する。

しかも村民はこの先増える事はあっても減る事はないだろう。村を作った経緯や目的、国是ならぬ村是を考えれば助けを求める帰還兵たちを拒む事は出来ないのだ。

なればこそリスティルはクラウディアの訪問を諸手《もろて》を挙げて歓迎した。今から対策が出来るならばしておきたいが、幼く経験不足のリスティルにはもう何も思い付かなかった。

話を聞き終え、木板にも一通り眼を通したクラウディアが平然として言った。

「わかりました、リスティル様のご心痛をたちどころに取り除いて見せましょう」

「え？」

相談する為にここに呼んだのだが、そう簡単に解決出来るような事なのだろうか。

戸惑うリスティルに断りを入れて、クラウディアは一度部屋を出て行った。

永遠とも思えるたったの五分。その間にリスティルの思考は目まぐるしくぐるぐると回っていた。

クラウディアは何をするつもりなのだろうか。まさか騙《だま》されているなどという事はあるまい。自分は何かものすごく簡単な事を見落としていたのではないか。

ドアが開き、クラウディアはルッツを伴ってやって来た。ルッツは肩に担いだ重そうな木箱を置くと、

「それじゃ、また」

とだけ言ってすぐに出て行った。政治の話がわからないからというよりも、リスティルとクラウディアをふたりきりにしてやろうという気遣いであったようだ。

「あの、それは一体何でしょうか……？」

首を傾《かし》げるリスティルに、クラウディアはにやりと笑ってナイフで木箱をこじ開けた。

中から出て来たのは鈍い光を放つ大量の金貨であった。

「金貨一千枚、リスティル様にお預けします」

金で解決という力業であった。最も単純にして、最も効果的な手段である。いきなりこんな物を出されてもリスティルとしては、はいそうですかと受け取る事は出来なかった。

「このお金はどこから出たのでしょうか。ひょっとして、ツァンダー伯爵からの援助なので？」

リスティルは言いながら自分でもあまり信じていなかった。マクシミリアン・ツァンダー伯爵にも色々と立場があるだろうが、恐らくあまり好かれてはいないという自覚がある。

「いえ、うちのお金です。ルッツ工房から出させていただきます」

それこそ意味がわからなかった。伯爵家お抱えとはいえ、職人がポンと出せる金額ではない。

「王様貴族様の依頼が続いて報酬も金貨数百枚。それを私が適当に転がして増やしたのが、この金貨千枚という訳です」

常識的に考えれば出せない金額だが、非常識な依頼が続いたからこそ集まったのだという。

「このお金を出す事にルッツ様は何と？」

元はと言えばルッツが稼いだ金だ。無断で持ち出してきた訳ではあるまい。そもそも金貨をここまで運んで来たのが当の本人である。

「最低限の生活費だけ残してくれれば後は君の好きにするといい、などと言ってくれました」

「豪快ですね……」

「事あるごとに惚《ほ》れ直させる。いやあ、困った男です」

などと言ってクラウディアは誇らしげに笑った。

「さて、リスティル様。お金があるから問題解決という訳ではありません。破綻するのが来年から再来年に延びただけです」

「承知しております」

「大切なのは余裕が出来たという事です。時間的な余裕、考える余裕、心の余裕」

クラウディアは指を折って数えた。心から焦りが消えたのは間違いないと、リスティルは深く頷いた。

「余裕が出来たところでゆっくりのんびり、お金儲《かねもう》けの方法を考えようじゃありませんか」

「……出来るでしょうか？」

「出来ますよ、貴女《あなた》と私なら」

クラウディアの真《ま》っ直《す》ぐな言い方に、この女性のこういうところがどうしようもなく好きなのだなと自覚すると、つい恥ずかしくなってしまったのだった。


いつまでも暗い部屋の中にいては考えがまとまらないという事でリスティルとクラウディアは外に出て、横たえた丸太に並んで座っていた。丸太の上部を平らに削っただけのシンプルなベンチである。

春の陽気がぽかぽかと暖かい。いっそこのまま昼寝でもしてしまいたかったが、そうもいかないだろう。少し離れたところを忙しそうに行き交う帰還兵たち。リスティルが『もう、やめた』と放り出してしまえば彼らはどうなるだろうか？

リスティルが信頼を失うだけでは終わらない。この国にとって決して良くない事が起こるだろう。見捨てられ、困窮した兵士たちがどのような行動に出るかをその身で体験したリスティルである。諦《あきら》めるといった選択肢などあるはずがない。

貧しければ罪を犯しても許されるという訳ではないが、貧しさ故の罪ならばそれは為政者が共に背負うべきだというのがリスティルが己に課した決意であった。

「今までにお金を稼ぐという事を考えなかった訳ではありません」

リスティルがぽつりと語り、クラウディアは静かに頷いて聞いていた。

「ベテラン兵士のみなさんの力を発揮させるためにも、商隊の護衛などを請け負ったらどうかと考えたのですが……」

「目の付け所はよろしいかと。何故《なぜ》、取りやめたのですか？」

クラウディアは家庭教師のような口調で話を促した。悪くはないが正解ではない、言葉にそんなニュアンスが含まれている。

「そもそもここに商隊は来ません。来るとしてもこの村に食料品を売りに来て下さる方ばかりで」

「そんな人たち相手に、守ってやるから護衛料を寄越《よこ》せとは言えませんねえ」

こくり、とリスティルは小さく頷いた。

「牧畜を始めようかとも考えたのですが、これは兵士の皆さんに止められました」

「そうでしょうねえ。牧畜はとにかく体力がいりますから」

体力なら有り余っている連中がいるだろうと不思議に思ったのだが、クラウディアの言いたい事はそうではないようだ。リスティルの視線に気付き、クラウディアは微笑みながら手を振った。

「ああ、失礼しました。ここで言う体力とは資産のことです。つまりはお金を垂れ流し続けて耐えられるだけの力ということで」

「お金、ですか」

「まずは動物を買い揃《そろ》えて、小屋を建てて柵《さく》を作るという初期費用が必要です。子供を産ませて肉にするにせよ、毛や乳を取るにせよ、かなりの時間が必要です。その間も餌代はかかりお世話もしなければなりません。軌道に乗るまでずっと赤字続きです」

「なるほど、資産という名の体力ですか。人が食べる分すら確保できていないのに家畜の餌まで捻《ねん》出《しゅつ》するのは難しそうですね」

「ですが捨てるには惜しいアイデアかと思いますよ。この村を大農場に発展させた後で牧場を作り、毛や皮を加工する工房を建てましょう。現地で採れた肉、乳、野菜を使った料理店なんかも良さそうですね。そうすれば雇用が生まれ……、つまりは仕事が出来てですね、より多くの人々を養う事が出来るというものです」

「それは何とも、夢のある話ですね」

リスティルが呟《つぶや》くと、クラウディアはずいと身を乗り出してきた。

「そう、夢です。この土地には何もありませんが、それだけにリスティル様が一から好きなように街を作ってよろしいのです」

「好きなように……?」

「全てお好きに、気の向くままに！」

「お菓子屋さんを沢山建てても？」

「素晴らしい、養蜂を始めて蜂蜜《はちみつ》を集めましょう。もちろん小麦も自家製です。水車の使用料を決めるのも領主の権限ですからね、これを安くするかいっそタダにしてしまえば、国中の菓子職人たちが涎《よだれ》を垂らして集まってきます」

「まあ」

クラウディアとの会話は本当に楽しく、リスティルを笑顔にさせた。どんなアイデアも決して頭から否定はせず可能性を残す。夢を語れば実現させる方法を一緒に考えてくれる。

だが、いつまでも甘い夢に浸ってはいられない。話している内に気が付いたのだがクラウディアが語っているのは全て未来の話であり、今日のパンの話ではないのだ。

話題を変えてしまう事を名残惜しく思いつつ、リスティルは表情を引き締めた。

「クラウディア様、夢の実現の為にも今の生活を安定させねばなりません。具体的なお金儲けの方法があればご教授下さい」

「具体的、ですか……」

これにはクラウディアも即答出来なかった。

金貨一千枚の余裕が出来たとはいえ、絶対の安全圏に入った訳ではないのだ。畑を急ピッチで広げてはいるが、来年の実りが不作であれば窮地に追い込まれる。再来年も不作が続けばその場で破産だ。兵の中には農家の出身であるという者も多いが、やはり大半は素人なのである。不作になる可能性の方が高いと考えるべきだろう。

もうルッツ工房からの援助は出来ない。クラウディアは何でもないような顔をして金貨を出したが、内心は脂汗まみれであった。王侯貴族の依頼が続いたとはいえ、金貨一千枚はとてつもない大金である。

たとえるならば投資をする為に家を売るようなものだ。無謀と呼ぶ事すら生ぬるい自殺行為、回収が難しそうな酷《ひど》い案件である、クラウディアも相手がリスティルでなければ鼻で笑って見向きもしなかっただろう。

投資した理由が『リスティルの力になりたい』、それだけである。つまりは情のみ。商人失格と言われて当然の行いであった。

それでも、それでもだ。この国の歪《ゆが》みをただひとりの少女に押し付けて顔を背ける事だけは我慢ならなかった。普段から男の意地だのロマンだのと言って無謀な行動に出るルッツを呆《あき》れた眼で見ているクラウディアであったが、彼女が今やっているのは女の意地とでも呼ぶべき事であった。

「色々と考えましたが、エルデンバーガー侯爵が進める連合国との交易の話に乗るしかないかと思います」

「エルデンバーガー侯爵の？」

リスティルは首を捻《ひね》って聞いた。貴族たちから好かれていないという自覚があり、ベオウルフ・エルデンバーガー侯爵もそのうちのひとりだ。

かつてベオウルフはリスティルが隣国の老王に嫁ぐという話を阻止した事があったが、それはリスティルの身を哀れんでの行動ではなく王女を人質として扱われる形になるのを危惧《きぐ》しての事だ。

和平会談の後でリスティルはベオウルフに礼を言いに行ったが、その時のベオウルフの眼はリスティルという一個人を見るものではなかった。王族人形を見る、冷たい眼だ。

協力を申し出たところで適当にあしらわれるに決まっている。王女という立場にありながらリスティルには何の外交力もなかった。

「ご心配なく、エルデンバーガー侯爵とはちょっとした伝手《つて》がございまして」

リスティルを安心させるためか、クラウディアは殊更に明るく振る舞った。

エルデンバーガー侯爵から刀の作製を依頼された事、侯爵とルッツの父に繋《つな》がりがあった事、刀の出来映えにいたく感動してルッツに借りがあるとまで言った事。それらを語ってやるとリスティルの表情から少しずつ不安の色が消えていった。

「私がルッツくんを連れて侯爵の所へ交渉に行きましょう。ちょっと儲け話に一枚噛《か》ませて、と。交易が盛んになれば行き交う商隊も増えましょう、そこで初めて護衛の需要が増え……、つまりはその仕事を求める人が増えるという事ですね」

弟子の理解の早さに、クラウディアは満足そうに頷《うなず》いた。

「侯爵領から人を出すよりも、近くにいる私たちに委託した方がずっと安上がりという事ですね？」

「交易の規模が大きくなれば道路整備なんかも必要ですね。これも侯爵にお金を出させてうちで請け負いましょう」

次から次へとよく出てくるものだとリスティルは感心していた。しかし、それら全てがエルデンバーガー侯爵との協力関係が構築出来ればの話だ。

「クラウディア様、侯爵との交渉ですが私も同席させていただいてもよろしいでしょうか？」

「それは構いませんが……、あまり楽しくはないと思いますよ」

エルデンバーガー侯爵がリスティルを厄介者として見ている。それはクラウディアも承知していた。

「私はこの村の代表です。先々の為にも逃げ回っている訳にはまいりません」

「……リスティル様のそういうところ、結構好きですよ」

クラウディアが優しげな声で囁《ささや》いた。

好きという言葉に特別な意味などないだろうが、面と向かって言われリスティルは羞恥《しゅうち》で俯《うつむ》いてしまった。


当主の私室にて、ベオウルフ・エルデンバーガー侯爵は午前の政務を終えて己の佩刀《はいとう》に見入っていた。何度見ても飽きない。いや、見る度に美しくなっているようにすら思う。これは二十数年前の後悔を晴らしてくれた刀だ。我が手の内にあることに運命じみたものを感じてしまう。

ドラゴンの彫刻がされた黒塗りの鞘《さや》も最初に見たときは地味だと感じていたが、今ではすっかり気に入っていた。長く使っていくつもりの物ならばある程度地味な、眼にうるさくない物の方が良い。

口には出せぬ事だが自国の王の『薔薇庭園《ローズガーデン》』や隣国の王へ贈られた『天照《あまてらす》』よりも、自分の佩刀の方がずっと趣味が良いと思っていた。

……状況も落ち着いてきた事だし、また武器マニアの集いを開催してもいいな。

その場で愛刀『石喰《いしぐ》らい』を見せれば同好の士たちからの評価はまた一段と上がるだろう。その場で王が新たな刀を手に入れてすっかり気に入った事を教えてやれば貴族たちに恩を売れる。刀の宣伝をしてやればツァンダー伯爵にも恩が売れる。

悪くない。何気ない思いつきであったが意外に良策であったので、ベオウルフは刀身に顔を映しながらにんまりと笑っていた。

「旦那《だんな》様、失礼いたします」

ノックの音に続いて執事の声。入れ、と許可を出すと家督を継ぐ前からの付き合いである信頼できる男が姿を現した。

その手に書簡が握られている。天使のラブレターか、悪魔の招待状か。恐らくは後者であろう。なんとなく面倒事の予感がした。

「王女殿下からの書簡でございます」

「誰の事だ。帝国に股《また》を開いた女か、性根の腐りきった女か、それとも疫病神か」

「旦那様、お言葉が過ぎますぞ」

「わかっている、だからお前にしか言わぬ」

仕方のない人だな、と執事は苦笑しながら書簡を手渡した。

「三番目にございます」

「……だろうな」

ベオウルフは暗い顔で封蝋《ふうろう》を破いて書簡を広げた。第三王女リスティルがこのタイミングで持ちかける話とは何だろうか。金の無心か、それとも仕事を放棄するから後は任せるとでも言いたいのか。いずれにせよ愉快な話ではあるまい。

ベオウルフは羊皮紙に目を通し、ふむ、と唸《うな》った。

領地の運営についてお話ししたいとある。これだけでは何もわからないが、気になる点がもうひとつあった。ルッツとクラウディアが同席するとの事だ。

ベオウルフの心につまらない、そう自覚できるような感情が芽生えた。ちょっとした苛立《いらだ》ち、水で薄めた嫉妬《しっと》のようなものである。

……ルッツは私の誘いを断っておきながら、今は姫様の為に動いているのか。

愛刀『石喰らい』を作ってもらった時、ベオウルフはルッツを召し抱えようと誘ったが断られてしまった。彼はツァンダー伯爵家お抱えの身であるのでそれはそれで仕方のない事だ。

ルッツを養子にしてもいいとすら考えていた。無論、継承権は与えられないが侯爵領の鍛冶《かじ》同業者組合《ギルド》を導く立場に置きたかった。彼の父であるルーファスが追放された時に何もしてやれなかった罪滅ぼしという意味もある。

「使者を待たせております。いかがいたしますか？」

執事の言葉で我に返り、ベオウルフは気だるげに答えた。

「お待ちしております、と答えておけ。返事は書かん、口頭でよい」

執事が一礼して立ち去るのを見届けてから、ベオウルフは再び刀を抜いて刀身に視線を落とした。この刀が己の手にある事、それを偶然で終わらせたくはないものだ。


数日後。リスティル、ルッツ、クラウディアの三人が揃って侯爵家にやって来た。通された先は談話室である。これだけの人数でベオウルフの私室では狭すぎるからというのが表向きの理由であるが、正直なところあまり信用していない相手を私室に入れたくはなかったからだ。

「お久しぶりです、ベオウルフ卿《きょう》」

「リスティル様もご壮健のようで何よりです。さて、本日のご用件は？」

挨拶《あいさつ》はどこまでも形式的なものであり、そこに好意といったものは含まれていない。

これは回りくどい真似《まね》をしても印象が悪くなるだけだろうなと判断したクラウディアがリスティルに目配せをした。私が進めてもよろしいですか、と。リスティルは深く頷いた。

「ツァンダー伯爵家お抱え鍛冶師ルッツの妻、クラウディアと申します。商売の話という事で、私から話させて頂いてもよろしいでしょうか？」

ベオウルフはクラウディアとも面識がある。彼女に任せておけば話がスムーズに進むだろうという安心感と、この女に好き勝手させては主導権が持って行かれるという不安があった。

どうしたものかと考えるが、選択肢などない。王女が目の前に居るというのに女が出しゃばるな、などと言えるはずもなかった。また、そんな事を言えば息子にするつもりだった男からの印象も悪くなるだろう。よかろう、とベオウルフは不承不承ながらも頷いた。

「単刀直入に申し上げます。閣下が進めておられる連合国との交易、そのお手伝いをさせて頂きたいのです」

「儲《もう》け話に一枚噛ませろと？」

「有り体に言えばそういう事で」

予想以上にせっかちな人物のようだ、とクラウディアは判断した。自分たちを歓迎していないから話を早く打ち切ろうとしている面もあるだろう。いずれにせよ、長引かせるのは得策ではないようだ。メリットを早々に提示する必要がある。

「私がいくつもの危険な橋を渡ってようやく漕《こ》ぎつけた取引に横入りするつもりか？」

「閣下にも利のある話でございますれば」

クラウディアは交易が軌道に乗った後の、警備と道路整備について提案した。その間ずっとベオウルフはつまらなそうな顔をしていたが、眼だけがきょろきょろと左右に忙《せわ》しなく動いていた。興味のない態度はブラフだ、そう読み切ったクラウディアはさらに話を踏み込ませた。

「戦闘力に長《た》け、土木工事にもある程度慣れた人材が交易所のすぐ近くにいるのです。侯爵領から大量に人を呼び寄せるよりはずっと安心で安上がりかと」

「ついでに言えば、もう行き場のない連中だから裏切る心配もいらぬか」

帰還兵たちを見下すような物言いにリスティルは不快感でむっとした表情を浮かべるが、クラウディアがポンポンと背を軽く叩《たた》いて落ち着かせた。挑発も含めて交渉というものだ。

「必ずや、閣下のお役に立って見せましょう」

クラウディアは魅力的な、それでいてどこか冷たい笑みを浮かべて答えた。

ベオウルフは深く考える、この話を受けるかどうかだ。大したデメリットはない、強いて言えば己の立場が第三王女に寄ってしまう事くらいだろうか。出来れば距離を置きたかったが同じ国境際の土地で活動している以上、いつまでも無関係という訳にはいかないのかもしれない。

対してメリットは確かにある。兵というのはただ存在するだけで金のかかるものであり、侯爵領から騎士団を派遣するとなると利益の大半を持って行かれる事になるだろう。実戦経験があり、本拠地もすぐ近くにある兵士たちを安く雇えるならばそれに越した事はない。

「わかった、この話を受けようじゃないか」

「あ、ありがとうございます！」

と、真っ先にリスティルが頭を下げた。本当に素直で、素直すぎる王女様だ。そこが魅力的でもあり、危うくもある。少し情が移ったか、これから話さねばならぬ事が申し訳なく思えてきた。

ベオウルフはクラウディアに顔を向けて言った。

「ひとつ問題がある。この話は交易が軌道に乗ればという話だが……」

「何でしょうか？」

「今のところ交易は月に一度、馬車一台分の品を交換する程度の小規模なものだ。関係を途切れさせないために続けているだけであって、正直なところ赤字だな」

「え……？」

契約をまとめたと思った矢先に、全ての前提条件が覆されてしまった。さすがのクラウディアもこれには咄嗟《とっさ》に言葉が出て来なかった。

「やってしまった……」

エルデンバーガー侯爵家からの帰りの馬車で、クラウディアは頭を抱えて唸っていた。侯爵との交渉はほぼ思い通りに進んでいたというのに、とんでもない見落としをしていたのだ。

侯爵と連合国との交易に乗る形で金儲けをしようと企《たくら》んでいたのだが、その交易自体が上手くいっていないとは想定外であった。いや、想定するべきだったのだ。

隣国は王の暗殺からの政権交代により内乱状態が続く。その為こちらでは畑を広げて広げまくり、食糧は作る端から飛ぶように売れるだろうというのがクラウディアの目論見《もくろみ》のひとつであった。

内乱状態ならば、交易にまで手が回らない可能性というのも考えるべきであった。単純に人手が足りないのか、売るための品を用意できないのか、こちらから買った物を国内で売《う》り捌《さば》くことが出来ないのか、原因はいくらでも考えられる。

調査が足りなかった。何故調査が出来なかったのか、それはクラウディアが本拠地から離れて商人の伝手を使えなかったからだ。この辺境にまともな商人などいない。

原因を追って行けばどうしても自分の不注意というところに辿《たど》り着《つ》いた。

「姫様、申し訳ありません。私はただ尻《しり》がデカいだけの女です……」

しょんぼりと項垂《うなだ》れながらリスティルに向けて謝罪した。そんな事を言われてもリスティルだって困る。どうやって慰めようかと言葉を探しながらあわあわと手を振って慌てていた。

「クラウ、リカバリーの利く失敗は失敗などではないぞ」

今まで黙って見ていたルッツが口を開いた。商売の話からは一歩引いた立場を取っていただけに、クラウディアは少々意外そうな顔で夫を見上げた。

「誰かが死んだ訳じゃない。金も信頼も失っていない。数ある策のひとつが潰《つぶ》れただけだ、そんなものを失敗と呼べるか」

どうもこの男の判断基準というものは生か死か、イエスかノーか、百か零かという極端なものであるらしい。死んでないからオッケー、と彼は言う。

絶対に商人には向いていないタイプだが、今は彼の心遣いが嬉《うれ》しくもあった。

「ふぅん、そうだねえ。私は少し調子に乗っていたのかもしれないね、やる事なす事全て上手くいって当然だと。歳《とし》も二十を越えていながら天才軍師気取りとは我ながら恥ずかしい。百の策を用意して、ひとつ当たればハッピーくらいの心構えでないといけないね」

よし、と頷《うなず》いてクラウディアは何とか気持ちを切り替えて立ち直った。

「反省タイムはおしまいだ、これからどうするかを考えよう。まず決めるべきは交易に乗る形を続けるか、まったく別の事を始めるかだけど……」

クラウディア様、とリスティルが声をかけた。

「村が国境際にある以上、エルデンバーガー侯爵や連合国との関わり合いは避けられないかと思います」

「共に発展する道を選ぶべきだと？」

「その通りです」

リスティルは毅然《きぜん》として言った。たまに垣間見える王女としての顔、それを見せられると何とか力になりたいという気になってくる。

「あの、すみません。私が動く訳でもないのに偉そうに……」

リスティルは呟《つぶや》きながら俯いて身を小さくしていた。人を動かす威厳もすぐに萎《しぼ》んでしまったようだ。

「いえいえ、それで良いのです。トップの仕事は方針を示して、仕事を出来る奴に割り振る事。ここから先は私にお任せ下さい」

「偉そうにというか、実際偉い訳ですからね。お姫様なんだから」

クラウディアとルッツのフォローに対して、これ以上自分を卑下するのはかえって失礼だとリスティルは頷いて納得する事にした。

「さて、そうなると何としても交易は上手くいってもらわねばなりませんね。その為の手助けをする必要があるが、そもそも何故上手くいっていないのかその具体的な原因がわからない訳で……」

クラウディアはちらとルッツに視線を送った。これから面倒な事を言うぞ、という合図のようなものだ。

「一度連合国内に入って、場合によっては向こうの交易担当者に話を聞かねばなりませんね」

「しかしなクラウ、俺たちに使える連合国の伝手なんてないんじゃないか。強いて言えばグエンさんくらいか」

以前、連合国の騎士に刀の作製を依頼された事がある。その出来映えは素晴らしく彼は感動していたものだ。こちらから接触すれば喜んで応じてくれるだろう。

しかし彼は一介の騎士である。領地を持った貴族ではない。相談したところで政治的な問題に関われるのかどうかという疑問が残っていた。

「それなんだけどねえ、彼をただの騎士という一言で片付けてよいものやら」

と、クラウディアは記憶を辿りながら語った。

「先王の側近であり、クーデターの後で今の王様にも仕えている。邪魔になった第三王子の処刑にも関わっている。こういう人は案外、そんじょそこらの貴族よりも人脈があったりするものさ」

「話してみる価値はある、と」

「そういう事」

自信を取り戻したクラウディアはニィっと笑って見せ、ようやく彼女らしくなってきたとルッツは安心していた。

「……大丈夫、今回は自分に都合の良いことばかり考えている訳じゃない。グエンさんに人脈があるかもというのは可能性のひとつであって、それに全てを賭《か》けている訳ではないよ。外れたところで次の策を用意するだけさ」

そこにあるのは力強い商人の顔。こうなれば彼女ほど頼もしい者はいない。

「それではリスティル様、私たちは一度伯爵領へ戻ります。そこで準備を整えて連合国へ出発、という形になりますね」

「クラウ、一度エルデンバーガー侯爵のところにも寄った方がいいんじゃないか」

「おや、何故だい？」

「交易のお手伝いをしますと一言伝えておこう、後から言ったの言わないのと面倒な事になっても困る。それと伯爵に向けて一筆書いてもらえば、伯爵からも行くなとは言われないだろう」

「おっ、いいねそれ。ルッツくんも交渉というものがわかってきたじゃないか」

「おかげさまでな」

盛り上がるふたりをリスティルは少し寂しげに眺めていた。行かないで欲しい、ずっと側《そば》に居て欲しい。だがそれは言えなかった、決して口にしてはいけない言葉だ。彼女らは自分の為に遠い異国へ行こうというのだから。

そんなリスティルの様子に気付いたか、クラウディアは優しく微笑みリスティルの身を抱き寄せた。豊かな胸に顔を埋《うず》めながら、リスティルは何事かと戸惑っていた。

「私たちは必ず戻って来ます。それまでどうか村をお守り下さい」

抱きしめられたままコクリと頷くリスティル。

そこは俺の定位置だぞと言いたかったが、空気を読んで黙っているルッツであった。

クラウディアの心音を聞きながら落ち着きを取り戻したリスティルがゆっくりと身を離した。黒く美しい瞳《ひとみ》に、力強い決意のようなものが宿っていた。

「私は必ず村を発展させ、帰還兵の皆さんが安心して暮らせる場所を作ってみせます。犠牲になった皆さんの為にも……」

ここで言う犠牲者とは王女誘拐犯であるキルコード隊の事だ。仲間たちの窮状を訴える為に、決して報われぬ戦いに身を投じた大罪人たち。そしてリスティルが死を命じた男たちだ。

これで仲間たちが救われるならばと笑って死んでいった男たちの顔を、リスティルは生涯忘れる事はないだろう。

「ですが、それは私ひとりの力で成し得る事ではありません。ルッツ様、クラウディア様、どうか私に力をお貸し下さい。この場で改めて、お願いいたします」

リスティルはルッツとクラウディアの顔をちらと見てから、深々と頭を下げた。

王女様にそんな事をさせてはと慌てるルッツたち。十数秒ほど経《た》ってようやく顔を上げてくれたリスティルに、クラウディアはドンと胸を叩いて勇気づけるように言った。

「お任せください、地獄の底までお供しますよ。いや、どんな地獄でも天国のような環境に変えて見せましょう！」

クラウディアの大言壮語を、ルッツとリスティルは笑わなかった。やってみせる、この三人が集まれば何だって出来る。

三人は顔を見合わせて微笑み、力強く頷いた。

書き下ろし番外編　色あせた約束

四十年。それは人にとって何かを得るにも、全てを失うにも十分な時間であった。

ゲルハルトは深夜にふと目が覚めてしまった。蝋燭《ろうそく》は消して周囲は闇に包まれているというのに、不思議と天井の形はわかるものだ。

起きたからといって特にやる事はない。目をつぶって寝直そうとするが、妙に目が冴《さ》えてそれも出来なかった。

「やれやれ、若い頃はいつでもどこでも眠れたのだがな……」

輪郭のおぼろげな天井に語りかけるが、答えが返ってくるはずもなかった。

カーライル、チェルシー、ボルビス。天井をじっと見つめていると、かつての仲間たちの顔が次々と浮かび上がってきた。

好きなように眠れなくなった。そしてこんな夜中にひとりで感傷に浸っている。

「わしは、老いたのか……？」

再び天井に問うと、思い出の中でいつまでも若い仲間たちが一斉に騒ぎだした。

『当たり前だ、あれから何年経《た》っていると思っていやがる』

『その一人称は何よ、爺《じじ》くさい』

『俺の刀、ちょっと使い方が荒くないか？』

相変わらず好き勝手言いやがって。ゲルハルトの口元に自然と笑みが浮かび、同時に涙がツツッと流れ落ちた。

ああ、やはり自分は老いたのだろう。本当に穏やかな気分だ。このまま目を閉じて、もう二度と目覚めなくても構わない。

そう思っていたのだが、翌朝になると拍子抜けするくらい普通に目覚めた。

「何だよ、もう……」

ぼやきながら天井を見上げるが、あの憎たらしい顔が浮かび上がってくる事はなかった。


「閣下、おはようございます」

ゲルハルトが主《あるじ》の私室に朝の挨拶《あいさつ》へ行くと、マクシミリアン・ツァンダー伯爵は紅茶を飲みながら目を細め、薄板の文字を追っているところであった。

羊皮紙ではなく薄板に書かれたものなのでさほど重要なものではないだろう。それにしては熱心に見ているものだ。

「それは何かと、お聞きしてもよろしいですか？」

ただの興味本意だ、答えたくないならそれで構わないと前置きするようにゲルハルトが聞いた。

マクシミリアンもまだ目が覚めきっていないようで、どこかのんびりとした口調で答えた。

「以前、冒険者どもに迷宮の調査をして何かあったらすぐに教えろと通達しただろう」

「はい。組合から何か来ましたか？」

「基本的には異状なし。後は噂話《うわさばなし》や、よもやま話の類だな。下らないと言えば下らないのだが、つい読みふけってしまった」

そう言ってマクシミリアンは読んでいた薄板を差し出した。ゲルハルトとしては特に興味はなかったのだが、自分から振った話なだけにどうでもいいですとは言えず、適当に目を通した。

ピタリと、ある一点でゲルハルトの視線が止まった。

「迷宮の奥深くに聖剣が眠っている……？」

「ああ、それな。定期的に浮かんでは消える下らん噂話だ。そもそも、どこのどいつが確かめたっていうんだ。聖剣を見つけたならその場で持って帰ればいいだろうに、なあ？」

「はは、いやまったくです。本当に愚かな……」

マクシミリアンが笑い飛ばす一方で、ゲルハルトの顔は青ざめていた。

誰が噂を流したのか。そこには特定の個人というよりも、迷宮の悪意のようなものが働いているような気がした。また生《い》け贄《にえ》を求めて罠《わな》を張っているのだろう。

ゲルハルトもかつて、聖剣というロマンの餌に食い付いた事がある。そこで仲間ふたりを死なせた挙げ句に、手に入った聖剣は太古のもの、つまりは青銅の剣であった。

仲間を失った事よりも、当てが外れた事よりも、宝箱を前にして欲に駆られ仲間たちの死を忘れた事を恥じ、ゲルハルトともうひとり生き残ったボルビスは冒険者を辞めて職人の道へと進んだのであった。もう、四十年以上も前の話である。

地下深くに眠る聖剣、それはゲルハルトにとって恥と後悔の象徴であった。

ゲルハルトは無言でマクシミリアンに薄板を返しながら、そういえばと思い出した事があった。

生前のボルビスと話をした事がある、いつか仲間たちの墓参りに行こう、と。死んだ冒険者に墓などない、つまりここで言っていたのは迷宮の地下十層の事である。とても約束とは言えない戯《ざ》れ言《ごと》であった。

……センチメンタルか、らしくないな。

そんな戯れ言も、今となっては友との大切な繋《つな》がりである。やっぱり止《や》めようと言える相手はもういないのだ。

「閣下、しばらくお休みをいただきます」

考えるよりも先に口が動いていた。

いきなり何だよとマクシミリアンが怪訝《けげん》な眼《め》を向ける。

「友人の墓参りに行きたいのです」

冠婚葬祭ならばダメだとは言いづらく、マクシミリアンは渋々といった様子で頷いた。

「それで、どれくらいかかる？」

「とりあえず準備も含めて十日ほどと考えております」

マクシミリアンの困惑はますます強まった。一体どれだけ遠くにあるのか、そして準備とは何なのか。

「……何処《どこ》にあるんだ、その墓とやらは？」

「迷宮の地下十層に」

そういえばこいつは元冒険者だったなと思い出した。だからと言って納得出来るかどうかは別問題である。

地下十層というのは一流の冒険者チームが何度もアタックして行けるかどうかという領域である。

それを四十年以上も前に引退した男が、ただ墓参りの為《ため》だけに行こうというのだから理解出来なくて当然だ。

「本気か？　いや、正気か？」

「さあて、正気かどうかは保証いたしかねます。本気であるのは確かですが」

ゲルハルトはどこか他人事《ひとごと》のように言った。

マクシミリアンは諦《あきら》め、思考を停止した。こいつにはもう何を言っても無駄だ、行かせてやるしかないと。

「十日経って戻って来なければ死んだものと思ってください」

「ダメだ、生きて帰れ」

「そのつもりではありますが、迷宮相手で必ずとは……」

「ふむ、ならばリカルドを連れていけ。私からの依頼だと言ってな」

「閣下の寛大なお心に感謝いたします」

ゲルハルトは一礼し、伯爵の私室を後にした。

「あの男は仲間と死に別れた。だが命をかけてでも墓参りをしたいと思える相手がいる人生というのは、それはそれで幸せなのかもしれないな」

自分にはいない。マクシミリアンは寂しげに呟《つぶや》き、カップに残った紅茶を一気に飲み干した。


「おいリカルド、おるかぁ!?」

冒険者街の宿屋、二階のドアがドンドンと無遠慮に叩《たた》かれる。

既に昼過ぎである。ほとんどの冒険者は魔物退治や迷宮探索に出かけているが、ゲルハルトが叩いている部屋にだけは人の気配があった。

「開けろ、中にいるのはわかっているぞ。それともドアをぶっ壊されたいか⁉」

中から唸《うな》り声が聞こえた。そしてモソモソと動く音。どうやら眠っていたらしい。

鍵《かぎ》を開ける音、そしてドアが開かれると寝ぼけ眼の男が隙間から顔を出した。今すぐ肩書きを外したくなるほどだらしのない顔をした勇者リカルドである。ちなみにパンツ一丁スタイルで、鍛え上げられた身体《からだ》を惜しげもなく披露している。

「ゲルハルトさん、何ですかこんな時間に……」

「もう昼前だぞ」

「太陽が勝手に昇っただけじゃないですか……」

リカルドはのそのそとゾンビのような足取りでベッドに座り、ゲルハルトも適当な椅子を引き寄せ腰かけた。

「いい加減に目を覚ませ、伯爵からの依頼だ」

その一言でまるで薄皮を剥《は》がすように、リカルドの表情が真剣なベテラン冒険者のものへと変わった。

「魔物討伐ですか、それとも野盗が出ましたか?」

「いや、墓参りだ」

「んんん……ッ?」

意味がわからないという顔をするリカルドに、ゲルハルトは迷宮の地下十層に行くつもりだと説明した。説明されてもやはり、意味がわからない。

「それは伯爵じゃなくて、ゲルハルトさんの依頼では？」

「伯爵からお主を連れ出す許可は得ておる。伯爵の命令も同然だ」

「ぬぅ……」

リカルドは唸り、強く頭を掻《か》いた。伯爵の命令である、そして何かと強引なゲルハルトの要求である。結論、逃げ道はない。

厳密に言えば逃げ道がない訳ではないが、それは伯爵領から逃げ出すという事である。地位と名誉、人間関係を全て置き去りにする気にはなれなかった。

ついでに言えば財産の大半と剣のコレクションを城で預かってもらっているのだ。これから逃げるので返してください、とは言えなかった。

「……ちゃんと金は出るんでしょうね？」

「無論だ。わしからも伯爵からも出させてもらうぞ」

「それと、ヤバイと思ったらすぐに引き返しますからね」

「それも承知しておる。地下十層、行けるという保証など何処にもないからな。ダメでも仲間たちは許してくれるだろうさ。夢に出てきて、わしを指差して思い切り笑う程度で」

そう言って笑うゲルハルトの表情には、寂しさと懐かしさのようなものが混じっていた。

この時、リカルドは本気で彼に協力してやろうと決めていた。男のロマンに付き合う、それもロマンだ。

善は急げと早速出発したふたりはまず準備を整える為に市場に立ち寄った。

水、ビスケット、ロープ、ランタン用の油、簡易砥石《といし》、非常用の松明《たいまつ》など。少し前にも迷宮探索を行ったばかりなので、特に迷う事なくスムーズに終わった。

途中でルッツの工房に寄り、一緒に行かないかと誘ったのだが、

「俺は鍛冶屋《かじや》だから……」

と、断られてしまった。

どうやら前回の迷宮探索で無茶をした事で、クラウディアにかなりキツくしぼられたらしい。二重の意味で。

仕方がないなとしょんぼり肩を落として立ち去ろうとするリカルドの背にルッツが声をかけた。

「もし良かったら、使ってくれ」

そう言って差し出したのは業火の魔斧《まふ》『白百合《しらゆり》』であった。

「迷宮ではかなり役立つと思うんだ」

「……いいのか？」

「ああ、ちゃんと返せよ」

リカルドは妖刀『椿《つばき》』を所有しているが、これは呪いの力が強すぎ周囲にも影響を及ぼすので、そうそう気楽に使う訳にはいかなかった。

実質、彼のメインウェポンは古代文字が三字刻まれたそれなりの剣という事になる。

これから迷宮の地下十層に挑むという大仕事を前にして、四字が刻まれた武具を貸してもらえるのは正直ありがたかった。

「おう、借りとけ借りとけ。なまくらに命を預けるなんざ、それこそ正気の沙汰《さた》ではないぞ」

などと笑うゲルハルトに、リカルドは呆《あき》れた視線を向けた。

「なまくらって。これは以前、魔物討伐の褒美として伯爵にいただいた物ですよ。しかも魔術付与したのはゲルハルトさんじゃないですか」

「知らん、忘れた」

「まったく……」

仕方のないジジイだなとため息を吐《つ》き、リカルドは改めてルッツに礼を言って、その場を後にした。


迷宮の中は臭い、暗い、汚い。何度来ても慣れるような所ではなかった。

以前はにわか冒険者で溢《あふ》れ返っていた迷宮も落ち着きを見せていた。彼らは何処へ行ったのだろうか。冒険者稼業に慣れたか、別の仕事を見付けたか、野盗に堕《お》ちたか、それともここで命を落としたのか。

リカルドは軽く首を振って暗い考えを追い出した。自分は一介の冒険者だ、他人の人生をどうにか出来るような力も資格もない。

「姫様の所に行ったのかもなあ」

まるでリカルドの考えを読んだかのように、ゲルハルトがぼそりと呟いた。

第三王女リスティルが行き場のない帰還兵たちを集めて村を作っている。噂を聞き付けそこに参加したのでは、というのは実に救いのある話だ。

「そうですね。ええ、きっとそうでしょう」

リカルドは深く頷《うなず》き、また力強く前へと歩み出した。

ふたりは特別仲が良いという訳ではないが、背中を預けられる程度には信頼し合っていた。

飛び出してきた魔物をゲルハルトが愛刀『一鉄《いってつ》』で両断し、リカルドが魔斧『白百合』で燃やし尽くした。

頼もしい、実に頼もしい相棒である。だが素直に褒めるような気にはなれず、お礼の言葉などもっての外である。

本当にくだらない拘《こだわ》りだが、礼を言えば相手より格下だと認めた事になるような気がするのだ。

迷宮の奥に進むほど会話は少なく、ぎこちないものになってしまった。こんな時こそルッツにいて欲しかったと切実に思うふたりであった。

ルッツにとって剣術とは刀の振り心地を確かめる為の手段に過ぎず、自分の強さを周囲に認めさせようという気はまったくなかった。故に、彼は他人を褒める時は素直に褒める。

ありがとうございますゲルハルトさん。今の一撃は凄《すご》かったなリカルド。そう言ってくれれば残ったひとりも素直に頷けばよいだけの話だ。それで人間関係は上手《うま》くいく。

何か話題はないのか。人と話す事がさほど得意ではないリカルドが必死に考えた末に思い付いたのが、この探索の最終的な目的についてである。

「ゲルハルトさん、地下十層に着いたら何をするつもりなんですか？」

「何って、墓参りだが……」

最初からそう言っているだろうと、ゲルハルトは不思議そうな顔をした。

「具体的に何をするかですよ。本当にお墓がある訳でなし、祈るにしても何処に向けて祈るのかとか」

「ふぅむ……」

ゲルハルトはしばし悩んだ。ごくごく個人的な話である、話すべきかどうか。

ちょうど話題を探していたところであるし、ここまで協力してくれた相手に向かって『お前の知った事じゃない』と突っぱねるのはあまりにも身勝手ではないかとも思う。

つまらん話だぞ、と前置きしてからゲルハルトは語った。

「花を一輪、供えたくてな」

「……それだけ？」

「それだけだ」

ゲルハルトは懐から一輪の薔薇《ばら》を取り出した。いや、よく見ればそれは生花ではなく造花であった。迷宮の薄暗さでよくわからなかったが、造りもどこか荒い気がする。

「ひょっとしてゲルハルトさんの手作りですか？」

「言うなよ、そういう事を」

ゲルハルトは恥じるように造花の薔薇を懐にしまった。別にケチをつけたい訳ではなかったのだが、言葉選びを間違えたかなとリカルドは反省した。

「……この濁った空気の中では、生花はすぐに枯れてしまうのではと思ってな」

「それで造花を？」

こくり、とゲルハルトは小さく頷いた。

「いいじゃないですか。何ていうか、上手く言えないけど凄くいいですよ」

「そうか、お主が死んだ時も作ってやろうか」

「せっかく良い話としてまとめようとしているんだからさあ……」

「ははは、いや、すまんすまん」

まったく、と呟き歩き続けるリカルド。少しは距離が縮まったような気がした。

よほど運が良かったのか、それとも相性が良い為か、ふたりはスムーズに地下深くへと降りて行く事が出来た。四十年前のデジャヴ、あの日もそうだった。不思議なほどに魔物が少なく、道に迷う事もあまりなかった。

ゲルハルトはもうひとつの可能性を付け加えた。迷宮に誘われているのではないか、と。

あの日は仲間と名誉を失う事になった、今回はどうなる。

……やらせてなるものかよ。

ゲルハルトは腰袋に手を突っ込み、ビスケットを取り出して口に放り込んだ。不愉快極まりない顔で噛《か》み砕《くだ》き、口内に張り付いたビスケットの欠片《かけら》を温《ぬる》い水で流し込む。

辺りは腐った空気に包まれている。こんな状況で食欲などあるはずもないが食べなければ身が持たない。暗闇の中で時間の感覚が曖昧《あいまい》になっているが、おそらく丸一日は経っているだろう。

ゲルハルトの覚悟や真剣さを感じ取ったリカルドも同様にビスケットを口に詰め込んだ。同じように、もの凄く嫌そうな顔をしながら。

一時間ほど交代で仮眠を取り、また突き進む。

見るだけで正気を失ってしまいそうな異形の化け物を何体も打ち倒した。もう数は覚えていない。

道中で宝箱からいくつもの宝石を手に入れた。大粒で傷もない、かなりの値打ち物だ。これだけでも迷宮に潜った甲斐《かい》があった。無論、生きて帰る事が出来ればの話だが。

それからさらに半日が経ち、ふたりはようやく地下十層へと足を踏み入れた。階段を降りた瞬間、ぞくりと背中に悪寒が走る。

冒険者の勘と、人の生存本能が伝えてきた。ここには何か強大で恐ろしいものが存在すると。

「……行くぞ」

ゲルハルトは軽く頭を振ってから前へと踏み出した。怯《おび》えて逃げるくらいなら、そもそもこんな所へ来てはいない。

こいつ本気か、と信じられない馬鹿を見るような眼をしていたリカルドも、やがて『もうどうにでもなれ』と覚悟を決めてゲルハルトの背を追った。

ゲルハルトは迷いなく進んでいた。迷宮は日々変化するはずなのに、この層だけは四十年前と何も変わらない。

壁に手をつくと振動が伝わってきた。遠くから剣を交える音が、叫びが、そして悲鳴が聞こえてきた。

誰かが戦っているのだろうか？

ドクン、とゲルハルトの心臓が大きく跳ねて、彼は思わず駆け出していた。

放っておけばまた、ここで誰かが死んでしまう。

「やらせるかよ、やらせてなるものかよッ！」

ゲルハルトは叫び、走りながら刀を抜いた。名刀『一鉄』、亡き友が打った本物の聖剣だ。

大部屋に飛び込むと、まず巨大な化け物の姿が眼に入った。

「よう、久しぶりだな……ッ」

ゲルハルトは口の端を歪《ゆが》めて言った。

皮膚がどす黒いタコのような生物だ。身体中に眼があり、口がある。百を超える眼球が一斉にゲルハルトへと向けられた。

その化け物には見覚えがあった、忘れるはずがない。四十年前に犠牲を出しながらもなんとか倒した相手である。一体どんな原理か知らないが復活していた。同じ個体であるかはわからないが。

……そんな事はどうでもいい。

ゲルハルトは刀を握り締め、怒りに燃える眼で化け物を睨《にら》み付けた。この化け物が存在する、それだけで仲間たちの死が否定されたような気がするのだ。

周囲に素早く眼を走らせた。四人の男女がいる、ひとりは頭から血を流しているが致命傷ではないようだ。まだ、間に合う。

「あ、あんた誰なんだッ⁉」

リーダー格らしい男が叫ぶ。

「通りすがりだ！」

化け物がゲルハルトを覚えていた訳ではあるまいが、この場で一番厄介な相手と判断したようだ。

数本のタコ足が一斉にゲルハルトを襲う。

丸太のように大きく硬く、それでいて伸縮自在の恐るべき武器である。

しかしゲルハルトは避《よ》けようとしなかった。一度は見た、そして何度も夢に出てきた攻撃だ。足を大きく開いてこれを迎え撃つ。

一本目の足を斬りつけた。緑色の体液が辺りに撒《ま》き散《ち》らされる。

二本目の足を弾《はじ》いて軌道を変える。

三本目の足を豪快に切断！　友の刀が声なき咆哮《ほうこう》をあげた。

迫る四本目、意外な方向から斧《おの》が突き立てられ、タコ足は激しく燃え上がった。

「煮ても焼いても食えそうにないな！」

なんとか追い付いたリカルドである。

「ゲルハルトさん、これどういう状況？」

「あの化け物をぶっ殺せ、以上だ」

「わかりやすい説明どうも」

リカルドはため息を吐いて斧を握り直した。無理も無茶も非常識も、全て冒険者にとっては日常茶飯事だ。責めるのも考えるのも後でいい。

魔斧『白百合』の効果で燃えるタコ足であったが、化け物は自ら足を切り離す事で全身の延焼を防いだ。そして傷口がモコモコと膨れ上がり、またすぐに新たな足が生えてしまった。

「げえっ……」

必殺の一撃が無駄に終わってしまった。リカルドの失意に追い討ちをかけるように五本目のタコ足が振り下ろされる。

ゲルハルトとリカルドが跳《と》び退《すさ》る。一瞬遅れてタコ足が叩《たた》き付けられ、石床が大きく抉《えぐ》られた。

これからどうすればいい。リカルドの脳裏に迷いが生じた。

「奴《やつ》の体力は無限ではない！　斬って斬って斬りまくれ！　足の十本も落としてやれば大人しくなるだろうさ！」

「気楽に言ってくれますねえ！」

「気楽さ、わしとお主が揃《そろ》っているのだからな！」

「若者をおだてるのがお上手だ！」

リカルドが駆け出し、再度『白百合』を振るう。その恐ろしさが身に沁《し》みたか、化け物はこれを横殴りに弾いた。

体勢を崩したリカルドに別の足が迫る。このタイミングを見計らっていたようにゲルハルトが飛び出し刀を振り下ろした。足一本、切断！

「ぐぅおおおおお！」

身の毛もよだつ怒りの咆哮が大部屋に響き渡る。残った足がゲルハルトとリカルドに向けられた。

「なめてんじゃねえぞコラァ！」

化け物の背に手槍《てやり》が突き刺さる。四人の冒険者たちは戦意を復活させ立ち上がっていた。

「最初のお相手は俺たちだぜ、いまさらチェンジはなしだろうがよ！」

リーダー格の男が叫ぶ、気の強そうな女性が手槍を引き抜く、盾を構えた男がじりじりと迫る。

頭から血を流す男は無理をしては足手まといになると悟ったか、少し離れて半弓を構えた。

幸運や偶然の助けがあったとはいえ彼らは地下十層に辿《たど》り着《つ》いた冒険者なのだ。勇気と実力に不足があろうはずがない。

「行くぞお前ら、徹底的に切り刻んでやれ！」

「おう！」

ゲルハルトが叫び、全員が応じる。いきなり現れた爺《じい》さんが何で指図をしているのかという疑問は残るが、今はそんな事を気にしている場合ではない。

彼ならばやってくれる。初対面だが、ゲルハルトからはそんな頼もしさが感じられた。

化け物に眼が百個以上あろうと、足が十数本あろうと、ベテラン冒険者六名の連係を崩す事は難しかった。少しずつ足を斬られ、身を削られる。

何度か冒険者を殴り付けはしたが、ウィークポイントを外されたようで致命傷には至らなかった。

やがてその時はやってきた。タコ足の先端が切断され修復しようとした。傷口がグネグネと蠢《うごめ》く、しかし再生はされなかった。

化け物の動きが一瞬止まった。嘘《うそ》だ、馬鹿な、信じられない。そんな事を考えているのだろうか。

その隙を見逃さずリカルドが走る。横殴りのタコ足、しかしこれをゲルハルトが防いだ。

薄闇を切り裂き『白百合』の刃《やいば》が化け物の本体へ深々と突き立てられた。一呼吸おいて化け物の全身は炎に包まれた。衰弱しきった化け物は炎の呪いに対抗する手段を持たなかった。

「ぎょおおおおお！」

魂に引《ひ》っ掻《か》き傷を付けられるような断末魔の叫び。声が途絶え、化け物が灰になった後でもしばらく頭痛が続いたほどだ。

「終わった、のか……？」

リーダーが呟《つぶや》き、皆と顔を見合わせ頷きあった。

ガラガラガラ、と金属の仕掛けが動く音がした。奥を見ると、小部屋を塞《ふさ》いでいた鉄格子が上がったようだ。その先には古ぼけた宝箱が見える。どうやら化け物の命と連動した仕掛けのようだ。

さて、ここで冒険者たちはずっと後回しにしていた問題と向き合わねばならなくなった。いきなり現れた爺さんと兄ちゃんは何者なのか。

彼らが来てくれなければおそらく化け物に殺されていただろう。勝ったとしても犠牲者が出ていたはずだ。

恩人である、しかもかなりの実力者たちだ。四対二で勝てるという自信もなかった。

何と声をかけるべきかと悩んでいると、仲間の女性が爺さんに歩み寄っていた。

「おい爺さん、助けてもらった事には礼を言う。けどね、先に戦っていたのはアタシたちだ。あの宝箱は渡せないよ」

冒険者の理屈としては正しい、だが一方的な物言いでもある。相手は一体どんな反応をするのか、冒険者たちはハラハラとしながら見守っていた。

ゲルハルトは女性冒険者の無礼な態度に怒り出したりはしなかった。それどころか優しげな眼で彼女を見つめていた。

……チェルシーに似ているな。

かつてのパーティーの紅一点、野郎三人は全員が彼女に惚《ほ》れていた。それ以上に仲間たちとの関係を壊したくなくて何も言わなかった。痛みを伴う、甘い思い出だ。

ゲルハルトは薄く笑って懐から薔薇の造花を取り出し、女性冒険者の髪に差した。

「は、え、何ッ?」

女は混乱していた。殴られる、怒鳴られる、話し合いを持ちかけられる。全ての予想が外れていきなりキザったらしい真似《まね》をされたのだ。意味がわからない。

「行くぞ、リカルド」

「お、おう……」

ゲルハルトは何の説明もせず、何の分け前を求める事もなく背を向けて部屋を出て行ってしまった。リカルドが慌てて追いかける。後に残されたのは眼を丸くした冒険者四人と、化け物の消し炭だけである。

「何よ、何なのよもう……」

女の全身から力が抜けて、その場にへたり込んでしまった。

髪の飾りを引き抜いて握《にぎ》り潰《つぶ》してやろうと手を伸ばすが、指先が造花に触れたところで気が変わり、そっと手を下ろした。


「用件、済んだんですか？」

リカルドが歩きながら尋ねた。迷宮の奥深くまで来て、化け物を倒して、そこまでして何もせずに帰るとはどういう事なのかと呆《あき》れてもいるようだ。

「ああ、終わったよ」

ゲルハルトは噛み締めるように言った。

「死の運命を変える事が出来た。それが奴らに対する一番の手向《たむ》けだろうて」

「そんなもんですかねえ……」

「いいんだよ、わしが満足しているんだから」

大部屋から少し離れたところで、ゲルハルトはピタリと足を止めた。

「……そろそろかな？」

何の事だとリカルドが首を捻《ひね》った時、後ろから悲鳴が聞こえてきた。

「うわあああ！　何だ、何だこれは⁉」

「青銅だこれ、これが聖剣かぁ⁉」

「騙《だま》されたちくしょぉぉぉ！」

どうやら宝箱の中身は青銅の剣であったらしい。聖剣は聖剣でも古代の聖剣だ。化け物と一緒に宝箱の中身も復活していたようだ。

冒険者たちの悲鳴が天上の音楽にでも聞こえたか、ゲルハルトは爽《さわ》やかな笑みを浮かべていた。

「ああ、これだこれ。この声が聞きたかった。騙されたのがわしらだけじゃムカつくからな」

「このクソジジイは……」

彼らはこの先どうなるのだろうか。仲良くチームを続けていけるのか、それとも責任を押し付けあって解散するのか。あるいは冒険者そのものに嫌気がさして別の道を進むのか。何だって良い、生きていればどんな道だって選べるのだ。

「さあ帰ろうぜ、熱い風呂《ふろ》に入って酒を浴びるほど飲もうじゃないか。あっはははは！」

迷宮の深く、奥深くに、老戦士の楽しげな笑い声が響き渡った。

鍛冶師ルッツ 製作刀剣一覧

【椿】→刀

手にした者に幻覚を見せる妖刀。
『魅了』の付呪によってさらなる魔性を獲得した。

【ラブレター】→匕首

愛する妻・クラウディアに向けた作。
茎に刻まれた文字は『ＤＥＡＲ ＹＯＵ』。

【鬼哭刀】→刀

鋭さ・切れ味を重視した伯爵への献上品。
振れば甲高い風切り音が鳴る。

【一鉄】→刀

正確な作者は鍛冶師・ボルビス。彼の遺志を
継いだルッツが焼き入れと研ぎを担当した。

【ナイトキラー】→両手剣

明確に城塞都市内の不良騎士を殺すことを
目的としている、呪物とでもいうべき剣。

【天照】→刀

連合国への献上品。刀身の長さは通常の三割増し、
重さは三倍という規格外の剛刀。

【夕雲】匕首

装飾師・パトリックに向けた作。
巧みな重量バランスで使い勝手の良い逸品。

【蓮華】刀

王族を斬首するための処刑刀。
死出の旅路を冷たく輝く美しい刀身が照らす。

【白百合】斧

ルッツの持つ技術を込めて作られた鍛造品。
国を守るために戦った戦士たちの墓標。

【薔薇庭園】刀

国王陛下への献上品。艶めかしい美しさと裏腹に、
敵を重力で押しつぶす異能を具える。

【石喰らい】刀

侯爵からの依頼で製作。父の無念を晴らすべく、
純粋な機能美を追求した一級品。

あとがき

『異世界刀匠の魔剣製作ぐらし』第三巻を手に取ってくださった皆様、誠にありがとうございます。

この三巻が出る頃にはコミカライズも始まっている事でしょう。様々な形で異世界刀匠の世界が広がっていき、実にありがたい限りです。漫画にして欲しい話、コミカライズで読みたい話が沢山あるのでこれから先も本当に楽しみにしております。

さて、巻末書き下ろしのストーリーは楽しんでいただけましたでしょうか。ロマンチッククソジジイ大暴れ、そんなお話でした。良くも悪くもゲルハルトらしさが出ていて自分でも結構気に入っています。

正直なところもっと可愛《かわい》い女の子を沢山出してお色気満載キャッキャウフフな物語も書きたいのですが、異世界刀匠は中世の職人のお話という事でどうしても野郎の比率が高くなってしまいます。

こだわりの強い兄ちゃんおっさん爺《じい》ちゃんが集まって、

「君の刀、いいねえ……」

「あなたの鞘《さや》、最高ですよ……」

と、息を荒くして褒め合う、桃色空間とはほど遠い惨状となっております。

たまに男が興奮しているシーンが出てきたと思えば、装飾師パトリックが名刀をペロペロしようとしているとか、勇者リカルドが刀の幻影に本気で惚《ほ》れ込んでいるとかそんなのばかりです。

肌色が、肌色が足りない。

たまに全裸シーンが出てきたかと思えば男同士、川で洗いっこ、鍛冶屋《かじや》とマッチョジジイの鞘比べ。誰が喜ぶんでしょうかねこんなもの。私は嬉《うれ》しくないです。

肝心のヒロインであるクラウディアもその豊満な肉体を晒《さら》したのは一巻序盤のみであり、後は『毎晩やることはやっています』と匂わせる程度となっております。

これが官能小説であればそういったシーンをじっくりねっとり数十ページ描写するのもアリなのでしょうが、異世界刀匠は刀と職人の物語であり残念ながら、非常に残念ながらそうしたシーンを事細かく描写する必要性がないのです。

結果、鍛冶仕事で汗だくになったとか、迷宮で腐臭が身体《からだ》に染みついた野郎どもが川やタライ風呂《ぶろ》で水浴びというそんなシーンばかりになってしまいました。本当に申し訳ありません。

そもそもルッツが、というより私の書く物語の主人公は大体が『スケベ心はあるがそれはそれとして一途《いちず》』という男ばかりなのが問題なのです。対するヒロインは『お前の性欲は全て受け止めてやる、浮気したら刺す』という覚悟の極《き》まり方をした女性ばかりです。

街で美人を見かければ目移りくらいはするだろうけど、それはそれとして浮気にまでは発展しない。そういったバランス感覚です。美女を見ればその人を抱きたいと思うのではなく、クラウディアに同じような格好をしてもらいたいと考える、それがルッツのスケベ心です。

浮気やら不倫はしない、ハーレムなどもっての外。そういった価値観なので、
新キャラ出してセッ！

新キャラ出してセッ！

……というサイクルが使えません。結果としてお色気シーンは犠牲になりました。

私はスケベです、えちえちな物を愛しています。その一方で物書きでもあるので欲望を優先させて物語を破綻《はたん》させる事は出来ません。

そうした葛藤《かっとう》の末に生み出されたのが三巻の、王女様おもらしシーンです。

高貴な身分の女の子が誘拐され、そして賊のアジトから救出され帰る途中で緊張と膀胱《ぼうこう》が弛《ゆる》み、我慢の限界を迎えて羞恥《しゅうち》で顔を染めて、男の背におもらしする。

素晴らしいではないですか、私はこれを一種の芸術と考えています。多分、全人類の三割くらいは賛同してくれるのではないでしょうか。

当然といえば当然ですが、あれは『高貴で清楚《せいそ》なお姫様のおもらし』という神聖さや処女性に、排泄《はいせつ》行為という本来は他人に見せるべきではないものが合わさる事で生み出されるエロスチックです。

たとえばルッツに背負われていたのが王女リスティルではなく疲れ切った勇者リカルドで、

「おっと、悪い。ジョロジョロ」

などという事になればリカルドは即座に地面へ叩《たた》き付けられ脇腹を蹴《け》られ、その場に放置されていた事でしょう。おそらく唾《つば》も吐きかけられます。元の友人関係に戻れないという事はないでしょうが、少し時間をおくことは必要です。

娯楽作品とお色気は切っても切れぬ関係にあると思います。なくても成立するけどあったら嬉《うれ》しい、あまり多すぎると全体の味が台無しになるかもしれない。いわば羊羹《ようかん》やドラ焼きに入った栗《くり》のようなものです。

これからも全体の味を調《ととの》えつつ、舌の上で栗を愛《め》でるようにお話を作っていきたいと考えております。

『異世界刀匠の魔剣製作ぐらし』第三巻を読んでくださった皆さん、WEB版から応援してくださる皆さん、イラストのカリマリカ先生、編集のO氏、コミカライズの桜井竜矢《さくらいたつや》先生・慕潔《モトキヨ》先生、全てのスタッフの皆さんにこの場を借りて深くお礼申し上げ、あとがきの締め括《くく》りとさせていただきます。

荻原数馬《おぎわらかずま》

お便りはこちらまで

〒102－8177
カドカワBOOKS編集部　気付
荻原数馬（様）宛
カリマリカ（様）宛

カドカワBOOKS

異《い》世《せ》界《かい》刀《とう》匠《しよう》の魔《ま》剣《けん》製《せい》作《さく》ぐらし 3

2024年2月10日　初版発行

著者／荻原数馬《おぎわらかずま》

発行者／山下直久

発行／株式会社KADOKAWA

〒102-8177
東京都千代田区富士見2-13-3
電話／0570-002-301（ナビダイヤル）

編集／カドカワBOOKS編集部

印刷所／大日本印刷

製本所／大日本印刷

ISBN 978-4-04-075332-4 C0093

新文芸宣言

かつて「知」と「美」は特権階級の所有物でした。

15世紀、グーテンベルクが発明した活版印刷技術は、特権階級から「知」と「美」を解放し、ルネサンスや宗教改革を導きました。市民革命や産業革命も、大衆に「知」と「美」が広まらなければ起こりえませんでした。人間は、本を読むことにより、自由と平等を獲得していったのです。

21世紀、インターネット技術により、第二の「知」と「美」の解放が起こりました。一部の選ばれた才能を持つ者だけが文章や絵、映像を発表できる時代は終わり、誰もがネット上で自己表現を出来る時代がやってきました。

UGC（ユーザージェネレイテッドコンテンツ）の波は、今世界を席巻しています。UGCから生まれた小説は、一般大衆からの批評を取り込みながら内容を充実させて行きます。受け手と送り手の情報の交換によって、UGCは量的な評価を獲得し、爆発的にその数を増やしているのです。

こうしたUGCから生まれた小説群を、私たちは「新文芸」と名付けました。

新文芸は、インターネットによる新しい「知」と「美」の形です。

2015年10月10日
井上伸一郎